岳飛伝 三
嘶鳴の章

北方謙三

集英社文庫

梁紅玉

人物画　小山　進

書　武田双雲

岳飛伝

三　嘶鳴の章

岳飛伝　三――嘶鳴の章　目次

【前巻までの梗概】

岳飛が初めて負けたのは、十七歳の時だった。「子供か」顔に赤い火傷の痕がある若い男は、そう言い捨てて去っていった。これが、岳飛と梁山泊の幻王・楊令との出会いだった。岳飛は、宋国の禁軍・童貫元帥を訪ねて従者になる。童貫は、梁山泊を壊滅させた軍神である。楊令は、必ず梁山泊を立て直し、童貫と再び闘う運命にある漢だと言われた。

北では金国が勢威を増し、南では方臘率いる宗教叛乱が勃発していた。岳飛は童貫について方臘戦に出陣し、信徒の群れに手こずった。しかも梁山泊の呉用が名前を変えて、方臘の幕僚にいた。方臘軍は追いつめられ、方臘も焼死。呉用だけは救い出される。

梁山泊の頭領となった楊令は河水沿いの地域を制圧し、再び『替天行道』の旗を掲げた。童貫は、対梁山泊戦の決意を固め、十八万の禁軍が梁山泊に布陣する。先鋒は岳飛である。両者譲らぬ激戦が続くが、ついに楊令の吹毛剣が童貫を斬った。その遺骸は岳飛のもとに届けられる。童貫を失った宋は金軍に開封府を奪われ、国の機能を失った。

岳飛は隆徳府に逃れ、岳家軍を名乗り独立した。国のありようについて考え、「盡忠報国」を背に刻む。青蓮寺の総帥・李富は臨安府に逃げ、趙構を即位させて南宋を建国、李師師との間の子を太子・趙昚とした。金は捕虜の秦檜を南宋に戻す。

梁山泊は楊令の指揮のもと、帝を置かない商業国家を目指して突き進んでいる。日本から西域までの交易路を確保し、自由市場によって中華経済の覇権を握りつつあった。ところが金は二代目の帝・呉乞買の遺訓で、梁山泊と袂を分かつことを決める。さらに梁山泊の本拠を巨大な洪水が襲い、その中枢を水没させた。

岳飛は南宋軍として出陣し、再び梁山泊と激突する。そこに、兀朮率いる金軍が楊令に奇襲をかけた。梁山泊軍はこれを打ち払い、楊令は兀朮の右脚を斬り落とす。追いこまれた岳飛と最後の一戦に臨む直前、楊令は従者だった刺客の毒剣を浴びる。毒の回った躰で、楊令は岳飛の右腕を、吹毛剣で斬り落とす。その直後、楊令は落命した。

しかし、梁山泊は復興に向けて歩みはじめる。呉用の指揮のもと、梁山泊を覆っていた洪水の水を海に流す。張朔は昆布を持って南に向かい、はるか南方の阮一族を味方につけた。王貴は河水から漢水までの交易路を拓く。次の頭領は呉用、と会議で決まった。金では、軍総帥・兀朮が北方の村を訪れ、楊令の遺児、胡土児を養子にする。

子午山では、公淑が、続いて王進が眠るように死んでいった。宣凱は呉用について執務を学んでいる。梁山泊軍の総指揮には、呼延凌が任命された。岳飛は毛定に義手を作ってもらう。本物の腕より強い、鉄の腕だった。岳飛は山賊を討って麾下に組み入れ、金軍と闘い続けた。南宋では、秦檜が許礼を幕下に入れ、韓世忠に水軍を再建させていた。

兀朮は、ついに梁山泊軍との決戦を決意し、大軍を率いて出陣する。戦場には海東青鶻の旗が靡き、胡土児には初陣となった。呼延凌は、山士奇の歩兵隊、秦容軍、史進の遊撃隊を率いて対峙した。ふたたび、金と梁山泊の大戦が始まった。

登場人物

●梁山泊

楊令(幻王)……梁山泊の元頭領。死亡
呉用(智多星)……梁山泊の頭領
史進(九紋竜)……遊撃隊隊長
李俊(混江竜)……水軍総隊長。聚義庁の一員
燕青(浪子)……無明拳の遣手。聚義庁の一員
項充(八臂那吒)……水陸両用部隊隊長
孟康(玉旛竿)……兵站・物流を担当
曹正(操刀鬼)……聚義庁の一員
李立(催命判官)……兵站・物流を担当
顧大嫂(母大虫)……西遼で交易を担当
孫二娘(母夜叉)……交易を担当
白勝(白日鼠)……医師
宣凱……聚義庁の一員。宣賛の息子

呼延凌(七星鞭)…梁山泊軍の総帥。呼延灼の息子
秦容(狼牙)……梁山泊軍の隊長。秦明の息子
山士奇(魑刺将)……歩兵隊隊長
蘇琪(照夜玉)……旧楊令軍を指揮
狄成(痩臉熊)……水軍。赤手隊隊長
侯真(一撞鬼)……致死軍隊長。侯健の息子
羅辰……致死軍所属
褚律(白打鬼)……諜報担当
王貴……交易に従事。王英と扈三娘の息子
張朔……交易に従事。張清と瓊英の息子
陳娥……聚義庁の一員。郝思文の妻
黄鉞(獅殺将)……呼延凌隊の上級将校
鍾玄……呼延凌隊で歩兵を指揮
陳央……呼延凌の副官

董進……秦容隊の上級将校

田忠……秦容隊で歩兵を指揮

譙丹……山士奇隊の上級将校

蒼貴……山士奇の副官

鄭応（糊塗蟋）……遊撃隊の上級将校

葉敬（赤竜児）……遊撃隊の上級将校

耿魁……遊撃隊所属

馬霊……軍の調練担当

蘇端（斑猫王）……巡邏隊隊長

伍覇……潜水部隊隊長

卜統……水軍所属。船隊を指揮

韓成（望天吼）……商隊を指揮。韓滔の息子

上青（太湖蛟）……西域で交易を担当

范政……漢水で交易を指揮

文祥（小華陀）……医師

蘇良……医師

馬雲……薬師

尹舜（神駆馬）……馬の医師

蒼香……呉用の妻

岑諒……武城の宿屋の主人。梁山泊の元軍人

鄧広（列缺鬼）……梁山泊の元軍人

徐高……元方臘軍

●岳家軍

岳飛……南宋軍の将軍。岳家軍の頭領

崔如……岳飛の妻

孫範……幕僚。民政担当

岳雲……上級将校。岳飛の養子

張憲……上級将校。調練担当

呉玠……上級将校

毛定（もうてい）……医師、義手・義足作りの名人。元梁山泊
紀了（きりょう）……医師
田峯（でんぽう）……鍛冶（かじ）。元梁山泊
崔蘭（さいらん）……岳飛の養女。薬師の修業中
崔史（さいし）……岳飛の養子

●南宋

童貫（どうかん）……元宋禁軍（きんぐん）の総帥。楊令に討たれ戦死
秦檜（しんかい）……南宋の宰相
劉光世（りゅうこうせい）……禁軍の総帥
張俊（ちょうしゅん）……将軍。張家軍（ちょうかぐん）の頭領
韓世忠（かんせいちゅう）……水軍の将軍
王妙（おうびょう）……秦檜の妻
許礼（きょれい）……廷臣。許定（きょてい）の息子
黄広（おうこう）……秦檜の従者
桐和（とうわ）……秦檜の側近
辛晃（しんこう）……張家軍の将軍
段貞（だんてい）……水軍の水師
葉春（しょうしゅん）……元南宋水軍の造船担当
陳武（ちんぶ）……葉春の弟子
梁紅玉（りょうこうぎょく）……葉春の姪（めい）
李富（りふ）……元青蓮寺（せいれんじ）の総帥。死亡
李師師（りしし）……李富の同志

●金

阿骨打（アクダ）……金（きん）の太祖（たいそ）。病死
蕭珪材（しょうけいざい）……金軍の将軍、元遼の将軍。戦死
兀朮（ウジュ）……金軍の総帥。阿骨打の息子
撻懶（ダラン）……将軍
麻哩泚（まりせい）……将軍。元蕭珪材の副官

完顔成……………………丞相。元軍の総帥
斡本…………金の行政担当。阿骨打の庶長子
胡土児……………楊令の遺児。兀朮の養子
烏里吾………………………兀朮の副官
処烈・訥吾…………………兀朮軍の将軍
捜累…………………………撻懶の副官
斜哥・乙移…………………撻懶軍の将軍
休邪……………………………元軍師
沙歇……………………………休邪の弟子
耶律越里（門神）……金の北辺で国境守備隊を指揮
合剌……………………金の帝。阿骨打の嫡孫
王進……元宋の禁軍武術師範。子午山で死亡
王清……………………王英と白寿の息子
梁興…………………………漢陽の商人

郤妁…………………………………韓成の妻
韓順…………………………韓成と郤妁の息子
張光…………………………………張敬の息子
盛栄（紡鴉）……………商人。元梁山泊の兵站部隊
阮黎…………………………南方の阮一族の頭領
耶律大石……………………………西遼の帝
陳（周）麗華…………周杳の妹。陳家村の保正
柴健…………………………陳家村の雇われ用心棒
孟遷…………………九宗山の賊徒。元大商人の息子
于才…………………九宗山の賊徒。元孟家の執事

関係地図
会寧府
十三湊
臨潢府
蒙古
燕雲十六州
日本
沙谷津
燕京
西夏
沙門島
京
中興府
武邑
武城
金
梁山泊
博多津
龍門
黄河
開封府
南京応天府
子午山
揚州
無為軍
京兆府
潼関
商水
泗州
漢水
淮水
太湖
光山
定海
九宗山
黄陂
臨安府
成都府
漢陽
長江
岳州
洞宮山
辰州
潭州
泉州
南宋
象州
大理
象の河
雷州
越李朝
蒲甘
湄公河
南の開墾地
滝
阮黎の村

地獣の光

一

撻懶は、思わず胡床から腰をあげた。

兀朮が、前へ出ている。海東青鶻の旗が、相当な勢いで、動いている。

なぜと考える前に、戦場の空気が、一瞬にして変ったのを、撻懶は感じた。それは、撻懶の軍にも及んできた。

金軍全体の闘気が、これまでにないほど高まっている。それは兀朮の動きが、ただ前へ出るのではなく、明らかに前衛となって自ら闘うという、強い意思を見せているからだ。

なぜいま、と撻懶はようやく思った。戦場は、膠着である。自分には感じなかった戦機を、兀朮は見きわめたのか。

「乙移に、斜哥の後衛を。総帥の旗から、眼を離すな」

伝令が、駈け出していった。

梁山泊軍が、不穏な気配を漂わせはじめている。『呼』の旗も、かなり前へ出てきたようだ。

「馬」

撻懶自身も、出撃する時だった。総攻撃の合図はないので、一度で決められると、兀朮は考えていないのだろう。

兀朮からの伝令が、駈けこんできた。

昨夜、史進の軍の所在を摑んで夜襲をかけた七千騎が、全滅したのだという。

兀朮が前に出たのは、全滅の報を受けたからなのか。普通だと、一旦、退がる。大兵を擁していれば、なおさらである。

しかし兀朮は、逡巡することなく、前へ出たようである。金軍の兵は、熱を発しはじめていた。どこかで炎があがれば、全軍が燃え盛るだろう。

兀朮は、期せずして、大将が持たなければならないなにかを、摑んだのかもしれない。兵に力を出させる。普段の戦闘の、二倍、三倍もの力を出させる。大将には、最も重要な要素であろう。それを兀朮は、瞬間的に摑んだに違いない。

自分が、あそこで前へ出られたとは、撻懶は思わなかった。守りをかため、退がる。

考えるのは、それだけだったはずだ。どこかで、攻めに徹する。退却という言葉が、頭の中から消える。そうなった軍は、強い。

梁山泊軍もまた、攻めに徹してきているように見えた。

兀朮が、二万騎ほどで、いきなり疾駆をはじめた。ぶつかったのは、歩兵との連携のかたちを作ろうとしていた、秦容の軍である。一瞬の、隙を衝いた。秦容は、騎馬隊が歩兵の前へ回ることで、なんとか兀朮を受けた。しかしひと時だった。勢いのついた大軍である。秦容の軍は、中央こそ踏み止まっているものの、強風の中で葉が吹き飛ばされるように、少しずつ崩れはじめた。幹は、強靭である。反転した兀朮が、五千騎ほどでそこに襲いかかった。しかし、幹を倒す前に退いた。

黒い旗が、一直線に兀朮の旗にむかっている。兀朮の動きは速く、後方の一万をそれに当て、自身は二万を率いて、いくらか退がった。そこに、呼延凌の軍が襲いかかる。兀朮は、まともにそれを受けた。

少しずつ、戦場の中央の山士奇軍が前進をはじめた。呼延凌や秦容軍の歩兵も、多様な構えを見せて、動いている。

激しいぶつかり合いは、一度だけだった。

歩兵を嫌った兀朮が、退いた。呼延凌も秦容も、あえて追おうとはしてこなかったが、黒い旗だけは、まだ兀朮の旗にむかい続けている。

斜哥の軍が出た。押し包めると思った時、黒い旗は反転し、攻囲のかたちからかろうじて逃れた。

さすがに、精強である。いまの指揮は蘇琪だが、黒い旗に『幻』の字が書かれていたころは、楊令の軍だったのだ。先頭で金軍の歩兵を蹴散らしたのは、黒騎兵の生き残りである。生き残りと言っても、ほとんどそのまま残っている、という話は聞いた。

「分けたな」

口に出して言い、そばに捜累がいることに気づいた。

「息を呑むような、ぶつかり合いでした」

「なんの。これからだな、両軍が死力を尽すのは。それに」

たやすくは終らない、という言葉を撻懶は呑みこんだ。

兀朮は、総帥というより、戦場の指揮官として、なにか欠けていると思えるものが、ひとつあった。それは用兵の才とか、軍略というようなものでなく、どこか測り難いほどの太さだ。これまでそれが欠けていたと思えるのは、兀朮のとんでもない太さを、いま見せつけられたからだ。はじめて、見せるものだった。

双方とも、完全に退いてはいない。

呼延凌と兀朮が、正面からむかい合ったかたちになっている。その対峙が、戦場のすべてを圧していた。常に戦場の中心にいる山士奇軍も、いまは呼延凌の後方である。

膠着とも見えるが、これまでの膠着とはまるで異質なものだった。亀裂の予兆を、随所で感じさせる。

史進の遊撃隊の姿が見えないのは、夜襲に対応し、暗いうちに散々駈け回ったからだろう。騎馬隊は、馬を休ませなければならず、それが弱点のひとつと言っていい。

撻懶は、戦場に満ち、張りつめた気が、破れるのを待っていた。斜哥と乙移の軍は、前線とも呼べるべきところにいる。自分の率いる三万を、どう動かすかで戦況が左右される、と撻懶は思っていた。

長い膠着の中でも、撻懶の軍は掩護に徹し、いまのところ損害は最も少ない。

しかし、あの勢いで前へ出たのが嘘のように、兀朮は静かに構えている。

時が経った。はじめに動いたのは、黒い旗を掲げた蘇琪の軍だった。無謀な突っこみに見えたが、秦容の軍とうまく連携していた。

しかし、兀朮は動かない。黒い旗が自分にむかってきても、微動だにしない。そして呼延凌も、自軍が動きはじめたのが見えないように、やはり動かなかった。

蘇琪の軍を、兀朮の軍の一隊が側面から両断した。その軍は、次々に蘇琪の軍を分断していくが、先頭の五百騎ほどは、兀朮に肉薄しつつあった。

「出るぞ」

呼延凌の軍が動くというかすかな気配を感じて、撻懶は捜累にそう命じた。

曳(ひ)かれてきた馬に乗り、撻懶は戦場を見つめた。呼延凌は、動かない。蘇琪に肉薄されはじめた兀朮も動かない。蘇琪の方を、見てもいないように思えた。

蘇琪の五百騎はさらに勢いを増したが、並走しはじめた処烈(しょれつ)の軍に絡みつかれた。巨大な蛇に巻かれかけている、というように見えた。徐々に、蘇琪の方向が変ってくる。いきなり、蘇琪が二百騎ほどで攻囲を突破し、離脱していった。三百騎は、討ったようだ。

撻懶は、三万騎で前進をはじめた。

兀朮と呼延凌が、同時に動いている。


呼延凌が、小さく見えてくるのを、兀朮は待っていた。しかし呼延凌は、大きいままだった。ほとんど、兀朮の視界を塞(ふさ)ぐほど、大きい。

心が、そう見せているのだ、と兀朮は思う。怯懦(きょうだ)が、呼延凌を大きくしている。怯懦の消しようなど、ないのだ。それを抱き、それとともに闘うしか、方法はない。怯懦こそ、自分自身ではないか。

呼延凌は相変らず大きかったが、動く瞬間の呼吸は、よくわかった。呼吸を合わせて、兀朮も出ていた。

ぶつかる寸前に、ともに左へかわした。きわどいところで、後方もぶつからず、兀朮が反転した時、呼延凌も反転していた。

兀朮は、左側から山士奇の歩兵の脅威を受ける。呼延凌はやはり左側から訥吾の二万騎の脅威。

兀朮には、撻懶の六万が戦場全体を側面から包みこもうとしているのも、よく見えていた。突っこんできた黒い旗は、歯牙にかけなかった。いくら近づこうと、間に処烈がいたのだ。距離だけではない遠さを、蘇琪は無視していた。

呼延凌がいる。もう、闘気を抑えようとはしていない。

やるか。問いかけるように、兀朮は呼延凌を見つめた。呼延凌の馬が一度、棹立ちになり、それから疾駆しはじめた。兀朮も、剣を抜き放っていた。

近づいてくる。兀朮は、呼延凌しか見ないようにしていた。いや意識ではなく、呼延凌しか見えないのだ。

馳せ違う。呼延凌の七星鞭が、獣の咆哮に似た唸りをあげる。剣に、すさまじい衝撃があった。馳せ違ったあと、まだかろうじて剣は手にあり、それで一騎を払い落とした。

駈け抜ける。山士奇の歩兵に絡みつかれる前に、駈け抜け、反転し、構えをとった。

五千騎の呼延凌の方が、二万騎の兀朮よりも動きは速い。反転を終えた時は、呼延凌はすでに突っこんできていた。兀朮は、呼延凌の正面に出た。

七星鞭。前にいた二人の首が飛び、胴を薙ぐように兀朮に襲いかかってきた。渾身の力で、兀朮はそれを受けた。馬から落ちそうになったが、なんとかとりついたまま駈け抜けた。剣を握った掌が、痺れている。

兀朮は、頭上の剣を二度振った。

二万騎が、二十隊に分かれる。兀朮は、わずか一千騎の中にいることになる。構わなかった。それで、騎馬隊の動きは格段に速くなり、しかも多様な動きができる。

兀朮にむかって、呼延凌が突っこんでくる。秦容も突っこんできているが、これは、後衛の訥吾の二万が、完全に遮っていた。

二十隊は、縦横に駈け回ったが、中央に出てきて動かなくなった山士奇の四万の歩兵が、やはり邪魔だった。

兀朮にむかう呼延凌の軍に、次々と一千騎が襲いかかっているが、呼延凌はものともしていない。肉薄してくる。それぐらいの距離になった。呼延凌の顔が、はっきり見えた。眼が合う。兀朮は、にやりと笑った。笑いは、思わず出ていた。こういう敵とぶつかり合っていることが、愉しいような気分になった。

呼延凌が先頭の五千騎と、まともにぶつかり合った。ただ呼延凌は、左右から一千の数隊に絡みつかれている。

そばへ来た。七星鞭が唸る。七星鞭は一度振り降ろされ、そのまま振りあげられてきた。兀朮の具足の肩のところが、弾き飛ばされた。兀朮の剣は、空を斬っただけだ。馬上の身のこなしが、思わず見とれるほど見事だった。呼延凌が、百騎ほどで即座に反転してきた。七星鞭が、兀朮の兜を飛ばした。

呼延凌は、その場に止まっている。ここで、俺を討ち果すつもりか。そう思いながら、兀朮は呼延凌に剣先をむけた。その時、土煙が見えた。兀朮は、とっさに馬首を回した。呼延凌との間に、処烈の一千騎が割りこんできた。離れた。

史進が、戦場に躍りこんでくる。呼延凌から離れていなければ、七星鞭か史進の鉄棒の餌食になっただろう。

史進の鉄棒は、また七星鞭とは違う、不気味な唸り声をあげる。その二騎後方に、太い鉄棒を振り回している男がいて、それも唸りをあげながら、麾下の兵を叩き落としていた。

あれは、剣では受けとめられないだろう、と兀朮は思った。しかし、七星鞭より動きは遅い。

呼延凌は、兀朮とやり合うことをすぐに諦め、麾下の一千騎を取り巻き、次々に叩き落としはじめている。

兀朮は、周囲に、十隊一万騎を集めた。戦場では、一千騎が何十隊も駈け回っている。撻懶が中央に出てこようとするのに合わせ、兀朮は一万騎でまた前へ出た。

史進の姿は、戦場にはもうない。

呼延凌は、秦容に殿を任せ、山士奇を少しずつ退げた。それで両軍は離れ、対峙というかたちになった。

馬上で、兀朮は笑い声をあげた。どちらが勝ったとも言えない。損害は、夜襲隊の七千を別にしても、いくらかこちらが大きい。

負けた、とは思わなかった。全軍を動かすには、戦場が拡がりきれていない。撻懶が全力を出す情況になれば、兵力だけはいまだ圧倒的だった。

どれほどの時が経過したのか。夕刻が近くなっている。

歩兵、騎馬隊の順に後方に退げ、兀朮は最後まで留まった。

「呼延凌は、胸のすくような戦をする。俺は具足を千切られ、兜を飛ばされた。首を飛ばされなかったのを、よしとするか」

まだ、笑い続けていた。唇を噛まなければならない理由は、なにも見つからない。

野営地へ戻った。兵たちは、すでに馬の手入れをはじめていた。

幕舎に入ろうとすると、処烈が駈けてくるのが見えた。直立した処烈の躰が、小刻みにふるえている。

「まあ、入れ」

幕舎の中で、二人きりになった。処烈が、なにを言おうとしているのか、よくわかった。兀朮は、処烈を殴り倒した。立ちあがった処烈が、直立し、殴られるのを待つ恰好(かっこう)になった。

「次は、おまえだ。俺は、思い切り殴った。おまえも、思い切り殴れ」

「総帥、俺は」

「俺は、俺を殴るつもりで、おまえを殴った。おまえも、自分を殴るつもりで、俺を殴れ」

「そんな」

「これは命令だぞ、処烈将軍。俺とおまえは、死んだ七千名に詫(わ)びながら、同等の罰を受けるべきなのだ」

「あれは、俺の」

「言うな。決定を下したのは、俺だ。処烈、手加減をすれば、自分に与えられる罰に手加減をした、ということだからな」

「総帥を殴るなどということは」

「わからんのか。自分に罰を与えろと、俺は言っている。これ以上は、言わんぞ。罰を与えたくないのなら、それはそれでいい。ここから出ろ」

　処烈が、眼を閉じた。しばらくして、兀朮は顔に衝撃を感じた。気づくと、腰を落としていた。処烈が、平伏している。

「効(き)いたな。いいぞ、これで。夜襲の失敗には、お互いに自分を責めてしまうものがある。しかし、引き摺るな。戦は、まだまだ続く。これからの戦場で、おまえは七千の命を背負って闘え。俺も、そうする」

平伏したまま、処烈は顔をあげようとしない。その背中を、兀朮は軽く一度叩いた。


小さな陣構えにした。夜襲に備えてではない。全軍の状態を、呼延凌は把握し直そうと思った。それも、損害がどれほどかというようなことではなく、士気や、指揮系統の働き方などをだ。

兀朮の旗が前に出てきた時、呼延凌は、これまでに感じたことのない、喜びに似た思いに襲われた。兀朮を討てるかもしれない、と考えたわけではない。強敵がいる。間違いなく、強い者とむかい合った喜びだった。

実際、兀朮とは何度もぶつかり合い、七星鞭も、あと少しで届くところだった。そして兀朮の剣も呼延凌の顔を何度も掠め、きわどいところでかわしたのだ。

兀朮の用兵も、見事なものだった。歩兵はいつも、山士奇を牽制する位置にいたし、騎馬は、全体として受けるかたちをとりながら、一旦攻勢に転じたら、そのまま梁山泊軍を攻囲し、搾りあげる態勢で闘っていた。特に、撻懶の六万が、絶妙な動きをした。

兀朮と撻懶の、戦場における意思は、特に伝令や合図がなくとも、通じ合っているとしか思えなかった。

梁山泊軍は、指揮を締め直しておく必要がある。

「兀朮は、思った以上に戦巧者だな」

秦容が、本営へ来て言った。さすがに、秦容は無謀に兀朮を追うことはしていない。これまで、と思ったところで、必ず反転していた。

「楊令殿の指揮下で追い回した時より、二枚も三枚も腕をあげた。なにより、胆を据えているぞ」

兀朮は兀朮で、闘い、負けを嚙みしめ、それを克服してきたのだろう、と呼延凌は思った。それに較べて、梁山泊軍は、いや自分は、まだ楊令の死を克服してはいない。

陣営は、騒々しかった。兵が兵糧をとる。馬の世話をする。そんなことだけではなく、輜重隊が、補給の物資を運んでくると、それに負傷者を載せて戻っていく。いまごろは、養生所が戦場のようになっているだろう。

「問題は、撻懶の軍だな。あの動きを封じないかぎり、兀朮との戦を、決定的なところまで持っていけん」

秦容は、戦場全体を、しっかり見ているようだった。

「明日から、兀朮がどんなふうに動くのか、愉しみだな、呼延凌」

「七千の夜襲隊の殲滅が、兀朮を沮喪させるのではなく、火をつけた。兀朮がすぐれた武将なら、前へ出る。そう思ったが、実際、前へ出てきた。俺と、まともにぶつかろうとう気がすとしてきた」

「嬉しかっただろう、呼延凌」

「おまえ、どこかでふっ切れたな、秦容」

「実戦が、俺に眼を醒させた。それだけで、どこもふっ切れてはいない、という気がする。こうやって戻ってくると、やはり暗い穴の底にいるような気分だ」

それでも秦容は、明らかに戦の前とは違って見える。

「ひとつ気になったのだがな、呼延凌。兀朮のそばに一騎、おかしなのがいる。自ら攻めてくることはしないが、あらゆる斬撃をかわし、時によっては馬から払い落としている。あれは、気をつけた方がいい、という気がする」

「俺も、あの一騎だけは、気になった。あの一騎が、兀朮を孤立させないように動く。そんなふうに見えた」

「見えていたなら、それでいい」

秦容が、小さく笑った。この戦が、容易ではないという思いは、すでに共有しているようだ。

山士奇の代りに、副官の蒼貴がやってきた。

「山士奇殿は、戻ると相変らず兵の中か？」

秦容が言った。

「百人隊のひとつと話すだけですが、そのうち自分たちの隊にも回ってくる、とみんなが思っているんですよ。戦死者が出た場合、その人間の話をするそうです」

「全員を知っているわけはないだろう」

「だから、親しかったやつに、話を聞いたりするんですよ。ぼそぼそ喋るんで、兵はみんな肩を寄せ合って、まるで密集隊形ですよ」

「それがあの人の、昔からのやり方なんだよな」

「百人隊長のやり方だと言いながら、四万を指揮するようになっても変えないんだから、俺なんかちょっと不思議な気分ですよ」

　山士奇は、すぐれた将校だった。一千を指揮させれば、それこそ自らの手足のように動かす。それが四万の指揮をしているのは、ほかに適任の者がいない、と考えられたからだ。とにかく、戦歴を積み重ね、兵の信望もある。誰を持ってきても、郭盛に較べれば欠けたところがあるだろうが、その部分が最も少ないのも山士奇だった。

　当人は多分、ただの将校でいたい、と思っているだろう。四万を率いるとなると、自然に将軍格へ昇進である。

　史進がやってきた。夜襲については、もうなにも言おうとしなかった。この戦でも、史進は以前と同じように動いているが、連日のぶつかり合いで、ずいぶんとやつれた感じになっている。毎日、馬の限界までは駈け回って、鉄棒を振り回しているのだ。

蘇琪が、現われた。

「みんなに、伝えておく。明日からの戦は、激しいものになる。兀朮は、胆を据えた。今日の戦で、はっきりとそう感じた」

「みんなわかっている。余計な話はたくさんだ、呼延凌」

「明日からの闘い方を、変えます、史進殿」

蘇琪が、身を乗り出すようにして、呼延凌を見つめている。

「違う闘い方があるんですか？」

蒼貴が言った。

「歩兵は、今後、戦場の中央を動くな。中央と決めたところで、じっと耐えてくれ」

「やさしそうで、難しいことです、呼延凌殿。動くことによって、兵の気持は高まるのですから」

山士奇軍は、中央を求めて、じわじわと移動をくり返していた。それはほとんど動いていないのと同じだが、時が経つとずいぶんと動いている。

「耐えてくれ。そう、山士奇殿に伝えてくれ。騎馬隊の動きは、山士奇軍を中央に置いて組み立てる」

「わかりました。もともと、郭盛殿は、動かないということを、大事にされていましたから」

「騎馬隊に突っこまれることがあっても、動くな」

「動きません」

呼延淩は、史進に眼をむけた。

「これからの戦は、撻懶軍が重要な役割を果してくると思います。遊撃隊は、戦場を駈け回りながらも、力のすべてを、撻懶軍にむけていただきたい。蘇琪の軍もだ」

「俺は、兀朮を討つために、戦をしているつもりだ」

「命令だ。兀朮の本隊にぶつかることは、禁じる」

蘇琪が、見開いた眼で、呼延淩を睨みつけた。

「蘇琪、おまえは今日、兀朮に肉薄したと思っているのか？」

秦容が言った。

「顔が、そこに見えた」

「兀朮は、おまえに見向きもしていなかった。届かないと、はっきりわかっていたからだ」

「もう少しで、届いたのだ」

「そのもう少しが、どれほど長いか考えてみろよ、蘇琪」

「おまえは、あの突撃で、何百騎を失った。兵力差が大きい。できるかぎり、兵の損耗は避けなければならん」

「命令なのか、総大将の？」

「そうだ。史進殿にも、そのようにお願いしたい」

「わかった」

史進は、短くそう言った。蘇琪も、硬い表情のまま頷いている。

「俺と秦容の歩兵は、騎馬隊と連携して動き回るが、撻懶の対応に必要な時は、いつでも遣って貰いたい」

「歩兵など、必要ない」

蘇琪が言った。肚の中は、煮えているのだろう。再度の無謀な突撃を、呼延凌は許すつもりはなかった。

「指揮官として伝えることは、これで終りだ」

立ったままの、軍議だった。詳しい話は、不要である。戦は生きている。時には、意思を持っている、と感じることさえある。戦場で、なにかと語り合うのだ。それができた時、はじめて戦をしていると言える。

蘇琪が去り、蒼貴も引き揚げた。

「史進殿、耿魁の鉄棒は、なかなかなものですね」

秦容が言った。こんな話ができるようになったのだ、と呼延凌は思った。史進は、黙って遠くを見ていた。陽が落ちかかっている。

「思った以上に、長くなりそうだな、呼延凌」

「急ぐ気はありません」

「鉄棒は耿魁に任せて、俺は明日から、日本の刀を遣う」

ぽつりと、史進が言った。

二

梁山泊軍と金軍の戦の報告は、次々に入ってきたが、岳飛はほとんど関心を払わなかった。

金軍は二十万の大軍で、梁山泊軍は八万ほどだという。戦況は互角のようだ。

田峯に頼んだ長刀は、四百本ほどができあがっていた。どれも、岳飛自身が試しをやった。申し分のない斬れ味である。匍匐部隊の調練は、岳雲が続けていた。兵たちも、なにをやるために地を這わされているのか、ようやく理解したようだ。

「おかしな調練をやっているな、岳飛」

梁興が、軍営に現われて言った。

岳家軍は五万に達しているが、武装がいまひとつで、梁興は武具を届けに来たのだ。どうやって、手に入れているのかわからない。梁興が補給してくる武具は、みんなしっかりしたもので、そして安かった。多分、梁興に利益などは出ていないだろう。

商いに類することは、すべて孫範がやっていて、孫範は、どういう武具が揃ったか岳飛に言うだけで、細かい勘定のことなど、耳に入れたことはない。

「梁山泊軍と金軍の戦は、いい勝負のようだな。充分とは言えないまでも、金軍の兵糧は一応は間に合っているようだし、真っ向の力勝負なのだろう」

「こっちは、平和なものだ、梁興」

「臨安府じゃ、戦の帰趨に一喜一憂しているだろう。金軍が呆気なく勝ったら、その勢いで南宋が攻められるだろうからな」

戦がこうなると、長引く、と岳飛は思っていた。金軍の兵力は倍以上だが、両軍の全体的な力は拮抗している、と考えられるだろう。いまは、退いた方が負ける、という情況なのだ。

「梁興、俺は今夜は家へ帰り、明日から西へむかうが、一緒に来ないか？」

「今夜は、おまえの家で奥方のめしか。悪くないな。西とは、どこだ？」

「安州の、九宗山の麓あたりだ」

「なんだ、すぐそこではないか」

「野駈けのようなものだから、おまえを誘っているのさ。久しぶりに岳雲も伴う」

「よかろう。俺の扱う荷は、俺がいなくても動くようになっているし」

「それじゃ、家へ行くか。俺は、子供たちにしばらく会っていない」

梁興は、気軽に黄陂の城郭の屋敷へついてきた。

翌早朝、岳飛は西へむかって出発した。十六歳になる崔史が一緒で、軍営のそばで岳雲が合流してきた。

「さて、賊徒の討滅だぞ。俺の領分内ではないとしても、九宗山は黄州と安州の境にある。その西の麓に賊徒がいることなど、俺には看過できん」

「賊徒は何名で、先遣隊はどれぐらい出してある？」

「たかが五十名の賊徒に、先遣隊など出すわけがあるまい」

「おい岳飛、三人で賊徒を討滅するというのではあるまいな」

「三人ではない。四人だ。おまえがいる」

梁興が、絶句した。

「崔史が、軍に入りたがって、崔如が困っている。その腕試しも兼ねているので、兵がいては話にならん」

「しかし」

「こわいなら、引き返せ。おまえは、武勇伝を作りたいと言っていたが、あれは嘘か」

梁興は、しばらく黙っていた。

「まったく。これなら、俺の用心棒たちを連れてくるんだった」

「それじゃ、武勇伝はできんぞ。ま、多少の危険はあるが、心配はいらん」

「俺は、岳飛という男を、信用している。それが、俺を窮地に追いやるのか？」

「追いやるのではない。追われてもいないではないか。俺は、誘っているだけだ」

「おまえがいるのだ。まさか、俺が死ぬような真似はさせまい」

「人は、死ぬ時は死ぬぞ」

「ふん、賭けみたいなものだが、俺はおまえを信じる」

「梁興、男ではないか」

岳飛が笑いかけると、梁興は戸惑ったような表情をした。

「いつも用心棒に守られているおまえに、俺はちょっと首を傾げているところがある」

岳飛は、馬腹を蹴った。九宗山まで、わずかな距離である。岳飛はすぐに自分の領分を抜け、九宗山の西側に回った。安州である。長江（揚子江）より北になり、岳飛の領分からはずれているここは、臨安府から役人は来ているものの、地方軍として配置されている兵は、脆弱だった。ゆえに、賊徒がはびこる。

農夫姿の二人が、岳飛を見て逃げようとし、声をかけて立ち止まらせた。しばらく話し、二人は放してやった。

「中腹の小屋に、五十四名が揃っているそうだ。二日前に、遠出から帰ってきている」

岳飛は、馬首を山の登り口にむけた。

「おい、あの二人の話だけで、判断するのか。岳飛らしくもない」

「いいのだ」

「なぜ？」

「あの二人は、もともと俺が放っていた者たちだ。梁興、俺も戦塵の中で生き延びてきている。それは、ひどい無茶はしなかった、ということでもある」

九宗山の西側に拠る五十名の賊徒については、以前から報告が入っていた。岳飛が関心を持ったのは、人数をまったく増やそうとしてこなかったことと、商人の屋敷を襲い、縛りあげて倉の物を奪ったりしていたからだ。反抗する者を殺してはいるが、この一年で三十名ほどにしか過ぎないという。

暴れ回る賊徒なら、三百名は殺しているだろうし、襲うところも見境がない。わざわざ、五十数名の護衛がいる商人を襲ったりもしている。

「ちょっと派手なことになる。梁興、引き返してもいいぞ」

「馬鹿にするな。俺はこれまで、武術という武術は学んできたのだ」

「どれも、半端なものだった。そのうち、怪我でもして懲りることになる、と考えていたよ。死ななければの話だが」

梁興が、唇を嚙んだ。

「俺は、行く。せめて、肚を決める時ぐらいは、欲しいところだったが」

「いきなりこんなことが起きて、みんな死ぬのだ、梁興。敵は多勢だ。自分の身を、自分で守ることだけを考えろ」

「ほかのことを、考える余裕があるか、馬鹿」

「山を降りる時も、同じような強がりを聞きたいものだ」

しばらく登っていくと、岩陰からいきなり誰何(すいか)された。岳飛は、具足を着けていない。岳雲と崔史は、具足姿だ。

「岳飛だ。通るぞ」

矢一本、飛んでくることはなかった。見張りは、虚を衝かれて唖然(あぜん)としているのだろう。しかし、見張りを立てて誰何をかけることは、賊徒にしては見あげたものだった。

鉦(かね)が打ち鳴らされたのは、しばらく経ってからだった。

すぐに並んだ小屋が見えてきて、得物(えもの)を持った者たちが駈け出してくるのに、出会(でくわ)すことになった。岳飛はそのまま、男たちの中に駈けこんだ。

「岳飛だ。黄陂からこれだけ近いところに、賊徒が巣食っていることは、許せん。討滅に来たぞ。死にたくないなら、みんなそこに座れ」

馬を降りながら、岳飛は言った。岳雲と崔史も降り、しばらくして梁興も慌てて降りた。

「いま、岳飛と言ったのか？」

「言ったぞ」

「笑わせるな。岳家軍は五万を超えているという。軍勢が来たならともかく、四人で岳飛将軍の名を騙って、なんとする？」

「だから、おまえらを討滅すると言っているではないか。ずいぶんと、人を殺してきただろう」

五十二名いる。二名は、見張りということだろう。岳飛は、五十二名の構えを、一応、見て取った。誰が頭なのかは、まだわからない。

「おい、岳飛将軍には、右腕がないのだ。それも知らんのか、おまえ」

毛定がくれた腕は、実によくできているのだ、と岳飛は思った。賊徒の誰もが、義手であるとは思っていない。

「気をつけろ、于才。右に剣を佩いているぞ」

後方から言ったのは、まだ若く見える男だった。岳雲と同じぐらいの歳か。

「さて、討滅をはじめるか。むかってくる者は、斬り捨ててしまえ。賊徒だ。人間であると思う必要はない」

梁興に言ったことだった。馬を降りた時から、岳雲と崔史は剣を抜いていた。

「殺れ」

于才と呼ばれた男が、声をあげた。岳飛は、前列にいた三名の首を、抜き撃ちざまに、斬り飛ばした。全員が、一斉に斬りかかってくる。岳飛は、梁興が二人に斬りかかられるのを横眼で見ながら、さらに五名を斬り倒した。岳雲が、賊徒の中に躍りこんでいる。

崔史は、ひとりを斬り倒したが、その屍体に、執拗に斬りつけている。はじめて人を斬った時にどうなるかで、およその人間のことはわかる。岳飛は、崔史のそばへ行き、その尻を蹴りあげた。

梁興は、果敢に二人と斬り結んでいる。これまでに習ったことが、生きている、という感じだった。この男は、ほんとうに強くなりたいという渇望があったのだろう、と岳飛は思った。

梁興の背後から斬りかかろうとした者たちの首を三つ、岳飛は斬り飛ばした。岳雲が、すでに七、八名倒している。

于才は、若い男の前に立って、自分を楯にするというかたちだった。

岳飛は駈け回り、さらに七名を斬り倒した。その間も、二人と斬り結んでいる梁興の姿は、視界に入れていた。梁興が、肩のあたりを斬られたが、浅い。相手をしている二人は、もっと血を噴き出している。

「腰を入れろ、梁興」

岳飛の声が届いたのか、梁興の打ちこみが、急に厳しいものになった。ひとりを、横薙ぎに斬った。もうひとりが、激しく斬りかかってくる。それを、梁興はしっかりと受け、剣を弾き飛ばしてから、頭蓋を両断した。そこで力が尽きたのか、梁興は座りこんだ。それに斬りかかろうとした五名のうち、四名を岳飛は斬り倒した。

崔史が、囲まれている。そこから出てこい、と岳飛は眼で合図を送った。崔史は暴れ回っていたが、岳飛にはそれがただの踊りにしか見えなかった。

「やめろ」

于才に守られた、若い男が言った。

「もうやめろ。勝てはしねえ」

岳雲が、確実にひとりずつ倒していたので、立っている敵はもう少なくなっている。崔史を囲んでいた者たちが、包囲を緩めた。崔史は、そこに斬りこんだが、かわされている。

岳飛は、于才の方に近づいた。剣を構える于才を若い男が止め、前へ出てきた。この男は、最後まで剣を抜かなかった。

「おう、一騎討ちでやる気になったか」

「そうすれば、ほかの者は助けて貰えるか。俺が勝ったとしても、ほかの三人は助ける」

「虫のいいことを、言うではないか。それに、俺に勝てるかもしれんと考えているところが、気に食わん」

「勝てる勝てないは時の運。そう思って、俺はいま闘うしかない」

岳飛はふと、蕭珪材(しょうけいざい)との一騎討ちを思い出した。岳飛が生き延びたのは、まさしく時の運だった。

岳雲が、座りこんだままの梁興を、抱き起こしている。気息の乱れは感じられない。

崔史は、動くと全身がふるえるほど、表情すら消えていた。

「よかろう、来い。おまえの首を刎ねたら、ほかの者は許してやることにしよう。名は？」

「孟遷という」

岳飛は、小さく頷いた。孟遷が剣を抜き放った。なかなか遣える。眼に怯えはなく、覇気は気持のいいものだった。

孟遷が、打ちこんでくる。岳飛はそれを、右腕で受けた。孟遷の表情が変った。次の瞬間、岳飛は左手の剣の柄頭で、孟遷の水月（鳩尾）を突いていた。

孟遷が、倒れる。

岳飛は剣を鞘に納め、孟遷の腹を軽く蹴った。孟遷が息を吹き返し、弾かれたように立ちあがった。

「なかなか、うまくは死ねんな、孟遷」

「俺は、気を失っただけだったのか。そしてあんたの右腕は、義手なのか」

「岳飛には右腕がないというのは、以前の話だ。腕を作る名人がいてな。なくした腕よりも、こいつは頑丈なのだ。別の腕も、いま作って貰っている」

「ほんとうに、岳飛将軍なのか。それが、こんな人数で、なぜ俺たちを」

「北では、大きな戦をやっているが、俺のところは暇でな。黄陂の近くで賊徒をやるという、馬鹿なのか度胸があるのかわからないやつの顔を、ちょっと見たくなった」

孟遷が、うなだれている。梁興が、そばへ来て立った。

「孟遷とは、もしかすると孟盛殿の縁者か？」

梁興が訊くと、孟遷は顔をあげた。

「親父を、知っているのか？」

「俺は、漢陽の梁興という。このあたりに孟一族がいて、北から来た商人に、すべてを奪われた、という話は聞いた。実際、俺は一度、孟盛殿と取引したことがある。おっとりした旦那だった、という記憶がある」

「北から来た商人は、まず権益を与えられ、それまでいた商人たちの利の大部分を奪った。梁山泊の自由市場がこのあたりでも立つようになり、権益に頼った商人は弱り、潰れる者も出てきた。しかし、また権益が息を吹き返しはじめている」

「おまえ、商人になれずに、賊徒になったのか？」

岳飛が言うと、孟遷はうつむいた。

「俺は、権益で儲けている商人を、襲った。やつらの利が、正しいものとは思えなかったからだ」

「理屈を並べる、負け犬か」

死ぬつもりだったのだろう、と岳飛は思った。眼の前で岳飛が手下を斬り倒すのを見て、一騎討ちで勝てるなどとは、かけらも思わなかったはずだ。それでも死ぬことで、生き残っている者たちを助けようとした。

「負けたのだ、首を打ってくれ」

「ふん、おまえは負けた。なにを言う資格もない。自分を殺せと言う資格もだ」

孟遷が、眼を閉じた。于才が、腕に軽く手を当てた。

「俺は、孟家の執事で于才という。相手が岳飛将軍だと考えもしなかったわれらは、はじめから負けていた。弄んだりせず、さっさと斬ってくれ。賊徒になった時から、孟遷殿も俺も、そして手下たちも、死ぬ覚悟をしたのだ。早くしてくれ」

岳飛は、小屋の周辺を見回した。

「岳雲、生き残っているのは、何人だ？」

「俺が見たところ、二十二名です。そのうちの十二名は、手負いです」

「殺し過ぎたかな」

崔史は、茫然と立ち尽している。

「崔史と二人で、手負いの者に、血止めなどしてやれ。元気な十名は、黄陂に引っ立てる。ま、梁興が捕えたことにするかな」

「俺が？」

「武勇伝が欲しいのだろう。誰もが認める、武勇伝だ」

「そんなものは、要らん」

「おまえ、二人も斬ったのだぞ。見事なものではないか」

梁興は、なにも答えず、岳雲の方へ眼をやっていた。

「おい、秣はあるか？」

立ったままの賊徒のひとりに、岳飛は言った。

「あります」

「秣と水を、馬にやってくれ。明日早朝に、出発する。立っている者は、怪我人の手当てを手伝え。死んだ者は、埋めろ」

九宗山の賊徒の報告を聞いたのは、もう半年も前のことだ。その時から、規模は大きくなっていない。興味を持ちはじめたのは、いつまでも人数が増えなかったからだ。

「おい、この連中を、どうするつもりだ？」

梁興が、そばに立って言った。

「さてな。黄陂へ連れて行ってから、考えよう」

「おまえが、孟遷にどういう関心を持って、小人数でここへやってきたのか、知らん。俺を連れてきた理由は、わかるような気もするがな」

「たまたま、おまえが現われた」

「戦が好きで、私兵のように用心棒を雇う。十名の賊徒を、五十名で追いつめて殺し、勝ったつもりでいた」

「それも、勝ちさ、梁興」

「おまえ、俺が二人と斬り合っている時、助けようともしなかったな」

「俺も、手一杯でな」

「おまえが、二人以外は俺に近づかないようにしてくれたのは、よくわかったよ」

「そうかな。たまたまだろう」

「礼を、言っておく」

「礼を言われるようなことを、したかな。おまえを、危ない目に遭わせただけだ」

「わかったような気がするんだよ、俺は」

梁興が、かすかに口もとを綻(ほころ)ばせた。

「なにが、とは言えん。しかし、なにかわかった。そして、おまえがそれを、俺にわからせようとしたこともな」

怪我人が、小屋の中に運びこまれている。

梁興が、また孟遷のそばに行った。

北では、戦が続いているだろう。そしてここでは、商人の梁興が、自分の手で二人斬った。当分、これ以上のことは起きそうもない、と岳飛は思った。

岳雲が、焚火(たきび)を作る指図をしている。

三

乱雲が、小さな傷をひとつ受けていた。

その時の情況は、はっきりと思い出せる。

敵の歩兵の中に、突っこむかたちになった。そのまま突っ切れば、そのむこうに撻懶がいた。遠いが、動きを抑えることはできる、と史進は思った。

どうということもない、歩兵だった。蹴散らせば、それで済んだ。

あの時、自分の心の中にあった、ひと時の空白が、いまもはっきり蘇ってくる。

鉄棒を措き、日本の刀を遣いはじめて、四日目だった。歩兵を蹴散らして駈けながら、史進はふと、自分が遣っている得物が、日本の刀ではなく、いつもの鉄棒だ、という気持に包みこまれた。

なにをするにも、日本の刀は腕をのばさなければならない。それが、鉄棒のつもりで、脇を締めていた。突き出されてきた戟を、それでかわし損ねた。乱雲が、わずかに横に動かなければ、史進が手傷を負っただろう。

乱雲の首のところに、突き出された戟が引かれる時に、小さな傷ができた。乱雲の首から血が流れるのを見て、史進は自分が遣っているのが、日本の刀だと気づいたのだ。

鳥肌が立った。自分はどうしてしまったのだ、という思いが、史進の心に拡がった。
乱雲は、足並みひとつ変えず、その日の戦を駈けきった。
乱雲の傷を拭ってやったのは、陽が落ちかかってからだった。
痛みが、史進の全身を駈け回った。仕方がない傷ではない。あの疾駆しながらの横へ
の動きは、明らかに史進を守るためのものだった。
翌日も、その翌日も、乱雲は同じように駈けた。史進は、得物を鉄棒に戻していた。
また錯覚を起こすことを、恐れたのだ。
乱雲が傷を受けてから、三日経っている。
野営地である。梁山泊軍本隊とは、かなり離れたところで、遊撃隊は野営していた。
史進は乱雲の鞍を降ろし、躰を拭ってから、しばらく傷に掌を当てていた。
明日もまた、おまえに駈けて貰わなければならん。
史進は、心の中で乱雲に話しかけていた。
駈けると、この傷は痛むのかな。ここから血が流れていた時、俺はどうしていいかわ
からなかった。泣きたいような、喚きたいような、おかしな気分だった。おまえの親父
も、祖父さんも、そのまた親父も、みんな雄々しい馬だった。俺を守って矢を受け、斃
れたのは、おまえの親父だった。俺を、守らなくてもいい。俺は死んで土に還るが、お
まえは思うさま生きればいいのだ。

俺が一番こわいのは、おまえが俺を守って死ぬことだ。俺はもう、いつ死んでもいい。そして、独りきりで死にたい。ともに死のうと言う資格など、俺にはないのだ。戦場ではないところをおまえと駈けたら、気持がいいだろうな。二人で風になって、どこかへ行ってしまって。

「史進殿」

声がして、史進は乱雲に言葉をかけるのをやめた。

ふり返ると、尹舜が立っていた。

「馬の補充は、二十二頭で済みました。呼延凌殿の本隊も、秦容の軍も、馬の損耗はそれほどありません」

「蘇琪のところだけは、兵も馬もかなりやられているな」

「はい。しかし眼に余るほどではない、と呼延凌殿は考えておられるようです」

尹舜の口調には、どこか不満を感じさせる響きがあった。一頭の馬も死なせたくない、というのが、尹舜の本心だろう。

「補充は、間に合います。なにしろ、調教済みの三千頭を連れてきているのですから」

その三千頭と自分が囮になり、金軍七千騎の夜襲を誘った。その七千騎は、全滅させたが、兀朮はそれで、心を覆っている具足をひとつ、脱ぎ棄てたという感じになった。しばしば、大胆で意表を衝く動きをするのだ。それだけ、梁山泊軍が動けることにもなるのだが、動けば動くほど、犠牲が出るのも戦の真実だった。

「乱雲は、傷を負ったのですか、史進殿?」

傷そのものは、毛に隠れて見えなくなっている。どこで尹舜が見抜いたのか、わからなかった。

「なぜ、わかる?」

「史進殿の顔が、傷を負っています」

「そうか。そう見えたのか」

「どこです」

尹舜が言い、史進が指した場所に、眼を近づけた。顔を動かしながら、それでもじっと眼は傷に注ぎ続けている。そして、指さきで軽く触れた。

「俺は、掌を当てていただけだ。こうして戻ってくると、掌をそこに当てて、謝った。俺の軽率さで、受けた傷なのだ」

「いいのですよ、史進殿。手当てと言うではありませんか。乱雲にとっては、最もいい手当てだったと思います。それに乱雲は、いささかの怯えも、持っていません。これぐらいの傷でも、怯えてしまう馬は少なくないのです」

「怯えているとは、俺も感じない」

「雄々しい馬ですよ。史進殿の雄々しさとやさしさを、乱雲はともに持とうとしています。人の心のきれいな部分は、馬も共有してくれるのだと、皇甫端先生がおっしゃいました」

「やさしさは、どうかな。馬につらくあたったことはないが、兵にはしばしばつらくあたっている」

「戦場で、無理をさせなければならないことがあるので、そうしているのでしょう？」

「戦場では、兵は死ぬのだ。どこまで耐え抜いて死ぬかが、軍の強さと言っていい」

「耐え難いほどの調練をやり抜いた兵は、生き抜くのだろう、と思います。史進殿のやさしさを、疑った兵はいない、と思います。時々、困ったことをする、と苦笑いしながら見ていても、嫌っている者はいません」

「俺は、嫌われ者だ」

「そうでいたいのでしょう。だって、どれだけ鍛え抜いた兵でも、死ぬ時は死ぬのですからね。嫌われていると思えば、そのつらさは、多少は減るかもしれない」

「おい、尹舜。生意気なことを、言うようになったな」

「馬に対して、最もやさしいのは、林冲殿、史進殿、そして楊令殿だと、皇甫端先生が言われたことがあります」

皇甫端は、馬医者としては、大したものだったのだろう。北で、酒に溺れている男を、段景住が連れてきた。女房だか女だかの関り合いで、酒に逃げていたという話だったが、詳しいことは知らない。

牧での皇甫端が、人と喋るのを見たことはほとんどない。大抵はどこかで、馬の首を抱き、なにか語っていた。

馬は、死ぬ。だから馬に乗る兵は、馬とそれほど親しくしてはならない、と史進は皇甫端に言ったことがある。

馬が死ぬ時は、自分も死ぬ。その思いがあれば、一体になれる。一体になれた馬は、人の世では出会えない友にもなる。皇甫端は、笑いながらそう言った。第一、馬の寿命は人の寿命よりずっと短い。死には、いつか立会わなくてはならない。

史進が乱雲に助けられたのは、劉光世との戦の最中でだった。歩兵に躍りこもうとした時、史進に矢が集中してきた。それを棹立ちになって受け、史進を守ったのだ。

あの時のことを思い出し、思わず起きあがってしまう夜が、いまもある。

「尹舜、皇甫端の爺さんから、聞いていないこともあるだろう」

「ありません」

「一緒に死ね」

「馬とですか?」

「そう思えば、戦場で一体になれる」

「そうですね。確かに、そうだと思います。そしてそれは、俺に教える必要のないこと

「だと、皇甫端先生は考えられたのでしょう」

牧は、いつ行ってものどかだった。どんなに厳しい調教をしていても、史進の眼には遊んでいるように見えた。

馬には、志はない。国に対する思いも、またない。あるのは、乗る人間との結びつきだけなのだ。だから、人を恐れるようになる調教を、梁山泊軍では一切しない。

それが、皇甫端の思想だった、ということだろう。馬盗人から馬匹担当になった段景住も、馬にはやさしかった。なにが悲しくて、殺し合いの場に出て、潰れるまで駈けなければならないのか。よく、そう言っていたものだ。

「戦が、長くなっている。乱雲を休ませてやりたい。乱雲だけでなく、馬たちをな」

「兵は?」

「兵は、耐えるさ。耐えなければならない、と思えるものを持っていれば、耐えられる」

「それが、志なのですか?」

「多分、そういうことだろう」

「乗っている人間が耐えようと思うかぎり、馬は耐えますよ。しかし、戦はいつまで続くのですか?」

「わからん。呼延灼にも、敵将の兀朮にも、見えてはいないと思う。ともに、力を出しきる闘い方をして、それがずっと続いている。呼延灼の粘り腰も大変なものだが、兀朮の闘い方には、執念のようなものを感じるな」

「なんに対する、執念なのですか？」

「自分が、武人であろうとすることへの、執念かもしれん。それだと、厄介だな。相手にするには、最も厄介なものと、呼延凌はむき合っている」

「呼延凌殿は、志のために闘っているのですか？」

「さあな。呼延凌にも秦容にも山士奇にも、志はある。梁山泊を、絶対に潰せないと考えている。それが志とどう繋がるかは別として、梁山泊は志が作りあげた国なのだ」

「そうですね」

「蘇琪には、いい馬を補充してやれ。やつは楊令殿の仇を討とうとだけ考えている。秦容にもそういうところがあったが、同時に、志のありようも考えはじめた。秦容にとっては、実戦がいい薬になってる」

「仇を、討たせてやりたいのですか、蘇琪に？」

「楊令殿のためにだけ、あいつは駈けてるんだよ。『幻』の字を消した、黒い旗で」

「そうですか」

「時々だが、生きているころの楊令殿を見ている、という気がする」

葉敬と耿魁が歩いてくるのが見えたので、史進はそれ以上言うのをやめた。

呼集がかかり、麻哩泚は本陣へ行った。

幕舎がひとつで、海東青鶻の旗が掲げられている。

すでに、撻懶と乙移がいた。処烈と訥吾も、麻哩泚の到着を見計らったように、幕舎に入ってきた。兀朮は、腕を組んで奥の椅子に腰を降ろしていた。

「はじめるか」

撻懶が言った。このところ、撻懶の軍は徹底して史進と蘇琪の軍に襲われ、互角のぶつかり合いになった時には、歩兵に締めあげられるという戦をくり返し、かなり兵を失っていた。

激しい戦だった。麻哩泚の長い軍歴でも、蕭珪材、耶律大石、耶律披機の三将が、燕京（北京）を守って宋禁軍（近衛軍）の趙安と闘った時以来の、厳しさだった。

ただ、あの時の戦と較べると、芯になにかが欠けていた。それが、自分に欠けているものなのか、戦そのものに欠けているものなのか、麻哩泚にはいまひとつ見きわめられない。

ぶつかり合いの激しさだけが募る、という戦になっていた。

蕭珪材がいたなら、なんと言うのか。退けないところまで、双方が踏みこんだ。きっかけは、総大将の前進だった。

あの前進が、是か非か。それは麻哩泚にはわからない。しかし前進することで、兀朮は武人としてのなにかを獲得した。それは、獲得した者を逆に食い殺しかねないほどの、危険なものだ。そして梁山泊軍にとっては、手がつけられないものになっている。

「斬り合ってきた。斬って斬って、そして斬られて斬られた。骨に届いてはいない。お互いにだ。こんな斬り合いがあるのかと、いま俺は思っている」

兀朮が全員を見渡した。

「俺の軍は、二万近く減った」

撻懶が言った。

「難しいな」

兀朮が言う。なにが難しいかは、言わなかった。

「あの歩兵です。戦場の真中にいて、愚直に動かないあの歩兵が、騎馬を主体としたわが軍の動きを、著しく悪くしています」

訥吾が言った。兀朮の本隊も撻懶の軍も、若い将軍が育ってきている。六十をいくつか超えた自分が、一軍を率いるのは無理がある、と麻哩泚は思っていた。

それを、兀朮には何度も言い、退役を願い出た。この戦が終ってから、というのが兀朮の返答だった。

軍に残ったのは、蕭珪材軍が、まだ存在していたからだ。ほんとうなら、蕭珪材より先に死ぬべきだった。殉死は禁じられていたが、先に死ぬことは当然禁じられていなかった。

死ぬ機会を、摑み損なった。長くそばに仕えながら、蕭珪材が岳飛との一騎討ちに出る、ということは予想できなかった。そこで死ぬとは、もっと予想できなかった。仰いで、幸福だと思える大将だったが、岳飛との一騎討ちに出たことについてだけは、欺(あざむ)かれたような気分が残っている。

その後、蕭珪材軍は少しずつ減り、麻哩泚が退役する機会は常にあった。軍に残ったのは、兀朮の強い希望があったからであり、軍の暮らしというものが、若いころから好きだったというのもあった。

兀朮は、蕭珪材の戦を知りたいという理由で、麻哩泚を引き止めたのだ。

「あの四万をなんとかしないかぎり、わが軍は思うさま動けない、と俺も思います」

処烈が言った。

四万の歩兵を、なぜ十数万の騎馬隊で突き崩せないのか。それは、梁山泊軍が、四万を中心にした戦をしてくるからだ。騎馬隊で突っこもうとしても、必ず相手の騎馬隊の横槍(よこやり)が入る。動きが悪くなった騎馬隊は、歩兵の餌食だった。

それにしても、あの四万の性根の据え方は、尋常ではなかった。時には、相手の妨害を擦(す)り抜けた騎馬隊が突っこむが、まるで水かなにかのように騎馬隊を引きこみ、締めあげ、結局は殲滅させる。

続けざまの騎馬隊の突入が必要だ、ということはわかっているが、それができない。四万は、いわば本陣なのだ。身に迫ってくるものがあれば牙を剝く、本陣だった。

「呼延凌も秦容も、うまく緩急を遣い分ける。あれほど騎馬隊の扱いが巧みな者は、わが軍にもいないと言えるだろう」

兀朮の口調は、はじめから重苦しい。

「馬の質も、相当にいいぞ、兀朮殿」

「われらより、補充がしっかりしている。夜襲隊の囮になったのは、多分、補充のために連れてこられていた馬だろう」

「斥候が、その馬群の所在を、捕捉できないのですか？」

麻哩泚は、これまで得心がいかなかったことを、口に出してみた。軍議で発言することなど、やめていたのだ。

「斥候が、あまり動き回れなくなっているのだ、麻哩泚。梁山泊軍の後方を探ろうとすると、網にひっかかり、討たれる。すでに、一千近くは討たれている。網は、梁山泊致死軍だ。われらが、これまで相手にしたことがないような軍だ」

名を、聞いたことはあった。旧宋と梁山泊が闘っていたころから、致死軍はいて、音もなく動き回っていた。

「自領で闘っているというのに、しばしば兵糧が不足する。これも、致死軍が輜重を襲うからだ」

自領と言っても、力で押さえつけている地域だ、というにすぎない。長く統治をしてきたわけではないので、できるのは税の徴収ぐらいのものだろう。

「こちらが手詰まりなら、相手も手詰まりということです」

乙移が言った。まだ三十には間がある、若い将軍だった。次に位置する上級将校もかなりいて、金国は軍だけは強化してきている。民政が、隅々にまで達しないのは、仕方がないことなのだろう。ようやく、金国の役人が赴任してきている、という情況なのだ。

「梁山泊軍の騎馬隊は、一万。それに史進と蘇琪だ。あの歩兵さえ揉み潰せば、こちらの騎馬隊の力を、充分に発揮できる」

兀朮が腕を組み、眼を閉じた。

「こんなことは、はじめからわかっている」

呟くような言い方だった。

「蕭珪材将軍なら、どうされただろうか、麻哩泚？」

呟くような口調は、続いていた。

「呼延凌という男を、まず見きわめられたと思います」

「俺は、見きわめた」

兀朮が、眼を開いた。

「ぶつかるたびに、違った面を見せる。うんざりするほどだ。それはわかったが、どう対していいかは、見えん」

蕭珪材には、構えなどなにもない。ぶつかった瞬間に、どう動くか決める。それは戦の天稟とも言っていいものだった。胸がすいて、笑いながら闘ったことが、何度もある。

そしてその天稟は、兀朮にも呼延凌にもあるのだ、と麻哩泚には感じられた。天稟と天稟がぶつかり合うので、犠牲ばかり出す凡戦と、見た感じでは同じようになっている。毎日が、きわどい勝負だった。気を抜いた方が負ける。そういう闘いを、兀朮は先頭に立って、くり返してきたのだ。

いま麻哩泚には、海東青鶻の旗が、雄々しいものとして見えていた。

「蕭珪材将軍は、戦に天稟をお持ちだった。俺は、もっと学んでおくべきだったが、学びきれるものでもなかったのだろうな」

「蕭珪材将軍とはまた別のものを、総帥はお持ちです」

兀朮は、なにも言わなかった。

軍議は、はじめのころこそ開かれたが、激戦に転じてからは、一度も開かれなかった。伝令が持ってくる命令を、聞くだけだった。

「明日の戦で、俺は二万騎を率いて、歩兵に突入する。無論、青鶻旗を掲げてだ。諸将の役割は、ひとつだけ。俺の行く手を、騎馬隊に遮らせないことだ」

「総帥自ら、戦場の中央へ進まれるのですか？」

乙移が、言った。撻懶は、じっと兀朮を見つめている。

「それは、ほかの者がやるべきことだと、俺は思います」

訥吾が言った。

「毎日、何度もそれをやった。それをやりながら、俺は『呼』の旗を求め続けた。呼延凌もまた、青鶻旗を求め続けた。呼延凌の七星鞭が、秦容の狼牙棍が、何度俺の躰を掠めたか、数えきれん」

「わかりました。明日は、身を挺して、梁山泊軍の騎馬隊を止めます」

麻哩泚は、そう言っていた。

「俺が死んだあとの総帥は、撻懶殿だ。歩兵を潰滅させるまで、俺はあの中に留まる」

誰ひとり、口を開こうとしない。明日の動きを、あらかじめ話し合うこともない。全員が、兀朮の青鶻旗を見ていればいい。そして、動こうと思った時に、動けばいい。

「散会」

兀朮の声が、静かに告げた。

麻哩泚は、最初に幕舎を出た。

薄闇の中をしばらく歩くと、胡土児がひとりで立っているのが見えた。

「なにをしておられる？」

胡土児は、ゆっくりとふり返った。

「これは将軍。軍議はもう終ったのでしょうか。俺は、まだだと思い、星を見ていました」

「星を。しかし、まだいくつかしか出ておりませんな」

「暗くなるにしたがって、見えなかったところに、見えるのです。いきなり、そこに現われたようにです」

胡土児は、兀朮の養子である。躰こそ大きいが、まだ十五、六歳だろう。

この戦では、常に兀朮のそばにいる。いくつかの攻撃は、胡土児自身が受けとめたかもしれない。具足には、手入れのあとがいくつも見えた。

明日も、兀朮は胡土児をそばに置いておくのだろうか。

「黒い空に星を見つけるのが、俺は好きなのです。だから、月が出たらあまり空は見ません」

兀朮が戦場に胡土児を伴うことを、やりすぎだと言う者もいた。しかしそういう者たちも、胡土児の動きを見ていると、やがて口を噤むようになった。

兀朮の動きについていけず、脱落する者も少なくないのだ。

「馬は、そこに並べてあります。従者の方が、松明の用意もされています」

幕舎の方で、青鶻旗が風にはためくのが聞えた。

明日は風が出るかもしれない、と麻哩泚は思った。

四

夜明け前に、秦容は眼醒めた。

上体だけ起こし、失った兵の数を数えた。

五千騎のうち、すでに一千以上は失っている。手負いの者も、少なくない。

駈け回り、一見、乱戦に見えるが、相手の騎馬隊の動きの、先の先まで読んでいた。相手も、そうだろう。

死んでいった者たちが、少しずつ秦容を覚醒させていた。実戦に入ると、兀朮を討つという思いばかりが先行し、ついやりすぎる結果になった。

兀朮の軍が、自分が知っていたのとはまるで違うほど、精強になっていると気づいた時には、もうかなり兵を失っていた。

兀朮を討つという気持を、秦容はまず捨てた。それで、戦場全体がよく見えるようになった。

梁山泊軍は、全力で金軍と闘っている。

二十万以上だった金軍も、青鵠の旗が前に出てきた時から、全力を出しはじめている。

ひとつ読み間違えると、差しこまれ、囲まれそうになった。そこから逃れ得たのは、呼延淩との無意識の連携があり、史進や蘇琪の思いがけない介入によるものだった。

史進と蘇琪の動きは、頭に入れない。それが、二人との連携のやり方だった。

秦容以上に青鶻の旗に執念を見せる蘇琪は、いまは撻懶の対応に回っている。その執念が危険だと見た、呼延淩の決定だった。口調は静かだが、決然としていた。

兀朮の首にこだわり続ける蘇琪を見て、秦容は少しずつ醒めていく自分を感じた。楊令の死も、さまざまなめぐり合わせの果てにあったもので、そこにひとつだけ、兀朮も絡んでいた。

暗殺者の存在に、何年も気づかなかった自分は、もしかすると兀朮以上に、楊令の死に絡んでいたのではないのか。

兀朮が楊令の仇と、ひたすら狙い続ける蘇琪を見て、自分が見えてきたということだろうか。

指揮官の、心の中のこだわりは、危険である。無用に、部下を死なせる。

撻懶と闘いはじめた蘇琪に、それが見えているだろうか。

明るくなってきた。ようやく、兵も馬も動きはじめた。疲れきっている。わかりきったことだ。ぎりぎりのところで、何日も闘い続けてきたのだ。

馬は補充されているが、兵は補充されない。呼延淩の軍も、千騎近くは減らしているのだろうか。蘇琪の軍の損耗が、最も大きいようだ。

歩兵の犠牲は、あまり出ていない。

やはり、山士奇が真中にむかいはじめた。この愚直な動きで、一日の戦ははじまり、山士奇が一里（約〇・五キロ）ほど退がることで、終る。

その間に交わされる騎馬の戦は、一度たりと同じようなものはない。何度か、青鶻の旗に肉薄した。同じぐらいの数、肉薄された。呼延灼も、似たようなものだろう。肉薄するのとされるのは、まさに紙一重だった。そこを、両軍ともどうしても突破できない。

ここ数日の間、秦容が見つめているのは、戦のありようだった。お互いに、決まった場所に出てきて、決まったようにぶつかる。

かなり広い範囲が戦場だが、山士奇の位置だけは、ほとんど変らなかった。

この戦は、金国が梁山泊を攻めようとした、というところからはじまった。しかし戦場は金国の領土の中で、梁山泊は不思議な空白の中にいる、と感じられる。

金軍が、直接、梁山泊を攻めることはしていない。梁山泊軍が、実際に見える敵だからだろう。梁山泊も、本寨は完全な空城である。この戦で梁山泊軍が潰滅すれば、梁山泊の存在はなくなる。

本寨にも、金国の役人が入って、ほかの漢土と同じように統治されるのだろう。

しかし、梁山泊が全く消えてしまうということはない。交易の道は残る。水軍も残る。そこで動いている、人間たちも残る。

楊令は、なにを作ったのだろうか。国の背後に、国ではないものがあったのではないのか。国ではないものとは、なんなのか。楊令には、それが見えていたのか。

三里、軍を前へ進めた。

山士奇軍が中央に位置し、根を生やした。田忠と鍾玄の歩兵は、撻懶にむかっている。梁山泊が消えることがないとしたら、この戦はなんなのか。ふと、思った。青髑の旗が、見えてきた。ぶつかり合いは、ぎりぎりのところを抉るようなものになっている。

秦容は、気息を整えた。全体を見渡した。呼延凌は、やや後方にいる。

「行くぞ」

秦容は、声をあげた。駈けはじめる。左翼の二万。しかし、歩兵が出てきた。強力ではないが、邪魔である。蹴散らすとすぐに潰走するが、翌日もまた陣を組んで出てくる。なんのために、歩兵を出すのか。毎日、同じようにどこかの時点で出てくる。今日は、最初に出てきた。

梁山泊軍の犠牲も大きいが、金軍の犠牲は、すでに五万を超えているだろう。

死闘という切迫感は、秦容にはなかった。自分が、ほんとうに戦人なのだろうか、という思いがどこかに滲み出している。

歩兵を、二つに割るように突っ切った。左翼の二万。動きはじめている。それに絡みつけば、二つに割れる。どちらかが、山士奇の歩兵に突っこもうとする。

二万を遮るなら、騎馬隊全体の、進む方向を変えるような攻撃をすることだ。不意に、なにかが秦容の皮膚を刺した。微妙だが、二万は自分を遮ろうと動いていないか。

「いやな気がする、秦容殿」

そばにいた董進（とうしん）が言った。自分の皮膚を刺してきたものがなにか、秦容は見きわめようとした。

動いている。青鶻の旗。錐行（すいこう）で、先頭に旗があった。止められるか。駈けながら、秦容は考えた。左翼の二万が、絡みついてくる。

「頼む」

董進に言葉を残し、秦容は狼牙棍を振りながら、絡みついてくる敵を打ち落とした。すでに、疾駆である。ついてくるのは、二百騎ほどだ。

兀朮を先頭にした軍は、やはり二万騎ほどか。呼延凌が絡みついていくのが見えた。いくらか、秦容は遅れている。絡みついた呼延凌と、うまく連携がとれない。

いきなり史進が突っこんできたが、先頭からはわずかに遅れた。先頭だけを、孤立させるかたちにはなっている。およそ三百ほどだ。青鶻の旗は、まるで方向を変えようとしない。

「馬鹿な」

思わず、声が出た。兀朮は、三百騎で山士奇軍に突っこんだのである。土煙があがった。史進に分断された軍が、死物狂いになっている。遅れてはいたが、山士奇軍に飛びこんでいった。青鶻の旗は、山士奇軍の中で動き回っている。

一瞬にして、戦場の様相は変っていた。

駈けても駈けても、山士奇軍には近づけない。突っこんだ騎馬が千や二千なら、山士奇軍はそれを搾りあげ、戟で突き落とす。しかし、二万だった。分断された先頭の兀朮は、なんのためらいもなく三百騎で突っこみ、それが全体の戦を大きく動かした。

呼吸にして三つか四つあれば、山士奇は兀朮を突き落としただろう。呼吸二つで、分断された残りの騎馬隊が駈けこんでいた。

史進は赤騎兵だけを率いていて、先頭を分断する以外のことは、できなかった。自分がそばにいれば、と秦容は唇を噛んだ。

二万騎が、山士奇軍の中で暴れている。ほかの軍は、それこそ必死である。犠牲をいとわず、絡みついてくるのだ。

山士奇軍が、割れた。中央から全方位で外側にむかって踏み荒らされ、玉が粉々に砕けるように、割れた。

救いは、まとまることにこだわらず、大きく散ったことだ。それによって、青鶻の旗に続いた軍が、散ったかたちで剝き出しになってきた。

黒い旗が、一直線に青鶻の旗にむかっている。遮る敵をものともしていないが、後方は次々に突き落とされていた。

秦容は、雄叫(おたけ)びをあげ、敵を突っ切った。蘇琪が、青鶻の旗に肉薄している。これまでの肉薄とは違う。届く。そう見えた。そして、届いた。


途中で、赤騎兵に遮られた。

しかし、自分には届かなかった。三百騎ほどに分断されたが、兀朮はそのまま山士奇軍の楯を蹴散らし、戟をかわし、突っこんだ。そこで、すでに二百騎に減った。

馬の力のかぎり、山士奇軍の中で押しまくった。それでも、締めあげてくる力は強烈なものだった。二百騎が、見る間に百騎になった。その時、後続が飛びこんできた。

山士奇軍の内側には、楯もない。戟も、内側にむかってはうまく遣えない。すぐに、崩した。

しかし、大きく崩れすぎた。いや、まだ冷静さを失わず、大きく崩れる指示が出たのか。討てるだけ、討つ。それしかなかった。駈ける騎馬に、歩兵の力は弱い。次々に倒していったが、麾下が大きく拡がりすぎる、という危機感も襲ってきた。

全軍で、梁山泊軍を受けとめているはずだ。それでも、赤騎兵は止められなかった。そう思った時、黒い旗が眼に入った。全身に、粟(あわ)が立った。毛が逆立つようだった。楊令。そうとしか思えなかった。片脚を、もう一度、斬られたような衝撃が襲ってきた。

それは躰ではなく、心を襲ってきたものだ。まだ斬られていない。斬られているのは、心だけなのだ。

兀朮は、集結の命令を出そうとした。しかし声も出ず、剣の合図も出せなかった。

黒い旗。負けるか。思いながらも、躰が動かなかった。ここで、死ぬか。思った時、影が眼の前を通り過ぎた。胡土児。父の楊令を、横薙ぎに斬った。そうとしか、兀朮には思えなかった。

黒い旗の勢いはそれで落ち、気づくと兀朮の周囲を数百騎が囲んでいた。黒い旗は、遠い。いや、伏せられた。

そばに、胡土児がいた。持っている剣が、血に染まっている。父親の血だ。不意に、兀朮は恐怖に似たものに襲われた。

「父上」

胡土児の声。すぐに、自分を取り戻した。

「歩兵がいない。存分に、駈け回れ」

「しかし父上、処烈将軍の旗が、消えています」

「なんだと。どことぶつかっている？」

「呼延凌です。こちらへむかってきます」

「密集隊形。一度、離脱するぞ、胡土児」

「はい」

　このままでは、呼延凌にはぶつかれない。ようやく、兀朮は麾下の二万に、剣で合図を出した。青鶻旗が、大きく振られた。

　二万の麾下。思ったが、離脱してきたのは一万ほどだった。激戦は続いている。追ってきた呼延凌を、なんとかかわした。

　撻懶が、秦容軍に追いつめられている。兀朮は、一万で秦容の背後を襲った。秦容軍が、弾けるように散った。それからもう一度、隊形を組み直すのが、秦容だった。

　兀朮は、撻懶を守るように、陣形を整えた。方々で、金軍は翻弄(ほんろう)されているように見えた。百騎を五百騎に、千騎を五千騎に感じさせる。それが梁山泊軍だった。

「撻懶将軍が、負傷されています」

　伝令の声が、敗北を伝えるような、重々しい声に聞えた。

「よし、前へ出ろ。そうしながら、戦闘中の軍を退がらせろ。史進には、気をつけろよ」

　鉦が、打たれた。一万騎で前へ出た兀朮の周辺に、次々に軍が集まってきた。

「構えたまま、退がれ。今日の戦闘は、これで終りにしたい。ただ、差しこんでくる梁山泊軍がいたら、三倍の兵数で対応せよ」

　戦場が、次第に静かになっていく。梁山泊軍も、今日は矛(ほこ)を収めたようだ。

「烏里吾(ウリゴ)、損害を調べよ」

烏里吾は、腿に傷を受けているようだった。それでも、発している声は強いものだった。

両軍は、自然に分けていた。まだ、中天に陽がかかったところだが、これまでの二日分の闘いをしたような、虚脱感に似たものが、兀朮を包みこんでいた。

野営地まで、退がった。

兀朮は、胡土児のほか十騎ほどを率いただけで、撻懶の陣営へ駈けた。

撻懶は、毛皮の上に寝かされていた。顔の色は、悪くない。

「俺の、馬鹿な意地が、撻懶殿を負傷させてしまったのか」

「負傷したのは、俺の責任だ、兀朮殿。秦容の狼牙棍を、かわせるものと思ってしまった」

「秦容に？」

「狼牙棍の一撃であったな。雷にでも打たれた気分だ」

「そうか。具足が守ってくれたか」

「いや、掠ったのだ。まともに食らっていれば、躰は粉々であったろうよ」

「とにかく、開封府へ護送させる」

応急の手当てをしたあとは、それが一番いいだろうと判断した。開封府には、医師もいれば、清潔な寝台もある。

「血は、止まる。命に関ることはない。俺が去ったあとの指揮権は、斜哥に渡す」

「わかった」

副官の捜累ではなく、若い将軍に託す気になったようだ。

陣営の騒々しさは続いている。

兀朮は本陣に戻り、烏里吾の報告を聞いた。やはり処烈は呼延淩とぶつかり、討たれていた。騎馬隊の損耗は、はなはだしい。しかし山士奇の歩兵を、一万以上は討った。蘇琪も討っている。

「胡土児を」

幕舎に入りながら、兀朮は従者に言った。

胡土児は、入ってくると直立した。

「俺は、おまえに助けられたのか?」

「討てる敵を討った、というだけのことです、父上」

「しかし、相手はあの蘇琪だぞ」

「蘇琪という将軍は、父上を見ていました。そばまで来た時は、ひとり突出していましたし、父上しか見えていなかった、と思います。だから、討てたのです」

「そうか。俺しか見ていなかったか」

「戦のはじめから、あの将軍は父上だけを狙っていた、と思います」

「もういい。戦を教えるつもりが、教えられているな。明日からも、俺のそばにいろ」

兀朮が言うと、胡土児は踵を返して幕舎を出ていった。

編制をどう組み直すか、兀朮は考えはじめた。撻懶の軍の斜哥と乙移は、自分の下に置いて、動かしてみるしかないだろう。

麻哩泚が、善戦していた。六十を超えているとは思えない、動きだった。

外が、騒々しかった。なにをやっている、と呟きかけ、兀朮は腰をあげた。

五

呼延淩が命じたことに、間違いはなかった。底力を出せという言葉も、納得できた。兀朮も、三百騎で捨身の攻撃をしてきたのだ。

ほんとうなら、自分が先頭に立ったはずだ、と史進は思った。疲労が、躰の底に重く澱んでいる。それを、ふり払った。

散っていた歩兵を集めると、呼延淩はすぐに駆けさせはじめた。一万以上の犠牲を出したのに、山士奇軍の指揮官は全員無傷だった。それは、全員が外側に、つまり最初に敵と接する位置にいたからだ。田忠、鍾玄がそれぞれ一万を率いて駆けたあとから、山士奇は三万弱の軍を駆けさせはじめた。

両軍が分けてから、半刻（十五分）も経たずに出た命令だった。

騎馬は、その場で二刻だけ馬を休めた。

そして、駈けはじめた。一日は、まだ終っていない。二千に減っていた蘇琪の軍は、一千ずつに分かれ、呼延灼と秦容の下についていている。

史進は、遊撃隊を鄭応と葉敬に任せ、赤騎兵だけを率いていた。そばを駈ける耿魁は、まだ疲れを微塵も見せていなかった。闘気がさらに満ち溢れてくるのを、史進は痛いほどに感じるだけだ。

途中で、駈けている歩兵を両翼から迂回するようにして追い越した。ひとしきり駈けると、金軍の陣営が見えてきた。

まだ、態勢が整っていない。前衛の一万騎ばかりが、まとまっているだけだ。奇襲というほどではないが、意表は衝いている。

「駈け回るぞ」

史進は声をあげ、赤い鉄棒を頭上で振った。

最初に、敵にぶつかった。遊撃隊は、馬がいい。特に、赤騎兵は選りすぐった馬に乗っていて、風のように速い。

五騎、六騎と打ち落とし、史進はひとつ息をついた。

蘇琪の馬も、速かった。それで、兀朮に届いた時、突出してしまっていた。兀朮しか見ていなかったから、そばに付いていた者に斬られたのだ。斬ったのはまだ小僧だったが、兀朮のそばで、しばしば、おやと思うような動きを見せていた。

しかし、馬があれほど速くなければ、蘇琪は兀朮を討てたかもしれない。

乱雲は、駈け続けている。次の敵。十騎ほどで、史進にむかってきた。史進は鐙(あぶみ)に立ちあがり、頭上で棒を回して勢いをつけ、瞬時にその十騎を打ち倒した。

耿魁が、暴れている。遊撃隊だけでなく、呼延凌や秦容も到着して、戦場は一気に梁山泊軍が押す恰好になった。しかし、数が多い。どこまで続いているのかと思うほど、敵はいる。

鉄棒を振る耿魁が、笑い声をあげていた。鉄棒が空を切る音が、戦場を圧している。

史進も、むかってくる一騎と馳せ違う前に、鉄棒を振った。しかし、音はしなかった。音の出るはずもない振り方だったと、自分でもわかった。馳せ違う敵は、突き落とした。

秦容の軍が、さらに敵を押しこんでいく。狼牙棍の音も、史進のところまで聞えそうな気がした。

乱雲が、棹立ちになった。叱咤(しった)されたような気分が、史進を包みこんだ。俺はそんな男を乗せているのではない。乱雲は、そう言っている。肚の底から、史進は声を絞り出した。乱雲が、それに応えるように疾駆する。鉄棒の音。戻っている。小僧どもが、いくら力任せに振ろうと、この鋭さは出ない。

乱雲は、別の敵にむかっている。

幕舎を飛び出した兀朮は、馬に跳び乗った。太鼓も打たせた。

一度、分けたが、梁山泊軍が再度攻撃してくる、というのは充分にあり得た。

「全軍、一千ずつの隊で立ちあがれ。一千ができたら、別の一千と一緒になれ」

馬上から、大声を出した。伝令も飛ばした。梁山泊軍の攻撃は、すぐに明らかになってきた。迎撃の力は、情(なさけ)ないほど弱いものだっただろう。

兀朮は、前線にむかって駈けた。兀朮についてくる軍は次第に増え、五隊五千ほどになった。駈けながら、馬に鞍を載せている兵も、多く見かけた。

「斜哥は右翼、乙移は左翼、訥吾は、正面で敵を受けろ」

麻哩泚が見えない。帰陣すれば、疲れ果てて倒れこむだろう。いない、ということで、兀朮は軍を動かすことを決めた。

撃ち破られ、逃げてくる兵は、すべて止めて加えた。青鶻旗を掲げさせる。

「これが戦だな、胡土児。楽など、できるわけがないのだ」

「はい」

「兵が揃ってきた。まず、なんとか止める。それから押す。押し包む。たやすいことではないだろうが」

梁山泊軍は一万数千騎だろう。

兀朮は、周囲の軍が一万を超えてきたことを、駈けながら確かめた。さらに、兵は集まっている。

梁山泊軍が見えた。先頭に、史進がいる。呼延凌も、秦容もいる。

ぶつかり、なんとか抵抗しているのは、一万ほどだ。自分が到着すれば、その軍は力を盛り返す。しかし、わずかな間の勝負になっていた。

その一万が砕ければ、梁山泊軍の力は、直接自分にむかってくる。受けきれるか。いや、いまは受けるしかない。

間にあった。前衛の一万と一緒になると、さすがに梁山泊軍も力任せに押してこようとはしなかった。

後方から、兵はまだ集まりつつある。

押し合った。どこかを破れば、と一瞬だけ思ったが、梁山泊軍に隙はない。むしろ、こちらが突破されかねなかった。

赤騎兵が、退がっている。距離をとり、勢いをつけて、自分にむかってくるのだ、と兀朮は見てとった。実際、赤騎兵が駈けはじめると、前にいる敵が二つに別れた。そこを、史進を先頭にした赤騎兵が、駈けこんでくる。見る間に、前方の兵が打ち倒されていくが、兀朮は動かなかった。

史進も、人である。二百騎で、数千の壁を破れはしない。それでも、伝わってくる圧力は、激甚なものだった。

史進の顔が、はっきりと見えた。見つめ合った、と言ってもいいだろう。兀朮が思った以上に押しこんできたが、押し切れはしなかった。史進が反転する。見事な反転で、一騎も残していかなかった。

「全軍で、押せ。乱戦になっても、千騎の隊は崩すな」

押した。押しながら、全身に冷や汗が噴き出すのを感じた。いるはずのないものが、梁山泊軍の後方に現われている。しかし、兀朮は反転できなかった。反転するのを機に、騎馬隊に押しこまれる。

それでも、反転するしかなかった。ほとんど動きのない押し合いに、歩兵が加わってくれば、騎馬隊は脆い。

後方から反転、の合図を出した。少しずつ、退がるしかない。梁山泊軍は、長駆してきている。それほど長く、追えはしないのだ。

一千騎の隊で、離脱させていった。その間に、歩兵が到着し、前線の兵を突き落としはじめていた。

時が、長い。それに、殿軍が必要だった。斜哥、乙移は位置的に無理で、前線の訥吾は崩されかかっている。

自分が、やるしかない。金軍の潰滅を防ぐには、自分がやるしかない。反転の合図を出すのが、遅れた。歩兵が見えた段階で、犠牲はいとわず、即座に反転すべきだった。

「訥吾に伝令。退がって、駈けに駈けろ。俺が、十隊を率いて、殿をやる」

「総帥、それはなりません。俺が留まりますので、総帥は駈けてください」

「無理だ、烏里吾。俺は、青鶻旗とともに、留まる」

「お待ちください」

声がした。

「殿軍は、俺がつとめます」

麻哩泚だった。

「十隊はおりますので、かなりの時は稼げると思います」

退却の軍の殿軍が生き延びるのは、至難と言われている。

「青鶻旗を、血に染めてはなりません。蕭珪材将軍がここにおられたら、そうされるだろうということを、俺はやるだけです」

「頼む」

言っていた。白い髭の麻哩泚を見つめ、それから兀朮は馬首を回した。

あれだけ長い時をかけて押し合いながら、たった一日の闘いで、この戦は退却で終ることになった。

これも、戦か。声に出して呟いた。風に吹き飛ばされて、兀朮自身にも聞えなかった。

史進は、赤騎兵と後方の丘に留まった。

遊撃隊は、追撃の軍の先頭に立っている。少し、時がかかりそうだった。殿軍の指揮官が、巧みな用兵をしている。

退がりながら闘う。殿軍のやりようにもいろいろあるが、歩兵の進みよりいくらか速く、退がっている。それによって、歩兵の追撃はかわした。

どす黒い顔をした山士奇は、それでも手で合図を出しながら、五万の歩兵に陣を組ませた。金軍が、反転攻勢をかけてくることが、まったくないとは言えない。

殿軍の指揮官が、気になった。見た感じでは、老人だったのだ。白い髭が、兜の下にあるのが見えた。

「なんとなくですが、戦というものを、俺は骨の髄まで知らされましたよ」

耿魁が、馬を寄せてきて言った。

童貫との戦は、こんなものではなかった。言いかけて、史進は口を閉じた。言って、意味のあることではない。

「史進殿の鉄棒の音が、まだ俺の耳に残っています」

「そこそこに遣えるからといって、鉄棒のことで、俺に利いたふうな口はきくな、耿魁」

「すみません。自分がどれほど未熟かも、この戦でよくわかったので」

耿魁が、なにを未熟だと感じたのかわからないが、闘い方は見事なものだった。ひとりだけの感覚で動く史進に、赤騎兵をまとめてぴたりとついてきたのだ。戦場で、一度も史進が孤立することはなかった。

赤騎兵はみんな、新参の耿魁を、史進の副官というような認め方をしはじめている。

追撃軍との距離が開きはじめたので、史進は丘を駈け降り、並足で追っていった。

梁山泊軍の馬は、まだ潰れない。潰れる寸前が、追撃の終りだった。それまで、あの老将は生き延びるだろうか。

「おい、誰か行って、敵の殿軍の指揮官の名前を聞いてこい。董進がいるはずだ」

遊撃隊の鄭応や葉敬は、先頭に立っているが、董進や黄鉞は後方で兵の動きを見ているだろう。二人とも、退役してもおかしくない年齢だった。

史進は、二人よりもさらに年長である。

董進は、鄭応とともに、長く遊撃隊の将校をしていた。兵だったころには、あの呼延灼の連環馬とも闘った。恐怖で戦場に出られなくなったのを、立ち直らせたのは杜興だった。いま思い出すと不思議な気がするが、杜興が遊撃隊の副官をしていたこともあったのだ。

駈け出して行った一騎が、すぐに駈け戻ってきた。

「麻哩泚という将軍だそうです。名を言えばわかる、と董進殿は言われました」

戦場でも、時々きらりと光る動きをしていた。あれは、蕭珪材の副官だった、麻哩泚だったのか。

「駈けるぞ」

史進は言った。

蕭珪材と、闘ったことはない。味方の立場でいたが、燕京の攻防戦で、趙安とどんなふうに闘ったのか、いつも考えていたものだった。

麻哩泚が、蕭珪材軍を引き継いで指揮している、という話は聞いていた。

呼延灼も秦容も、麻哩泚のことは知っていたのだろうが、別に史進に告げるべきことでもないと考えたに違いない。

追撃軍に、追いついてきた。

中央が遊撃隊で、両翼が呼延灼と秦容である。一万ほどいた麻哩泚軍は、すでに三千近くに減っていた。

ひと揉みにできそうなものだが、呼延灼は慎重な指揮をしている。馬の限界を気にしながら、しかし確実に麻哩泚を討とうと考えているようだ。

「かなりのものです、史進殿。闘い方に、外連(けれん)がありません」

後方にいた董進が、そばへ来て言った。

「あれが、蕭珪材軍の闘い方か」

「だと思います」

「あんなふうに、死んでいくやつもいるのか、董進」

「いるんですよ。そして、嬉しそうです」

「呼延凌や秦容の小僧どもには、なにもわかるまいな」

「そうとばかりは言えません、史進殿。呼延凌殿は、兀朮を追いつめることは、すでに諦めておられます。この殿軍を、見事に片付けようと考えている、と俺は思います。指揮のひとつひとつに、麻哩洮将軍に対する敬意がある、と俺は感じています」

「呼延凌も、一端になったということか」

「親父に踏み潰された俺が、こうして指揮に従っているのですから」

「言うな、董進。昔のことなど、俺の前で口にするな」

「わかってはいるのですが」

「麻哩洮の闘い方に、心をくすぐられているということか?」

「見ればわかるでしょう、史進殿も。あいつ、六十をいくつも超えているんです」

「おまえ、自分が爺だと言っているようなもんだぞ」

「それでもいいです。お願いしますよ」

董進がなにを頼んだのか、史進には痛いほどわかった。

追撃は、続いている。三千が残っていると思っていた麻哩沘軍は、すでに千数百になっていた。そして、戦場には、妙な静けさが漂いはじめている。

「どけ」

史進は、前の兵たちに声をかけた。

赤騎兵が出てきたのに気づいた兵たちは、みんな動きを止めた。

麻哩沘軍の正面で、麻哩沘も出てきた史進に気づいたようだ。すでに一千騎いるかいないかになっていて、討たれるのを待っている。淡々としたものだ、と史進は思った。

赤騎兵を押さえ、史進は単騎で前へ出た。

感じるものがあったのか、麻哩沘も一騎で出てきた。馬上の姿には、どんな気負いも感じられず、風格さえ漂っていた。

「俺は、梁山泊軍遊撃隊、九紋竜(くもんりゅう)史進」

「蕭珪材軍副官、麻哩沘」

史進は、一度眼を閉じた。失った者を心に抱き続けている人生。眼を開くと、麻哩沘の白い髭が、ちょっと動いたように見えた。笑ったのだろう、と史進は思った。

両方、同時に踏み出した。駈けながら、麻哩沘が剣を構える。

史進は、渾身の力をふり絞った。鉄棒が、哭(な)くような音を立てた。ほとんど手応えは感じなかったが、麻哩沘は馬ごと飛び、馬に乗ったままの姿で、倒れていた。

残った麻哩泚軍の兵たちが、泣きながら武器を棄てている。

史進は、赤騎兵のもとに戻り、後方へ退がった。

降伏した麻哩泚の兵たちを、呼延凌は丁寧(ていねい)に扱わせているようだ。

乱雲が頭を下げ、静かに進みはじめた。後方の、丘の頂(いただき)。

遊撃隊がまず戻ってきて、鄭応と葉敬が損害の報告に来た。史進は黙って聞き、ただ頷いた。

呼延凌は、一千騎ほどの隊で、金軍を追わせた。それは、すぐに戻ってきた。すでに、追撃が無理な距離へ、金軍は去ったようだ。

軍が、帰還の準備をはじめた。

史進は乱雲から降り、塩を舐(な)めさせ、掌で水をやった。

「また、生き残っちまったよ、乱雲」

戦闘の途中で、乱雲に叱咤された。それは、はじめてのことだった。

「いつ、死ねるのかと、戦が終るたびに思うぞ。しかし、死ぬために闘うのではないのだからな」

乱雲が、かすかに耳を伏せる。

呼延凌がやってきて、そばに立った。

「ありがとうございました」

頭を下げている。史進は、原野の方へ眼をやった。麻哩泚をどうやって死なせるか、呼延凌は迷っていたのだろう。

「多くの兵を、死なせてしまいました」

「しかし、俺を死なせはしなかったな」

「史進殿にふさわしい場面を、作れなかったということですか？」

史進は、低い声で笑った。

手負った者が、まず後方に運ばれはじめている。すでに戦場の張りつめた気配は去って、陣営の騒々しさがあるだけだ。

「なんのために闘ったのか、これから兵にわからせなければなりません」

死んだ者のために、闘った。俺はそうだ。

史進は思っただけで、口には出さなかった。

夕刻に近くなり、方々で焚火が作られている。風が、炎を一瞬、舞いあげるのが見えた。

波濤の風

一

梁山泊軍と金軍の戦は、梁山泊軍が押したというかたちだった。

金軍は、開封府の近辺に展開し、梁山泊軍は梁山泊に戻っている。

戦闘とその後の情況について、黄広は相当な量の情報を集めていた。秦檜はそれに眼を通し、許礼にも読ませた。

両軍とも、かなり大きく傷ついているが、潰滅的な状態ではない。金軍は、兵馬の補充を急いでいた。撻懶が負傷したというが、撻懶軍そのものは健在で、来年になれば補充も終っているだろう。

総帥の兀朮は、一度、燕京（北京）へ行った。いま金国の政庁は、燕京にあると言ってよく、離宮という扱いだが、三代目の金主合剌もそこにいた。

　金国の体制に、なんの変化もない。

　それは、梁山泊も同じだった。呉用を中心とした聚義庁というものがあり、そこが政庁だった。ただ、梁山泊は探りにくい。国のありようなどについて、基本的にはなにも秘密を持っていないのだ。それでいて、聚義庁内部のことについては、なにもわからない。

　動きの範囲は、想像できないところにまで及んでいる。水軍が充実しているし、その水軍を遣った、商いの道も持っている。

　ばらばらに動いているように見えながら、どこかでひとつだった。それが、梁山泊というものなのだ。国家として見るにしても、これまでの国家とは基本的に違うところがある、と秦檜は考えてきた。

　南宋は、この二年ほどで、国家の体制は整え終え、軍がまとまり、民政も活発になっている。長江（揚子江）以南について言えば、若いが国家になっていた。

　長江と淮水の間に、岳飛と張俊という軍閥がいる。ほかの地方軍に較べて、臨安府から支出しているものは少なく、それゆえ、領分内の徴税の権限を持たせてあった。

　二つの軍閥も南宋軍だと考えると、国家の姿は大きく歪んでくる。独立勢力を二つ抱えているのと、同じことになってしまう。

　二つの軍閥は、いまは必要だった。金国との関係が定まっておらず、前線を受け持たせる、というかたちになっているからだ。

長江以南の軍は、まとまってきた。

臨安府の禁軍（近衛軍）は三万である。これは、帝が三万の軍に守られている、と実感したいからだ。総帥の劉光世は、いい扱いを受け、兵もまた地方軍とは違うという意識を持っているが、すでに戦力としては脆弱になっている。

北への進攻ができるまでに、あと五年というところか。漢土を統一すれば、秦檜はいま生きている、という意味がある。

「手強いのは、梁山泊軍かもしれないのだ、許礼」

いまも、梁山泊には徐々に新兵が集まり続け、このままでは来年一年で、ほぼ戦前の戦力を取り戻す。慌てて増強しないところが、また不気味でもあった。

万波亭の一室である。

許礼と話す時は、よくここを使う。許礼は、かたちの上では、秦檜の直接の部下ではない。官職はきちんと制度を決め、権限がどこかに集中しないようにしてある。戸部の左曹という部署で、軍への補給や俸給を扱う職に置いてある。出会った時と同じような地位だが、持っている権限は、較べものにならなかった。

「梁山泊軍は八万、金軍は二十万を超えていました」

それが、互角のぶつかり合いを二十回以上続けたあと、一日の攻防で金軍が退却した。

「兵站線を切る、というような戦も、今回はなされていません。戦は兵力だけではないとよく言われますが、兀朮がすぐれた指揮官であったことも、間違いありません」

「いまの南宋軍が、梁山泊軍とぶつかっていたのだとしたら？」

「三倍の兵力でも、五日保たなかったと思います」

いまの南宋軍とは、長江以南の、臨安府の管理下にある地方軍である。

「それは、金軍にもやはり勝てなかったということか」

組織は、整えられる。しっかりと掌握することもできる。しかし戦闘力となると、秦檜にもいまひとつわからないところがある。

「岳飛を総帥に持ってくることで、軍はそれほどまでに変るものか」

「ひとりの天才がいれば、軍はそれまでとは別のものになると、歴史も証明しています。旧宋には、童貫という稀代の軍人がいましたし、梁山泊軍には楊令がいました」

「楊令が死んだあとも、それを受け継ぐ天才がいたということか」

「育てた、と言うべきでしょう。生き残っている者では、呼延凌と秦容です。そして童貫が育てたのが、岳飛」

秦檜は、花飛麟とはわずかな縁を持っていたが、死んだ。生きていれば、呼延凌と並んだだろう。

岳飛が、南宋軍総帥を受けることはない。それは、許礼とも一致した見方だった。飼い馴らすことができない虎が、岳飛だろう。

梁山泊軍の手強さと、金軍の手強さは、質が違うという気がする。梁山泊軍は、軍というかたちだけでは、捉えきれないなにかがある。楊令を失っても、いまだ強力であり得ているのは、別の力を養ってきたからだろう。

劉光世は、あえて牙を抜いた。帝と軍の結合は、政事にとってはきわめて危険だからである。

「私は、韓世忠が、ある力を発揮するのではないか、と見ている。いまは、造船に打ちこんでいる。いずれ、強力な水軍を作るのではないか、と思う。いまのところ、造船に銀を支出しているだけだが」

「水軍は、私の管轄外であります、宰相」

「言いたいことがあるのだな。言ってみよ」

このところ、許礼のもの言いの裏にあるものが、わかるようになった。許礼も、そうだろう。

「水軍を再建するのには、成功するかもしれません。できたとしても、そこまでだと、私は思っています」

許礼を見つめたまま、秦檜は杯を口に運んだ。

「劉光世、韓世忠は私と同年であり、武挙（武官登用試験）も同期なのです」

知っていた。許礼が武挙を通っていることを見つけたのは黄広で、当然、同期の人間まで調べあげていた。

「若いころから、私は二人の軍人を見てきました。劉光世は、総帥の器ではなく、二番手、三番手で力を出す軍人であり、実際、軍功を仔細に点検すると、そう出てきます。帝を守って江南（長江の南）を転々とし、兀朮をかわし続けられたのは、童貫元帥の幕僚であったころの軍を、麾下に抱えていたからです」

「わかるな、それは」

「すぐれているが、二流というのが、宰相の評価でありましょう。そのような扱いも、されています」

「皮肉はいい。韓世忠については？」

「韓世忠は、資質そのものは、岳飛、呼延凌、秦容などと同じほどは持っています。しかし、欠けているものがあります。人間として欠けているから、人生も欠けてしまったのか、人生に欠けたものがあり、人間として欠けてしまったのか、とにかく足りないものがあります」

「それが、満たされることがあったら？」

「韓世忠の、軍人としての人生は、終りでありましょう。あの男の非凡さは、多分、すべてその足りないものが生んでいるのです」

秦檜は、杯を重ねた。いまのところ、酔って思考が鈍る、という自覚はない。文官でありながら、許礼が軍人を見続けてきたのは、父親に対する意識があったからなのか。

「実戦の中で、軍人の資質は見えてくるものだと、私は思います」

「だが、実戦はな」

「遠からずあるだろう、と私は思っています。梁山泊軍と本格的に闘う前に、兀朮は何度か、淮水や長江を窺っています。兀朮の抱く野望は、中華全土の制圧です。それにより、北から南まで、かつてなかった巨大な国が出現します」

「私が、中華をひとつの国にしたいと思っているより、もっと大きな国か。西夏も、いま暴れはじめている蒙古も、そうなると、臣従するか併合されるか、ということになる。そんな国が、できるかな」

「兀朮の頭の中には、それがあると思います。そのためには、自ら帝として立とうと考えることもあり得ます」

兀朮は、金の太祖、阿骨打の息子である。帝の位を望んだとしても、不思議はない。

「おまえの話を整理すると、兀朮は南進してくる軍事力を持つということになるが、たえず梁山泊軍の脅威に晒される。待てよ。おまえは、梁山泊と金の講和があり得る、と思っているのか？」

「思っております」

梁山泊が、いまのまま存在できるのなら、梁山泊にとって金国との戦に大きな意味はない。主戦派の統制を、聚義庁はできるだろう。

　しかし、金国と講和をするなら、梁山泊はどういう国の姿を求めているというのか。物流による支配は、金国も南宋も拒絶する。それでも、しみ出す水の流れのように、物流はどこへでも入ってくるのか。

「楊令の理想が、そのまま生きるのか」

「それは、わかりません。自由市場は、闇市（やみいち）ということになるのですから。しかし自由市場は、物流のひとつのかたちにすぎません。物流は、どんなかたちをとることもできるのだ、と私は思います」

「ならば、梁山泊は国を見ていない。人を見ているだけだ。つまり、民ではないか。そして民が、揃（そろ）って豊かになるのか。民のほとんどは、今日のことしか考えていない。結局は、商人が勝手に支配する国ができあがる」

　秦檜は、わずかだが酔いを感じた。

「梁山泊と金国の講和、というところまでにしておこうか、許礼。それ以上は、きわめて見えにくい」

「はい、私にも見えません」

「梁山泊は、機密がないのが、機密だな。呉用という老人の頭の中にも、機密などはない、と私は思う。それでいて、読めない。梁山泊に放ってある者たちは、無駄な働きをしているだけだ」

許礼の話を聞いていると、どちらかが講和に動きはじめるという気がする。講和を持ちかけるのは、退却して分が悪かった兀朮より、梁山泊の方からだ、とも考えられないか。

「実に、複雑だな。すべてが、錯綜（さくそう）している。だから、面白いのかな」

「私も、いつになく昂（たかぶ）っております」

「しばし、待つか」

「はい。戦のことを考えると、昂ってばかりはいられません」

許礼は、どこから見ても、昂っているようには見えなかった。

秦檜は、杯を伏せた。

「おまえは、もういい。将校たちの資料を、置いていってくれ。しばらく風に当たってから、それを読むことにする」

ただの評価とは違う、許礼の眼だけで見た将校。それは毎回出させている。将軍たちの資料は、充分に頭に入っていた。ここ二、三年は別として、それから先は無用なものたちばかりだ。後進を育てることはできず、自分の職務をこなすので精一杯だった。

拝礼して、許礼が出ていった。

秦檜は、しばらく闇に眼をやっていた。月の光が、時々、海面に照り返している。生きもののように見えた。

王妙が入ってきた。秦檜は、万波亭の持ち主と話をし、ここを買った。すべてを見ているのは妻の王妙だが、それを知っているのは、桐和と黄広だけである。

客の相手をすることは、まったくない。ただ、相手をする女たちは、王妙が選ぶ。料理人たちも、同様である。調理場は二つあり、一日交替で動いている。下働きをする者たちまで、全部、別である。

それによって、手をかける料理を出せた。臨安府の金持はいま、こぞってここを使いはじめている。誰がどういう銀の遣い方をしたかは、王妙を通してすぐ秦檜の耳に入ってくるようになっていた。当然、誰と誰が会ったかもだ。

臨安府の城郭から禁軍本営の前を通ってここへ到る道は、夜間でも明りが灯されているし、馬車や輿車が擦れ違える道幅は充分にある。木立の中の道を通って建物に到るので、壮観である。働いている人間は、男女三百名に及び、五十名の護衛もいる。

譲り受けてから建て増した石造りの館は、きわめて火に強くしてあった。

「油断のならない方を、遣っておられるのですね」

「そういう人間の方が、役に立つ。もともと、桐和も黄広も、油断できない人間だった」

許礼の姿は、どこかで見たのだろう。

人と会うのによくここを使うが、それについて王妙がなにか言うことは、たまにしかない。

宰相府では、人との面会は次々にこなす。政事上のことは、ほとんどすべて執務室である。二百五十名の役人が、それぞれに仕事をしている。

政事から少しはずれること、執務室で話すにはいささか深すぎることは、ここで会って話す。

ただ秦檜は、万波亭を青蓮寺のようにしたいわけではなかった。旧宋で青蓮寺が果していた役割の一部は、南宋でも必要なものだったが、それは完全に自分の指揮下に置き、独立性は一片も持たせなかった。

「金軍の増強が頻りだ。来年には、戦になるかもしれぬ」

「兀朮は、戦ごとに力をつけている、という気がいたしますわ。増強は、自信があってのことでございましょう」

「南宋軍では、まず岳飛と張俊が迎えるかたちになる。しかし、地方軍でも五万ほどの軍を組織し、その迎撃に加えさせようと思っている」

王妙とは、開封府から北へ拉致された時も、一緒だった。会寧府で半分幽閉されるような状態にあった時、夫婦の仲は深いものになった。秦檜の思考を、そばから助けるということを、見事にやったのだ。

臨安府には、宰相として恥ずかしくない程度の屋敷はあり、執事が使用人たちを取り仕切っている。そこで誰かに会うことはほとんどなく、客殿は、執事が代理で、届け物などを受け取る場所になっていた。

「兀朮は、長江を渉って参りますか？」

「渉るつもりだろう。春さきに南下した金軍は、一千騎の隊を、八十も作っていたのだという。これは、江南に攻めこむことの試しに近かった、と私は思っている」

「来年は、戦でございますか」

　梁山泊と金国の講和は、ほんとうにあり得る、と秦檜は思っていた。

　撻懶と李富との黙約を、どの時点で生かせばいいのか。兀朮の侵攻が成功している間は、撻懶も止められはしないだろう。

「時は、待ってくれぬな。軍を強化する前に、兀朮がやってくる」

　しかし、兵に実戦の体験もさせられる。調練で一年かかるものが、十日で身についてしまうかもしれないのだ。

「妙、私は何歳まで生きることができるだろうか？」

「中華を、統一されるまでです。それが、あなたが抱かれた、男の夢でしょう」

「夢であり、漢土に生を受けた者の、志でもある」

　秦檜は、五十歳になった。王妙は十歳下の、四十であるが、まだ色香は失っていない。むしろ、これから開きそうなものも、持っている。

「休もうか」

暗い海に眼をやったまま、秦檜は静かに言った。

二

金国との講和をはじめに口にしたのは、呉用だった。聚義庁の会議である。

呼延凌と秦容は反対し、李俊と燕青と曹正と陳娥は、賛成した。宣凱も意見を求められたが、わからない、と正直に言った。

戦の間、宣凱は戦況を気にしながら、普段の仕事はしていた。

やがて、怪我人が次々に養生所に運ばれてくるようになった。そのための仕事が少し増えたが、宣凱の日々は変らなかった。

戦は、組み合って両方とも譲らない、という情況がずっと続いた。宣凱が気を配らなければならないのは、兵站の物資が欠けることだった。それ以上、宣凱にやれることはなく、ただ、仕事をした。

戦の間、その作戦や、戦の意味や目的が、聚義庁で語られることはなかった。

つまり、戦は当たり前のこととして扱われていた。どこの荷が、どれだけ動いた、というようなことと変りない、と宣凱は思った。

やがて、金軍が開封府に退却した、という報が届いた。勝ったのだと思ったが、聚義庁では誰も喜んではいなかった。

怪我をした者が、先に帰ってきた。それから騎馬隊が戻ってきたが、軍はすべて本寨（ほんさい）の外に駐屯していた。

戦がはじまって、どれほどの時が経（た）ったのか。長かったのか、短かったのか、宣凱には複雑な時の流れだった。

なにも変っていなくても、二万二千余の死者が出て、五千名近い負傷者がいた。本寨の中の営舎には、負傷者が収容されていた。

最初の会議のあと、十日ほど経って、また会議が召集された。

最初の会議に出てこなかった軍人が、次々に聚義庁に入ってきた。山士奇（さんしき）も蒼貴（そうき）も、山士奇軍の四名の指揮官もいた。黄鉞（こうえつ）、鍾玄（しょうげん）、董進（とうしん）、田忠（でんちゅう）もいて、最後には、史進（ししん）が鄭応（ていおう）と葉敬（ようけい）を連れて入ってきた。

蘇琪（そき）がいないのは、死んだからだった。

聚義庁の六名が、むかい合って座り、会議ははじまった。

「講和について、軍では話し合ってきたと思う」

呉用が、切り出した。

「講和という、私の考えは変っていない」

呉用の息遣いは、しばしば乱れる。しかし、それも覆面が隠していた。

「聚義庁の方々は、同じ意見ですか？」

　山士奇が言った。

「宣凱を除いてな」

「私は、ほんとうにわからないのです。正しい道はどれなのか。梁山泊がむかうべきなのは、どの方向なのか。ただ、梁山泊を守りたいという意識は、強くあります」

「おい、宣凱。なぜ、梁山泊を守らなけりゃならん」

　言ったのが史進だったので、誰も口を挟まなかった。

「守るべきものを、作りあげ、受け継ぎ、積み重ねてきたからです」

「なるほど。おまえの言うことは、わかりやすい。呉用殿とは違うな。それで、どう守ろうと考えている？」

　戦を続けて、金国を討滅する、とは言えなかった。自分が戦場に立ったわけではないのだ。しかし講和というのも、どこか馴染(なじ)めない、と思った。

「守り方も含めて、私にはわからないのです」

　史進がさらに言うだろうと思ったが、ちょっと天井を仰ぐ仕草をしただけだ。

「俺は、気分としては、まだ反対です」

　秦容が言った。

「気分だと」

李俊が口を開いたので、宣凱は思わず眼を閉じた。

「楊令殿の仇を討ちたいという思いは、まだどこかに残っています。死んだ兵たちのためにも、闘い続けたい、という気分があるのです。そしてそれは、弱いものではありません」

「なにがなんでも、やりたいのか？」

「それはありませんよ、李俊殿。このまま戦を続けたら、どこまでやらせる気だ、と思うでしょうし」

「今度の戦は、おまえらが勝手に決めてやったことだ。聚義庁は、それに対してできるかぎりのことをしてきた」

「李俊殿、それではまるで梁山泊が二つに割れているようではありませんか」

「二つどころか、数えきれないほどに別れているぞ、秦容。ひとりひとりが、梁山泊なのだ。おまえあたりが、もうそれを考えはじめているのではないかな」

秦容が、指揮官の辞任を申し出てきていた。かなりの犠牲を出したことに、責任を感じてだろう、と宣凱は思っていた。

ちょっと違うのかもしれない。戦に出る時の、消しても消えない炎のようなものが、消えているのだ。戦が終ったから当然だとも言えるが、宣凱にはかすかな違和感があった。

「できることなら、戦はやめて貰いたい」

歩兵を指揮している、譙丹だった。

「俺の隊は、犠牲が大きかった。それだけの犠牲を出しても闘ってよかったのだ、と兵に思わせたい。生き残ったことを恥じてるやつもいるが、それは間違いだ」

「俺は、軍人として、兀朮と決着をつけたい、という思いは持っています。あくまで、軍人としてですよ。そして、総指揮をした者としても」

呼延凌の声。

「ただ、史進殿を除いて、ほかの指揮官たちの意見は、聞いてあります。会議の場での発言など、苦手な者が多いので」

「おい、呼延凌。なぜ、俺をはずした」

「史進殿は、言いたいことは言われるだろう、と思ったからです。恐ろしくて、言い出せなかったというのもありますが」

呼延凌は、それほど恐ろしがっているようには見えなかった。

「俺はいいが、遊撃隊の指揮官が二人、ここに雁首を並べている」

「二人には、聞きました。すべて、史進殿の言われることに従うそうです」

史進が、舌打ちをして横をむいた。

「軍の意見を、言ってくれ、呼延凌」

呉用が、苦しげに言った。

「講和です。俺と秦容は、立場上、一応の反対をしているのかもしれません。秦容は、自分が指揮官であることに、疑問を感じはじめたようですし」

「資格がない、と言っただけだ、呼延湊。それは疑問ではなく、確信に近い」

「そういう話は、あとでやれ。ここでは、講和ということで、考えを一致させていいのだな」

　燕青が言った。

「金国と、講和の交渉に入る。異論のある者は、いま言ってくれ」

　覆面を通して、呉用の吐く息の荒さが、はっきりと聞えた。

　誰も、異論は挟まなかった。まるで、負けたような雰囲気だ、と宣凱は思った。

「もうひとつ、全員の同意を得たいことがある」

　曹正が、腕を組んだまま言った。

「誰が、講和の交渉に行くかだ」

「それは、聚義庁で決めていただきたい。われわれは、それを聞かされるだけでいい。ここで軍が口を挟むと、面倒なことになりかねません。呉用殿、講和の交渉を、誰に任せるのですか？」

　呉用自身は無理だろう、と宣凱は思った。李俊、燕青、曹正のうちの誰かだ。

「宣凱」

名を言われ、ただ呼ばれただけだ、と宣凱は思った。

「おう、それはいい。宣凱は、講和が正しいかどうかわからん、と言った。呼延凌や秦容など、考えるのを途中で放り出しやがった。宣凱だけは、梁山泊について考え続けているんだ」

史進が言ったので、自分が講和の交渉をするよう指名されたのだと、はじめてわかった。

「私に、できるわけがありません」

「こんなのは、できるってやつにやらせるもんじゃねえ。あれかこれかと、悩み抜いているやつが、やった方がいいんだ」

「史進殿、無茶はやめてください」

「なにが無茶だ。呼延凌が軍の総帥をやることの方が、ずっと無茶だ」

「適任だと思うな、私も」

燕青がそう言ったので、宣凱は言葉を失った。呼延凌も秦容も、賛成だと言っている。

その声が遠かった。

「宣凱に、決定する」

「私は、絶対に」

「宣凱」

史進の声が、遮ってきた。

「おまえの親父は、金国との交渉へ行き、会寧府で殺された。おまえも、交渉へ行って殺されてこい」

父の名が出たので、宣凱は腹を押さえた。殴られたような気分が、いきなり襲ってきたのだ。

声がいくつか聞え、気づくと、会議室に誰もいなくなっていた。

外は冷たい風が吹いているのに、宣凱はひどく汗をかいていた。よろよろと立ちあがり、なんとか自分の部屋まで歩いた。

講和が是か非か決めかねている人間に、交渉などできようはずはない。その思いが、くり返し襲ってくる。熱かった躰が、今度は冷たくなり、ふるえはじめた。歯が鳴っている。

李俊が、いきなり部屋に入ってきた。立ちあがろうとした宣凱を手で制し、飾りのついた短剣を、宣凱の卓の上に置く。

「いろいろ、わかったことがある。兀朮の裏切りは、勅命だった、ということだ」

「勅命？」

「前金主が、死ぬ前に残した遺詔で、兀朮と撻懶と、死んだ粘罕がその場にいたらしい。宣贄はつまり、前金主の勅命によって殺された。勅命がなんだ、と俺など考えるが、それが絶対なものだと受け取る者の方が、ずっと多い」

「勅命ですか」

「勅命ということで、兀朮が苦しんだことは確かだ。都合のいい時に、楊令殿に奇襲をかけて殺そうとした、ということとはまるで違うようだな。これは、侯真(こうしん)が探り出してきたことだが」

「そうですか」

「呼延凌にも秦容にも、それは伝えた。史進にもな。勅命というたったひとつの言葉で、やつらは兀朮の行為が理解できたようだ。敵意は、前金主の方にむいているよ、いまは。そして、前金主は死んでいる」

「私が、なぜ講和の交渉をしなければならないんですか。講和の交渉が是か非か決められず、悩んでいるようなこの私が」

「この交渉は、若い者でなければならん。俺らのような老いぼれが、表面に出てはならないことだ。これからの梁山泊は、おまえらが作るしかないのだからな」

「李俊殿」

「その短剣は、撻懶から貰ったものだ。開封府では、撻懶がさまざまな人との交わりの中で、どこと交渉すればいいことか、わからせてくれるよ」

「その前に、殺されます」

「死ぬのが、こわいか？」

「いまはなんともありませんが、いざとなったらわかる、という気がします」

「わからないことは、わからないままに、自然体で交渉に臨むといい。俺にできるのも、撞懶というとっかかりを教えてやることだけだ」

「待ってください」

出ていこうとした李俊に、宣凱は立ちあがって声をかけた。

「待ちようはない、宣凱。親父に続いて、そういう宿運だな」

李俊が、じっと宣凱を見つめてきた。深い眼の光が、なにかを語りかけてくる。それがなにか、宣凱にはわからなかった。

「呉用殿と、話ができるのでしょうか？」

「明日にしろ。疲れきって、いま蒼香殿がそばにいる。この選定は、呉用殿の意思だった。燕青にも曹正にも俺にも、そんな度胸はなかったよ」

李俊は、まだ宣凱を見つめている。

「急ぐ必要はまったくないが、遅くとも来年の春には、交渉はまとめあげてくれ。俺は海に還りたいし、燕青は山に戻りたがっているし、曹正はぼんやりする時が欲しいと、嘆いている」

宣凱は、出ていく李俊の、大きな背中を見送った。そのまま、どれほどの時を、立ち尽していたのかわからない。

卓上に置かれた、短剣に眼をやった。手にとると、意外にそれは軽く、鞘が木で作られていることがわかった。鞘にも柄にも、色とりどりの石が付いている。

陽が落ちていた。宣凱は聚義庁を出て、練兵場でいつもの二倍ほど、棒を振った。頭の中には、講和交渉という言葉だけがあり、いくら棒を振っても、それは消えなかった。

自宅へ戻ると、夕食をちょっと口にしただけで、父が書き遺したものと、むかい合った。会寧府にいた、蔡福とのやり取り。二代金主の呉乞買の死。そのあたりから、父は金国に強い関心を持ちはじめている。

やがて、自由市場についての、金国との交渉をはじめる。前から思っていたが、交渉は実に細やかである。こんなことまで、と思うことを、父は書いている。書いたことを、実際に言ったかどうかは、わからない。

最後のところはないまま、父の書いたものは終っている。

翌朝、聚義庁に行くと、宣凱の仕事はなにもなくなっていた。部下の五名が、宣凱の代りに、話し合いながら決裁を出している。

宣凱は、呉用の部屋に行った。

持ちこんでいる寝台に横たわっていた呉用は、蒼香に背中を支えられて、起きあがった。覆面はしていない。もともと痩せているが、手が枯枝のようになっていることに、改めて気づいた。

「おまえが、私に言うことは？」

「いまは、なにもありません」

宣凱は、呉用を見つめた。呉用の眼の光は強い。しかしそこに、なにか悲しい光が紛れこんでいるような気分になった。

「金国についての、すべてのことを知りたいのです」

「用意してある。おまえの部屋に、運ばせよう」

「私が金国について知ろうとしたからといって、講和交渉の使者を、引き受けることを納得したとは思わないでください」

「おまえは、使者ではない。おまえは、全権を背負って行き、すべてのことを決めてくるのだ」

「そんな」

「私の命がある間に、まとめてくれ」

「私を、何歳だと思っておられます。私の経験が、どれほどのものか、わかっておられるのですか？」

「宣凱」

呉用が、枯れて腐りかかった枝のような手を、のばしてきた。かすかにふるえるその手を、宣凱はとった。

「おまえはまた、父宣賛の人生も背負って、金国とむかい合う」

「父の？」

「おまえの中で、宣賛は生きてきた」

手に、力がこめられた。それ以上、呉用はなにも言わなかった。

部屋に戻ると、すぐに背丈ほどもの冊子が届けられた。蒼香が付いている。

「金建国前後から、現在まで、旦那様が書かれたものを、私が年代順に整理したものです。お父上の視線とは、また違うものがあると思います。金国以外のことで、書いたものは厖大にあります。こういうものを読みたいと言われれば、私はすぐにお持ちできると思います」

蒼香がなにをしているのか、いままで考えたことはなかった。母と同じようなことをしていたのだ、と宣凱は思った。

読みはじめた。昼食も、部屋に運ばせた。気づくと、暗くなっていた。

聚義庁を出、練兵場で棒を振った。

「宣凱、いい振りをしているではないか」

秦容の声だった。

「まだ、本寨におられたのですか」

「ああ。俺の軍は、負傷した者も多い。そいつらと、話をしていた」

「どんな話を、するんですか？」

「故郷のこと。両親のこと。女のこと。男らしく生きてきたかどうか、ということ。ほかにも、あげればきりがない。兵一万五千とか言っても、当然のことながら、ひとりひとりに違う人生があるのだ」

「そうでしょうね」

秦容は、宣凱が持っていた棒に手をのばし、片手で振った。軽く振っているように見えるのに、すさまじい音がした。

「気軽にやれよ。むこうが講和を承知したら、勝ちなんだからな」

「どういうことです？」

「いいか、宣凱。金国にとって、梁山泊はあってはならなかったのだ。ないと扱い、大軍で消してしまおうとした。講和に応じるということは、ある、と認めることさ」

「それは」

「おまえの父上が、ある、と認めさせるぎりぎりのところまで行った。自由市場がどうのと言っても、あれは、ある、と認めさせるための交渉だったと、俺は思っている」

「ある、と認めさせるのですか」

「講和を受け入れれば、そういうことになるではないか。梁山泊は、ある。だから、講和も成立する」

「わかります」

「あまり、疑問は持たない方がいい」

そう言い、秦容は棒を返してきた。秦容の掌の温もりが、それにはわずかに残っていた。

「秦容殿は、軍を離れられるのですか？」

「そうしよう、と思っているよ。俺は、軍の暮らしが嫌いではない。だから見えなかったものも、多くあるという気がする」

「呼延凌殿は、なんと？」

「毎晩のように、話し合ってきた。やはり、総帥の器だ、あの男は。おかしな言い方だが、あの男が総帥であるかぎり、俺は部下について、なんの不安もない」

「史進殿は？」

「なにも言わなくても、わかってくれているよ、あの人は」

「そんなに、ものわかりがいいのですか？」

宣凱が言うと、秦容は低い声で笑った。

「おまえにさえ、多少は誤解されているのだな、史進殿は。それでよし、とされているところはあるが。そしてそんなところが、俺は好きだよ」

ちょっと手を振るような仕草をして、秦容は練兵場を出ていった。

宣凱は、それから一刻（三十分）、ひとりで棒を振り続けた。全権を持って、講和の交渉になど出られるわけがない。誰が考えようと、そんなことは当たり前だ。それでも、反対をする者が、ひとりもいない。なぜなのか、宣凱は得心がいかなかった。

呉用が書いたものを、読みに読んだ。父が書いていた事実について、わずかに視線を変えて書いてあるということだから、すぐに頭には入ってくる。

厖大だと思ったものも、十日で二度読めた。すべて理解はできたが、心にひっかかってくるものが、ひとつだけあった。呉用が書いたものの中に、志という言葉がひとつも出てこなかったのだ。

こういうものに、志と書く必要はないと思えるが、父の書き遺したものには、頻繁に出てきた言葉だ。

朝、陽がいくらか高くなったころ、宣凱は呉用の部屋を覗いた。そのころが、一日の中では一番明晰だと、蒼香から聞かされていたからだ。

このところ、呉用は寨外の自宅には戻らず、聚義庁の部屋で寝泊りしていた。病なのか、そうではなく老いなのか、文祥は言おうとしなかったが、時々、養生所から出向いていることは知っていた。

「なにが気になった、宣凱？」

呉用は、卓上に書類を拡げていた。蒼香は、自宅と聚義庁を、毎日往復しているようだ。いまは、自宅の方らしい。

「呉用殿にとって、志とはなんですか？」

「守るものだ」

「守るものの中身を、お訊きしております」

「中身などない。あるわけがあるまい。私は、自分の志を持っているが、それを人に語るつもりはない。ただ、梁山泊に集まった者たちは、いまも昔も、失わずに志を持っていた。替天行道の志と大きくは言えるが、ひとりひとりの心の中は違う。その志を、全員が失わずにいられる。そういう梁山泊を作りあげるのが、私の使命だった」

「自らの志は、語られないのですか？」

「大きなものを守るために、小さなものを殺さなければならない。政事とは、そういうものだ。梁山泊は、志だけで成り立っているのではない。小さなものを殺す政事があって、成り立っている。宣賛は、よく志を語った。それと、やらねばならぬことの撞着にいつも悩み、克服することをくり返した」

「納得できる、というお答ではありません。もっと詳しくお聞きしたいと思います」

「自分で考えよ。軍人が、戦で人を殺さなければならないことと、同じだ」

「考えてみます」

自分の未熟な思いで、呉用を煩わせてはならない、という気持の方が先に立った。

「宣凱、三日後には、出発せよ。文治省から五名随いていくが、これは記録のため、梁山泊の細かい事実をおまえに教えるため、そういうことで随行する者たちだ。権限は、なにも持っていない」

「呉用殿、私はまだ行くとは決めておりません」

「だから、なんだ。そんなことは関係ない。自分がその任ではない、という言い方もよせ。おまえはいま、敵が見えている戦場にいる兵と同じだ」

なにも、言い返せなかった。卓を叩いて、反吐が出るまで議論をしたいという、渇望に近いものはあったが、呉用の静かな眼が、そのすべてを止めた。

拝礼して、部屋を出た。

聚義庁の外に出て、風に当たった。もう寒いが、晴れた日で、陽射しの中に、負傷した兵たちが集まって、話をしているのが見えた。

宣凱も、しばし陽を浴びた。それから、部屋に戻り、卓の前に一刻ほど座っていた。

立ちあがった。

呉用の部屋の前で、一度息を吐いた。

「三日後に、出発します、呉用殿」

ちょっと開封府の見物に、出かけてくる。そんなふうな口調で言うことができた、と宣凱は思った。

三

撻懶は、卓に置かれた短剣を見ていた。

開封府攻略戦の時に、梁山泊の李俊に渡したものだ。十年以上も前の話になる。

その短剣を差し出して、撻懶に面会を求めた宣凱という男については、憶えはなかった。梁山泊軍でも、聞かない名前だ。

「客殿に、通しておけ」

撻懶は、執事にそう言った。

「梁山泊の者が、剣を」

そばにいた沙歇が、手にとってそれを見た。まだ若いが、金軍を引き継がせるとしたら、この男だと思っていた。

阿骨打の軍師だった、休邪に預けている。休邪は高齢で、ほとんど自分の家を出ることはなく、沙歇は身の周りの世話も兼ねて一緒に住んでいた。阿骨打の死後、撻懶と兀朮の、軍師役もつとめていたが、会寧府を動いていない。

南京応天府に軍を置いていたが、撻懶は秋の終りの梁山泊戦で負傷し、それからは開封府の屋敷にいることが多かった。沙歇はいま会寧府から呼び寄せ、やがて兀朮の麾下に入ることになっている。

傷は、完全に癒えたわけではなかった。傷口こそ塞がっているが、左腕が自由に動かせないし、腹は不意討ちのように痛みが襲ってくる。

「おまえも、一緒に来い」

沙歇にそう言い、撻懶は椅子から立ちあがった。

客殿には、執事のほか五名が立っていた。撻懶は、客殿が圧倒するような気に満ちていることを感じた。ひとりだけ座っている男が、ひどく若いことに気づいたのは、その後だった。

「梁山泊聚義庁の、宣凱と申します」

若い男は、立ちあがってそう言った。

「撻懶です」

言いながら、撻懶はやはり若者が発する気力に、圧倒されていた。

「聚義庁からの使者なら、書簡に類するものは持っているであろう」

「使者ではありません。聚義庁から来た、と申しあげました」

「それは、重立った人間、聚義庁には六名いると聞いたが、その六名のひとりということを意味するが」

「そのひとりです」

撻懶を見つめてくる若者の眼は、不敵でも不遜(ふそん)でもなく、ただ気力が漲(みなぎ)っているというだけだった。ほかの五名は、撻懶と同じ年配だが、そこにいないと思うほど、影が薄かった。

「そうですか。梁山泊聚義庁から来られた」

言葉を改めて、撻懶は言った。この若者は、対等であることにいささかの疑問も持たず、ただ年長者への敬意で、丁寧(ていねい)な語調なのだ、と思った。

「全員、座りましょうか。ほかの方々の名もうかがってから、用件をお聞きしたい」

撻懶が座ると、宣凱もむき合うかたちで腰を降ろした。両側に座ったほかの五名は、聚義庁ではなく文治省だと言った。

「この短剣は、確かに私が李俊殿に贈ったものです。梁山泊聚義庁というお言葉は、信用します」

宣凱が、軽く頭を下げた。座る時に気づいたことだが、宣凱は脚が不自由らしい。それが生まれつきのものなのか、怪我によるものかは、わからなかった。

気づくと、沙歇がじっと宣凱を見つめていた。宣凱は、それを気にした様子もない。眼は撻懶を見つめているだけだ。もともと、二人が睨(にら)み合うほど、宣凱には武の雰囲気はない。漲っている気力に、沙歇は反応しているのだろう。

「御用件を聞かせていただけるか、宣凱殿」

「講和の申し入れに参りました」

「梁山泊とわが国が、講和？」

「この間まで、激しく干戈を交えていました。そこで流れる血が、無駄だと思う者が多いのです」

「それは」

「もとより、撻懶殿に申しあげるべきではないことかもしれません。ただ、短剣の縁で、講和の交渉を繋いでいただきたい。燕京に繋ぐか、軍の総帥にまず繋ぐかは、撻懶殿の御判断にお任せします」


　撻懶は、一度、眼を閉じた。

　兀朮が、梁山泊と決着がつけられず、むしろ劣勢で戦を収束せざるを得なかったことを、今後の難しい問題だと捉えているのは、わかっていた。

はじめは、南宋との二面作戦も可能だと考えてもいたが、まず梁山泊との決着に傾いたのは、楊令の死後の梁山泊が、意外なほど強靭だった、というのがある。闘うという兀朮の決意は、強すぎるほど強いものだった。必勝を期して、二十数万の大軍を動員したのだ。そして劣勢で終り、犠牲は眼を覆うほど大きかった。

　兀朮の頭の中に、講和はない。劣勢のまま講和を申し入れれば、それは降伏に近いかたちになるからだ。

　梁山泊からの講和の申し入れがあるとは、考えたこともないだろう。

　それでも兀朮は八方塞がりだった。懸命に兵の補充をしているが、軍ができあがるまでに、一年は必要だった。そしてまた梁山泊との戦ということになれば、なにもかもが終らず、南進は頓挫せざるを得ない。いや、次の戦の帰趨によっては、漢土の放棄ということにもなりかねないのだ。

　兀朮は、講和の申し入れを、易々と受けるだろうか。兀朮が梁山泊戦でひと回り大きくなったと撻懶は感じていたが、申し入れを受けるほど、大きくなっているかどうかはわからない。講和は、明らかに金国にとって必要なものだが、十年先を考えて、屈辱を嚙みしめることができるだろうか。

「講和の話は、私の一存では、やはりなんともお答えしかねます」

　宣凱は、黙って次の言葉を待っているようだった。

「この話は、軍の総師に繫ぐことにします。申し入れを受けるかどうかは、総師が燕京と話し合って決めるべきことです」

「短剣の縁が生きましたか。ありがとうございます」

　かすかに、宣凱は笑ったようだった。どこにも気負いは感じさせず、ただ気力だけが尽きないのだ、と撻懶は思った。

「話し合いとなれば、どなたが？」

「私が、全権を持っております」

「返答を差しあげるのに、いくらか時がかかるかもしれません。まず、宿舎を手配させましょう。賓客をお泊めする館があります。そこには、あなた方だけがお泊りになる。その間、警固もつけます」

「館を守るのが、当たり前のことならば。われわれに対する警固なら、御無用です」

「警固は、無用と言われる？」

「私たちに害を加えたところで、貴国はなにか得るところがあるのですか？」

「しかし、干戈を交えている同士です。不安ではありませんか？」

「ありません」

「警固の者は、私の部下をつけます。李俊殿に贈った短剣にかけて、私が、あなた方をお守りしようと思うのですが」

「死んでいます」

「なんと」

「私は、梁山泊を一歩出た時から、死んでおります。だから、不安などとは無縁なのです。お心遣いには、感謝いたしますが」

この男が、講和の全権を委ねられた意味が、撻懶にはわかるような気がした。そして、若者にそれを任せてしまう、梁山泊聚義庁の剛胆さも、腹を抉るようによくわかった。

「わが軍の総帥は、開封府郊外におります。明日、私はそこへ行き、申し入れを繋ぐことを、お約束しましょう。繋ぐだけです」

「もし総帥にお目にかかれたとしても、撻懶殿に御迷惑をおかけすることは、一切、言わないでいるつもりです」

「総帥と私の間は、御心配には及びません」

宣凱が、頭を下げた。

「食事など、用意させます」

「お心遣いは痛み入りますが、話が正式になるまでは、城内の商賈で食物は求めようと思います。館に泊めていただけるだけで、充分です」

外交のやり方も、宣凱は心得ているようだった。撻懶は、それ以上の提案はやめ、館の手配だけを執事に命じた。

「宣凱殿は、以前、梁山泊におられた、宣賛殿とは、所縁がおありか?」

「はい。宣賛は、私の父です」

一瞬、撻懶は肺腑を衝かれた。宣凱の表情は変らない。撻懶は、腹の傷を指で押し、痛みの中で、落ち着きを取り戻した。

「それは、総帥にも伝えます」

「事実ですから」

「私の知る者で、宣賛殿にさまざまなことを教えられた、という者がいます。国の法のありようとか。いまでも、宣賛殿の話をよくしますよ」

「そうですか。私個人としては、そういう方がおられるというのは、嬉しいことです」

宣凱の表情は変らず、眼には気力が漲ったままだった。

撻懶は、もう一度、腹の傷を指さきで強く押した。

翌朝、撻懶は、館を差配している者から、報告を受けた。館には、誰も訪ねてきていない。二人が、食事を購うために外へ出たが、そこで誰かと接触したという気配もない。

六名は、一室に集まって、静かに食事をとり、静かに話し合っていたという。

「食事を購った時に遣ったのが、梁山銭であったというのか？」

漢土の金国領で、梁山銭が広く通用しているわけではない。梁山銭の一銭が、宋銭の五銭に当たるという。金国全体では、宋銭が流通している。

宣凱が、ことさら梁山銭を遣ったのか、それしかなかったのか、撻懶には読めなかった。梁山銭も通用はしていて、それは止めようがない状態だ。

馬の用意をさせた。

供回り二十騎ほどで、撻懶は兀朮の本営にむかった。

開封府の城外は、一度焼かれたが、また家が建ち並んで、その痕はもうわからない。

人の数は以前ほどではなく、店なども少なくなっている。

城内の相国寺では、いまも月に五度の市は立てられているが、暮らしに必要な品物や食糧などが多く、贅沢なものが並んでいることはない。

本営は、二十里（約十キロ）ほど郊外の、原野に築かれている。数えきれないほどの営舎だが、その先に馬場が見渡すかぎりに拡がっていて、馬が駈け回っている。

こういう軍営が郊外には四つあり、それぞれに数万の兵が駐屯していた。

撻懶の軍は、北からの兵を補充して六万に戻し、南京応天府の北にいる。総指揮は捜累だが、調練のすべては、斜哥と乙移に任せてある。

兀朮の本営に近づくと、次第に兵たちの緊張が高まっているのがわかった。青鶻旗の近辺に置かれているのは補充された新兵で、実戦さながらの調練を課している。

「撻懶将軍、総帥が営舎でお待ちであります。しきりに会いたがっておられましたが、傷の具合を気にされて」

先触れを出してあったわけではないので、軍営にむかってくる撻懶の姿は、遠くから捕捉されていたのだろう。烏里吾は、そういう報告は細かく受ける男だ。

撻懶は、一度、烏里吾に頷き、馬を降りて兵に任せた。

青鶻旗の下には、衛兵が五名立っている。撻懶が近づくと、直立した。営舎の入口まで、兀朮が迎えに出てきた。

部屋に入ると、撻懶は眼で人払いを頼んだ。兀朮は、烏里吾をはじめ、従者全員を外へ出した。

「傷はいいのか、撻懶殿？」

「まだ痛む。歳というやつかな。ただ、痛いなどとは言っておれん」

兀朮が城内に来ることは、滅多になかった。来たところで、大きな役所があるだけである。政庁は、燕京というのが、いまの金国のありようだった。

「調練が厳しすぎる、というような忠言を、聞く耳は持たない。俺は、必死なのだ」

「必死なのは、わかっているし、話はそういうことではない。実は、梁山泊から、私を通して講和を申し入れてきた」

「講和。梁山泊から？」

「きのう、開封府にやってきた。六名だが、その中の一名が、全権を持っている」

「ほんとうに、講和を申し入れてきたのか。なぜだ？」

「もし話し合うなら、その過程で理由もはっきりしてくるだろう。死力を尽した戦の意味がない、と判断したのかもしれんしな。俺は、かつて李俊といくらかの縁があり、交渉の繋ぎを頼まれただけの恰好だ」

「講和か」

兀朮が、眼を閉じた。しばらくして眼を開き、くぐもった嗤い声をあげた。それは、ひとしきり続いた。

「情ないやつだ」

吐き捨てるように、兀朮が言う。

「とことん、情ないやつだ」

兀朮が、ちょっと首を振った。

「梁山泊からの講和の申し入れと、撻懶殿の口から聞いた時、助かった、と俺は思ってしまった。ほんとうに、助かったと思ったのだ。なにかを考える前に、助かったと思う。これは、闘わなくて負けるようなものだな」

兀朮が、また嗤い続けた。

「自嘲も、嘆きも、ひとりの時にやってくれ、兀朮殿。交渉するかどうかの返答は、すぐにもしなければならん」

「するかしないか、などという選択が、いまの俺にできるか。すぐ、交渉に入る。梁山泊も、われらと闘うことが、ただ南宋を利するだけだ、とよくわかっているのだ。燕京には、使者を立てる。兄の斡本か、完顔成が、文官として交渉する。軍としての交渉は、俺と撻懶殿。そう伝えてくれ」

「いくらか気を持たせた方がいい、とは考えないのか?」

「そんなことに、なんの意味がある。ぎりぎりの交渉をやる時は、思わせぶりなど通用しないだろう。梁山泊も、それなりの人物を送りこんできているのだろうし」

「確かに、それなりの人物と言えるのかもしれん」

撻懶は、兀朮が意地やこだわりをかなぐり捨てていることに、いくらかほっとした。それだけ、兀朮は追いつめられていたのか。あるいは、懐（ふところ）が深くなっているのか。

「全権を持っている人物は、宣凱という。あの宣賛の息子だ」

「ほう。なら、まだ若いだろう」

「一行の遣い走り、と考えてもいいような年齢だ。年齢だけは」

「そうか。行こうか」

「いますぐにか。こちらで話し合っておくべきことがある、と思うのだが」

「なにを。戦をやめる。それ自体、われらの負けではないか。講和が成立したら、今後、何年もあの梁山泊はあるのだ。お互いに、どういう関係でいるか、確認するだけのことだろう。顔合わせは、早い方がいい。まして、宣賛の息子ということであればな」

兀朮が、腰をあげ、馬を命じた。

供回りは百騎で、総帥の移動としては、異常に少なかった。その一隊に付いていくだけでも、撻懶は必死にならなければならなかった。怪我で体を休めている間に、すっかり弱々しい老人になった、という気がする。

開封府の城郭（まち）に入ると、青鶻旗が出された。本営の上に翻（ひるがえ）っているものより小さく、戦や移動の時に遣われるものだ。

開封府の軍営は、総帥の不意の来訪で、慌しさを見せた。

「いつもの通りにしていろ」

兀朮の一喝で、軍営はすぐに静まった。

「いきなり行ってはならんぞ、兀朮殿。守らなければならないことがあるのが、交渉というものだ」

「わかっている。二名をやって、金軍総帥が面会を求めている、と伝えさせる。まあ、断ることはないと思うが」

兀朮は、二名を使者に出すと、軍装を改めた。撻懶は、具足を付けておらず、上に羽織った着物だけを替えた。

使者はすぐに戻ってきて、会うという先方の意向を伝えてきた。

館まで、それほど遠くない。

館の客殿で、宣凱ほか五名は、立って待っていた。お互い名乗り合うと、兀朮は宣凱とむき合って座り、ほかの者も腰を降ろした。

「はじめに、申しあげておくべきことが、いくつかあるのです、宣凱殿」

「お伺いいたします」

宣凱の眼はやはり気力に満ちていて、敵意の光はまったく見えなかった。

「私は、先帝の勅命によって、楊令殿を襲った。まさしく遺詔であり、道はそれしか考えられなかった。宣凱殿の父上もまた、それに関って命を落とされた」

「梁山泊の中のさまざまな意見についても、すべて出尽し、聚義庁はその扱いをすべて決めております。父は無念だったと思いますが、それは私の気持の中だけにあることで、交渉のために来た人間とは無縁だ、と思っていただきたいのです」

「そうか。勅命ゆえ、私も悩んだが、それも関係ないことです。虚心に話し合えばいい。それでよろしいか？」

「結構です。話し合う以上、講和が前提であり、お互いの過去にあるものより、明日にあるものに眼をむけたい、ということだけを確認していただければ、充分です」

「わかった。これだけを、まず言っておきたかった」

　兀朮が、笑い声をあげた。

　先帝の遺勅について、それとなく梁山泊の手の者に洩らしたのが撻懶であることを、兀朮は気づいただろう。もうひとりその場に立会った粘罕は死んでいる。

「俺は軍人だ。堅苦しい言葉遣いには、馴染めん。裏の意味を考えなければならない、文官の言葉遣いにもな。国と国の交渉では、それだけで済まぬであろうが」

「国と国、と言われましたか」

「そうでなければ、交渉など成り立つまい。俺は、そう思う」

「わかりました。これからむき合って座る、すべての方々が、そうであればいい、と思っております」

「宣凱殿。俺は軍の総帥で、確かに軍権を持っているが、政事についても、丞相と並ぶ、いやそれ以上の権限を持っている。自分を大きく見せようとしているのではなく、交渉していくうちに、いずれそれはわかると思う。交渉の相手は、大きなところでは俺だ、と思って欲しい」

「わかりました、完顔兀朮殿」

宣凱が、白い歯を見せて笑った。

なにか、自分が失ってしまっている、穢れのない力に打ち倒されたような気分になり、撻懶はうつむいた。

「それでは宣凱殿、口調はもう少し砕けようか。もっとも、俺はもう砕けてしまっているが」

「お心のままに。口調で、交渉ができるとは考えておりません。お互いに、肚の探り合いをしたくもありませんし」

「戦には、奇襲というものがあるぞ」

「私には、軍歴はありません。なにしろ、この脚なので」

奇襲という言葉で、撻懶は緊張したが、宣凱に動じた容子はなかった。

「俺も、片脚はこの通りだ」

兀朮が、義足を軽く叩いた。

「軍人になってから、失くされた。南宋の岳飛将軍にも、右腕がないとか」

「ともに、楊令殿に斬り落とされた。寝る前に、義足をはずす。そのたびに、俺は楊令殿を思い出すよ」

「やさしい方でした。言葉は少なく、その言葉に、さまざまな意味がこめられていた、と思います」

「俺には、鬼であったな。海東青鶻を旗印にする時、楊令殿が幻王といわれる前は、青鶻鬼と呼ばれていたことも、まざまざと思い出した。青鶻鬼である楊令殿とは、幼いころに会っていた。あの時の強烈な印象は、忘れられん」

「それぞれに抱いた思いは、心の中に収いこんでおきましょう、兀朮殿」

「そうだな」

兀朮が、じっと宣凱を見つめ、しばらくして笑った。

「正式に、交渉が開始されます。食事などは、こちらで用意させていただきたい。質素なものしかお出しできませんが、城内の商賈で梁山銭を遣われることは、おやめいただきたいのです」

「ほう、梁山銭」

撻懶が言うと、兀朮が意外そうな声を出した。

「申し訳ありません。宋銭の持ち合わせが少なかったものですから」

「梁山泊本寨の間との、使者などは必要でしょうか？」

「必要ありません。交渉の結果を持ち帰るだけです」

宣凱の眼を見つめながら、撻懶は軽く頷いた。

四

むき合って座った呼延凌は、じっと秦容を見つめていた。

年が新しくなると同時に退役したので、秦容はもう将軍ではない。昨年の終りから軍の再編は進んでいて、総帥に呼延凌が立っている。

退役について、呼延凌とは、それこそ反吐が出るほど話し合った。総帥に立つのは自分ではなく、秦容である、というのが呼延凌の変らない意見だった。

結局、軍のすべてを、呼延凌に押しつける恰好になったので、秦容はいくらかの後ろめたさを消せなかった。同じように、将軍であり語り継がれる指揮官である、父を持った。軍務に就くことは、幼いころから決まっていたようなものだ。

「敵が、いないなあ。金国とは講和の交渉に入っているし、南宋は遠い。俺が闘いたいずえられない」

と思うのは、すでに岳飛ひとりしかいないが、梁山泊に攻めこんでくるというのは、ま
ず考えられない」

　呼延凌の口調は、のんびりしたものだった。秦容が退役を切り出した時の、あの激し
い怒りは、もう見えない。

　呼延凌との話は、結局、人生の問題に到った。子午山と梁山泊しか知らない秦容に、
呼延凌がいささか同情したところはある。

　冷静だったが、怒っていた。いまも多分、怒っているだろう。そして、呼延凌の怒り
と孤独を癒す方法は、秦容には見つけられなかった。

　軍のほかの人間は、二人の話に任せたところがある。秦容の部下でさえ、そうだった。
秦容が押し切った恰好だが、ほんとうは呼延凌が受け入れてくれたのだ。

「南へ行くというのは、また思い切ったものだ。俺は、子午山のような山を、作るので
はないかと思っていた」

　南へ行くというのは、数日前に決めたことだった。それも、南宋よりずっと南だ。

　南への航路を拓いた張朔が、戻ってきていた。ふた晩、一緒に飲んで、南の話を聞
いた。北で仕入れた昆布を、長江沿いの城郭まで運ぶ。その城郭で、物品を買い入れ、
また西域からの荷も一部は積む。北と南へ運ばれ、交易が成立するのだ。

　南からは、甘蔗を仕入れる。それは北で珍重され、漢土のほとんどでも、いい売り物

になる。

ただ、甘蔗が不足していた。野生で生えているものを集めるので、きわめて効率が悪いのだという。

いまは、甘蔗をそのまま運んでくるしかない。やがては、搾り汁を固めた甘蔗糖を、運ぼうと考えているようだが、遠い話だと言った。

南の人間は、海や河や山の、自然のめぐみを受け、北の方の人間ほど、働くこともないのだという。

秦容はその時、甘蔗の畠を作ることを考えた。野生ではなく、広大な土地を拓いて、栽培するのだ。そして搾り汁を作り、煮て固めた甘蔗糖を送り出す。

それは北の昆布と同じように、梁山泊には意味のあるものになる。

李俊にそれを話したら、俺がやろうとしていることを、横奪りした、と言われた。ただ、李俊に大きなこだわりはなく、思う存分やってみろ、とも言われた。

その話は、講和の交渉で開封府へ行っている宣凱を除いた、聚義庁の五名からは承認された。兵の間にも話が拡がって、付いていくという者が二百名も現われている。

兵站など届きようもない、南の地である。秦容はそれでも、二十名を選んで連れていくことにしていた。戦に出られないことはないが、負傷して躰のどこかが不自由になった者たちである。

「暑いし、疫病があり、蚊一匹でも人を殺すことがあるというぞ」

「それでも、人は生きている。俺にとっては、暑さも疫病も蚊の一匹も、すべて敵で、これは戦だと思っている」

呼延凌が、かすかに頷いた。

軍について、呼延凌と話すことはなにもなかった。話すべきでもない。部下も、すでに再編の部隊に組み入れられはじめ、一部は調練に入っている。

「もういい。俺のことは気にするな、秦容」

済まないという思いが、なかなか伝えられない。それをはっきりと感じたように、呼延凌が言った。

「南に戦友がいる。俺は、そう思い定めたのだ」

武城(ぶじょう)近郊の、呼延凌の軍の駐屯地だった。それはつまり、梁山泊軍の本営でもある。

「で、伍覇(ごは)はどうするのだ、秦容?」

「会ってみてからだ。城郭(まち)の、岑諒(しんりょう)殿の宿屋にいる」

伍覇は、張敬(ちょうけい)が死んだあとの、潜水部隊の隊長だった。いま潜水部隊は、項充(こうじゅう)の水陸両用部隊に組み入れられているが、働きどころが多いとは言えず、伍覇は李俊に退役を申し入れていた。

退役の理由は、ただ軍をやめたいというだけではないようだ。秦容が南へ行くことを聞きつけて、連れていってくれと言ってきた。

その時は、伍覇の退役が許されるかどうかというところで、詳しい話はしていない。武城の宿にいるので、行ってこいと、李俊に言われた。李俊はそう言っただけで、なんの説明もしなかった。

それから二刻余り呼延凌と語り、秦容は武城へ行った。

岑諒の宿は、大きなものではなかったが、使用人も何人かいるらしく、明るい雰囲気があった。訪いを入れると、以前よりずっと老けているが、いかにも柔和そうな表情をした岑諒が、自ら顔を出した。

「お久しぶりです」

秦容は、頭を下げた。

「おうおう。伍覇はいま外出しているが、子供はいるぞ」

「やはり、子供がいるのですか」

子供と一緒に南へ随いていきたいと伍覇は言ったので、家族で随いてくるつもりだろう、と秦容は思った。

南へ行ってどうなるか、まったくわからない状態で、子供連れを伴う自信は、当然、秦容にはなかった。しかし、李俊は会ってこいと言ったのだ。

「子供のほかには、誰かいるのですか？」

「子供ひとりだけだ。まあ、入れ、秦容。今夜は、うちへ泊るのだろう。具足を付けていない秦容は、おかしな感じだな」

「それは、岑諒殿も同じですよ」

「俺は老いぼれだが、おまえはこれからという将軍だったではないか」

「指揮をしていいのかどうか、わからなくなったのです。ほかのことを試したいというのもありますが、逃げ出したのですよ」

通された部屋に、子供はいなかった。子供になにか言っても、仕方がないのだ、と秦容は思い、伍覇の帰りを待つ気分になった。

岑諒の妻という女が、挨拶に出てきた。歳を取っていると秦容の眼には見えたが、それでも岑諒よりはずいぶんと若い感じだ。

「うちは、料理自慢なんです。秦容さんも愉しまれてくださいね」

野菜の市場の話などをして、岑諒の妻は出ていった。すぐに、酒と肴が運ばれてくる。

「岑諒殿、まだ明るい時刻です」

「なにを言ってる。おまえは軍を離れたのだろう。俺はここで、飲みながら鮑旭殿の話をしたいのだ。同じ、子午山の出ではないか」

杯に満たされた酒を、秦容は少しずつ飲んだ。鮑旭のことは、子午山で王母から聞いた。楊令や史進や武松のことは心配していたが、鮑旭について語る時は、懐かしそうな眼になったものだ。

鮑旭が、最後に双頭山に行ったところで、伍覇が戻ってきた。

「また、鮑旭殿の話か」

別の部屋に移ると、子供がひとりいた。

「われらを、南へ連れていってくれ、秦容」

「ひと口に南というが、俺は張朔から事情を聞いただけだ。張朔も、長く南に留まっていたわけではない」

「それはなにか。子供などは暮らせんということか？」

「城郭で育った子供にはな。現地にも当然、子供はいる」

「疫病があるか。密林に、恐ろしい野獣がいるか。そんなこと、こいつは覚悟の上だ。死んだら、そこまでと思い定めてもいる」

少年は、十歳ぐらいだろうか。愛敬のある眼をしていて、落ち着きがあるとも言えない。

「伍覇、なぜ潜水部隊を離れることにした？」

「それは、おまえと同じ理由だ」

「俺の、理由？」

「つまり、同じように心の中にある。それは同じだ」

「理由は語る気がない、というように聞える」

「言葉で言える理由など、いくらでも並べてやる。おまえは、それでいいのか？」

理由など、なんの意味もない。少なくとも、秦容の理由を、呼延凌はひとつも認めなかった。軍からの離脱を認めたのは、理由などではない、もっと別のものだった、という気がする。

「俺としては、親子は二人でさまざまなものに耐えていって欲しいと思う。俺がこれからぶつかるのは、半端なものではない、という気がするし」

「親子ではない。李俊殿は、またなにも言わなかったのだな」

座っているのに飽きたのか、子供が立ちあがろうとした。

「張光（ちょうこう）、ここにいろ」

子供の襟（えり）を摑（つか）み、伍覇はその躰を丸めるように、膝（ひざ）の上に置いた。

「張敬の息子さ。正式に妻帯したわけではないが、こいつの母親が張敬の女房だと、李俊殿も項充殿も認めていた。母親が、この間、亡くなってしまってな」

病だったのかどうかは、伍覇は言わなかった。

「南へやろうというのは、李俊殿をはじめ、みんなが考えたことなのか？」

「梁山泊から離れ、しかし梁山泊の人間ではあり続ける。いろいろな方法があったが、南へ行くおまえが、選ばれたわけだ」

「張敬の倅か」

「張一族は、みんな死んだ。張横殿、張順殿、張平殿、そして張敬。言ってみりゃ、こいつはただひとりの生き残りさ」

「阮三兄弟も、死んだな。ほかにも、兄弟が死んで絶えた一家は、いくつかある」

「このままいれば、こいつは潜水部隊さ。しかし、潜るのはもういいだろう。南では、魚ぐらいは獲れる」

「そうか」

「連れていってくれるか？」

「行って、一緒に地を這い回るか、張光。俺と一緒に、なにか捜そう」

「なにを？」

伍覇の膝の上で、躰をのばすような仕草をしながら、張光が言う。のびのびと育ったのだろう、ということは感じさせた。躾られていない、とも思える。

「いくつだ、張光？」

「十歳」

「ならば、ちゃんと座れ。人と話をする時、その恰好はなんだ」

「じゃ、こんなふうに立てばいいのか。俺の父上は、こんなふうに立って、死んだ」

張光が直立し、にやりと笑った。伍覇が、かすかに首を振っている。

なぜ張光を南へ連れていこうとしているのか、秦容にはようやくわかった。秦容は立ちあがり、張光の頰を平手で打った。張光は吹っ飛んだが、すぐに立ちあがり、また直立した。もう一度、打つ。また立ちあがる。赤くなった頰が、すでに腫れはじめていた。

「待て。待ってくれよ、秦容。こいつは、ちゃんとしたところは、ちゃんとしている」

「ちゃんとしていないところを、俺は打っている。これから、南へ行くのに、ちゃんとしていないところは邪魔だ」

直立したまま、張光は秦容を睨みつけていた。もう一度、打った。すぐに立ちあがる。

「そんなふうにして人と話をしろと、親父は教えたのか？」

もう一度打とうとしたが、伍覇が間に入った。気配を聞きつけたのか、岑諒も入ってきた。

「俺は、おまえを、張敬殿の息子とは認めない。張平殿の甥だとも認めない」

「俺は、張光だよ。誰でもない。俺は張光だよ」

「張敬殿の伜でもない張光。おまえを、南へ連れていってやる。そこで、一緒に捜そう」

「なにを？」

「自分をさ」

張光は、まだ秦容を睨みつけている。

「おまえは、自分を見つければ、張敬殿も見つけられる」

「いいことを言うではないか、秦容。それで、おまえは、なにを捜したい？」

岑諒が、笑いながら言った。

「俺は、楊令殿を捜したいのですよ」

「なるほどな。それもよかろう。張敬は、張光をかわいがってはいたが、普通の父子のように、長い時を一緒に過ごしたことはない。張光は、直立した父親の姿だけを、憶えているのかもしれん」

「ほかにも、憶えてますよ、こいつは。ただ、思い出したくないんです」

「そうなのかな」

「波濤児張敬は、水の中では無敵だったでしょう。それを、俺は思い出させてやります」

「そっちは、伍覇の仕事だな」

岑諒が言った。

張光は秦容を見つめていたが、眼を合わせるとうつむいた。座れ、と伍覇が椅子を指した。黙って、張光は腰を降ろした。

「張敬は、流花寨で自分は死んだ、と思い定めていたからな」

その話を、秦容は数人から聞かされた。

「水に油を撒いて、火をつけたのさ。潜水部隊は、水の中にいた。出れば、火だ。あの攻撃で、何人もが死んだ。張敬もな」

張光が、驚いたように、喋っている岑諒に眼をやった。

「叔父の張順が、死にかかった張敬を引き出してきて、自分が死んだ。張敬には受け入れ難い死だったろうさ」

「張敬殿は、あの時のことを、俺らに話そうとはしませんでしたよ。ただ、水に油が流れていたら、気をつけろと言うだけで」

「油が燃えていたら、思い切って火の中に頭を出しても、息が詰まって死ぬそうだ」

秦容も、それを聞いたことはあった。張光は、眼を泳がせている。

「南宋水軍が、増強されている。水軍の戦はこれから」

「そんなことも、全部考えた、秦容」

伍覇が、秦容の言葉を遮った。

「水軍の戦は、海か長江さ。そして二重底の船だ。潜水部隊が近づいて、沈められるようなものではなくなっている」

「梁山泊が、南宋と全面で敵対するかどうかはわからん。講和が進んで、梁山泊にむける兵力が必要でなくなると、金軍が南進するだろうからな。しかし、水軍だけは、闘いをくり返すと思う。梁山泊の物資が動いていれば、そういうことになる」

「だからって、軍を出たことを、おまえにとやかく言われたくはない」

「そうだな。まったくだ」

「おい、本気にしたのか、秦容。俺は俺なりに、おまえが軍を出た理由はわかっているつもりだ」

秦容は、呼延凌との話を思い出した。呼延凌も、俺は俺なりに、とわかってくれた。

「少し早いが、めしにするか。俺は、おまえらと話すしか、愉しみがない」

岑諒が言った。

また、鮑旭の話をするのだろう。そして泣きはじめる。

張光の腫れた頰を、岑諒は一度、掌で撫でた。

五

崖が崩れそうなところは、石積みで補強されはじめた。道が曲がったところも、少なくなった。河水（黄河）、龍門の集積所から、漢水までの輸送路は、整備された道になり、行程は三日、減っている。漢水の集積所にも、二十艘の中型船を繫げる、船着場が作られていた。そのあたりの、工兵隊の仕事は速い。

二十艘分の荷を一度に運ぶのは難しかったが、荷車を三百輛にすれば可能だ、と王貴は考えていた。

いまは六十輛で、五百の歩兵の護衛が付いている。

「上青殿の館の倉に、余裕が出てきている。西域からの物資を、もっと増やすつもりだそうだ」

韓成が言った。西域から龍門までの荷は、韓成の管轄になっている。そろそろ、沙谷津までで韓成の管轄は終り、そこから先が、王貴の管轄になる。いまのところ、王貴は河水と漢水を繋ぐ輸送路に、かかりきりだった。漢水から長江までは、范政に任せていた。太い道になりつつある。荷は面白いほど捌け、漢水の集積所でいい物資を仕入れようという商人まで出てきたほどだ。商人の動きは、いつも先へ先へと行く。

西域から沙谷津というのは、かつて王貴が指揮して、商隊の物資を運んでいた。それが韓成の管轄に移ったかたちだが、西域からの交易路全体を、王貴と二人で管轄していくということに、やがてなるはずだ。

「荷は、小さくて高いものを運びましょう、韓成殿。いまはまだ、陸路の輸送隊の規模が足りないのですから」

「そうしているさ。嵩の張るものは、沙谷津で捌いている。そうしても、すぐに間に合わなくなる。上青殿の館に出入りする西の国の商人は、想像以上に多い」

「西夏は、無事に通れているのですか？」

「荷ではなく、俺がという皮肉だな、王貴。郤灼は、いまのところ韓順だけに眼をむけているよ」

「いまのところ、ですか」

「それだけで、満足する女ではない」

「と言って、やるべきことが、なにかあるのでしょうか？」

「一度、中興府の家へ寄った。郤妁は、通過する荷の一覧を見ていた。もう、憶えてしまっているだろう」

荷のすべてを管轄する場所を、どこかに作るつもりだった。そこを通過するのは書類だけだが、すべての指令もそこから出る。西域へ運ぶ荷を上りと言い、西域から来る荷を下りと呼ぶ。それはすでに言われていることで、全体を見て指令を出すところまで到っていないというのが、現状だった。

「慌てるなよ、王貴。こんなことは、じっくりやるものだ」

三百輛の荷車で、沙谷津から梁山泊武邑に運んでいた商隊の荷の量と、同じになる。王貴が抱いている最初の目標は、それだった。物資が、漢土から金国の北まで、なんとか回せる量だった。乾いた砂に吸いこまれるように、物資は消えていく。それが民の間に、滲み出す。

物資を中心に、国家を作るという楊令の考えが、捌くところまで物資を扱って、王貴は理解できるような気分になっていた。

つまり、楊令の闘いは終っていないのだ。物流を押さえていけば、やがては金国も南宋も及ばない力を、梁山泊は身につけることになる。

楊令の志は、受け継ぐことができるのだ。それは、聚義庁でも考えていることだろう。だから戦で無駄な血を流さず、いま金国と講和交渉に入った。

「なあ、王貴。急にふくらませると、いろんなところに、無理が出るぞ。上青殿は、俺たちとは別に、物資の流れをつけようとしている。盛栄殿が、それをやる」

「盛栄殿は、梁山泊の人間ではありませんよ。聚義庁が、そんなことを許すのですか？」

盛栄は、顔を合わせれば、王貴を罵り嘲る。肚に据えかねているが、それを抑えることはできる。それぐらいの苦労はしてきたのだ、と思う。

「俺は、反対です」

「聚義庁に言えよ。とにかく、盛栄殿の道は、商人の道なのだ。俺らには、わからんところを、這い回るようなものだが、いずれ小さくはなくなるぞ」

「聚義庁は、盛栄殿が私利のために動く、とは考えていないのですか？」

「やらんよ、そんなことは。おまえ、平気で失礼なことを言うな」

「以前に、やったことがあるのではありませんか。李立殿が、手を斬り落としたのでしょう」

「手を斬り落とされたのだから、昔のことはもういいではないか」

「そんなふうに、気軽に考えていいことではない、と俺は思います」

「それでも、梁山泊の力になっている。上青殿も、聚義庁も認めている」

それ以上言い募るのを、王貴はやめた。

龍門の集積所は、船の荷を降ろすので、人の動きが、まだ慌しい。輸送隊の出発は、明早朝である。

五百の護衛の兵も、荷車に荷を積む作業に加わっている。この五百は、梁山泊から派遣された軍で、今回から会ったことのない将校が指揮に入った。

全体の指揮は王貴なので、護衛隊の指揮官には、挨拶を受けた時、必要な指示は与えていた。

「講和が成立したからといって、安心するわけにはいきませんよ、韓成殿。金国と南宋が戦をすることになれば、戦場がどう拡がってくるかわかりません。そして、両国の交戦は、梁山泊に与えられた機会でもあります」

「まあ、そういう考えもできるが」

韓成は、それだけ言うと背をむけ、営舎に入っていった。

妻の邵妁から逃げるためだけに、輸送隊に紛れこんできたのだということが、次第にはっきりしてきた。曹正が、なぜ韓成を交易路の差配で王貴と並べたのか、わからない。前をむいている、というところがないのだ。時々、歯痒(はがゆ)くなることがあった。

西夏での仕事は評価できるが、それほど難しいものだと、王貴は考えていなかった。

王貴は、荷車のところへ行って、荷の積み方の点検をした。船の荷積みは、安定を崩さないことを第一に留意する。荷車は、それぞれの荷の重さを均等にする。重さの違いが、一日一刻の遅れを生んだりするのだ。

夜更けに、ようやく荷積みは終り、兵たちは眠りはじめた。

早朝、韓成は米を積んだ船で沙谷津にむかい、王貴は六十輛の荷車を指揮して、漢水にむけて出発した。

坂を登ったり降りたりするが、難渋するところは少なくなった。行程が三日縮んだというのは、大変なことだ。

護衛隊を指揮する将校は、必ず斥候（せっこう）を出し続けていた。それは多分必要なことなのだろうが、輸送路に危険を感じたことは、一度もなかった。

野営をする場所は決まっていて、そこは荷車を何列かに並べておける広さがある。

山中を縫うので、谷も崖もあるが、それもほとんど、樹木の深い緑に包まれている。冬でも、葉を落とさない木が多かった。

野営で火を遣うことを、将校は嫌がっていたが、王貴は構わなかった。

「ここは、まだ敵地なのです、王貴殿」

将校は、王貴より二、三歳上だろうか。しかし、下級である。

「戦の最中でさえ、軍の姿はどこにもなかった。いまは講和交渉の最中だろう。攻めてくるわけがない」

「賊徒にも、備えなければなりません」

「賊徒の情報は、集めてある。数十名の賊徒がいくつかいるが、仲は悪い。一緒になったとしても、二百名に満たない。賊徒が現われたら、それこそ徹底的に叩き潰し、二度と、襲おうという気は起こさせない。いや、襲える人数が残らないほどに、討ち果す」

五百の護衛隊は、将校を除いて、馬乗は五騎である。その馬も、軍馬には適さないが、力の強いものを選んである。動けなくなった荷車は、馬で曳き出させるのが一番手早い。

護衛隊は具足を付け、武器を持っているが、荷車に付く五名は、縄や棒、押す時の肩当てなど、移送の作業に必要なものを、身につけている。

道は、躰に刻みこまれていた。常にここを通っている工兵隊が、どこを直したか、細かいことでもはっきりわかる。

この道を、民が利用することは、まだないようだ。通ってはいけない場所だ、と考えているふしもある。

近辺に、金軍がいないことは、常に確認していた。小さな部隊さえおらず、だからしばしば賊徒も出現し、村や鎮（大きな町）を襲っているのだ。

漢土は、広い。金国はもともとあった北の自領に、漢土を加えたが、完全な統治ができているとは言えない。

兵力が不足しているというのに、領土の広さがあるのは致命的である。金軍は、女真(じょしん)族だけでなく、契丹(きったん)族や渤海(ぼっかい)族の民も兵として徴募しているが、漢族の兵はそれほど増えていない。漢族だけは、信用しきれないということなのか。

領土の広さを考えると、七、八十万の軍は必要になる。

だからいま、金国は点で漢土を押さえている状態なのだ。民政に関しては、女真族の役人がやってきて、漢族の役人を使うという恰好だった。

輸送路の先頭を進みながら、王貴はしばしば、砂漠と岩の西域への交易路を思い出した。水を確保するのが大事なことだったが、ここには水源がいくらでもある。緑が多い。ただ雨も多く、泥濘(でいねい)の中では荷車は難渋する。

粉のような砂のある砂漠と、泥濘は似ていた。砂漠での荷車の動かし方が、いくらか工夫を加えて遣える。荷車は、無理に動かさず、泥濘に車輪がとられそうになったら、停(と)める。そして車輪の下に小石などを押しこむのだ。

さまざまなことで、砂漠の経験は生きた。その上、砂漠には岩山があったが、ここにはないのだ。

あの交易の道より、ずっと太いものが作れるというのが、王貴の考えだった。

この山中に、太い輸送路を作り、河水と漢水を繋ぐというのは、誰も考えないことだった。

やがては、張朔が南から甘蔗を運んでくるだろう。甘蔗糖は、沙谷津でも、西夏や西遼でも重宝される。昆布は、このあたりでは薬同然だった。

交易というものの持つ強さと面白さが、王貴にはわかりはじめていた。張朔も、当然、わかっている。海と河と陸が繋がり、縦横に物資を動かせれば、それは、これまでになかった国の姿を見せてくれるのではないのか。楊令が、夢見た国家である。

楊令という頭領は、ひとりきりでこんなことを考えていたのだ、と思う。物流の前では、帝は無力である。無力な権力などあることに意味はなく、物流という力は、現実にあるもので、その拡がりは、測り知れない。

「王貴殿、斥候がまだ戻ってこないのです」

護衛隊の将校が、そう言ってきた。

「だから？」

「戻るまで、行軍を停止すべきです」

「なにを言っている。このまま進めば、戻ってくる斥候と出会うではないか」

「もう、戻ってきているはずなのです。異変がなかったのかどうか、もうひと組、斥候を出して確かめます」

「それまで待とうというのか。意味はないな。昆布などを積んだ船は、もうかなり漢水を溯上してきている。その船に、昆布と入れ替りに、この荷を積まなければならん。遅れは、許されない」

「六刻でいいのです。停止してください」

「くどい。総指揮は俺だ。命令に従え」

将校はうつむき、馬首を回した。

なにが起きるというのだ、と王貴は馬上で呟いた。この道に、ほとんど危険はない。行程も三日縮まった。危険がないので、斥候は先へ行き、戻るのに時がかかっているのだ、と王貴は考えた。

坂で、荷車にとりついた兵たちは、声を合わせる。登る時も降りる時もだ。その声を聞くのが、王貴は好きだった。五名が、五名以上の力を出している、という気がする。

その日、野営地に着くまでに、斥候は戻ってこなかった。将校は、新しい斥候隊を、ふた組出したようだ。すでに、あと二日で漢水、という地点にまで来ていた。

なにかいやな感じに襲われて、上体を起こしたのは深夜だった。護衛隊の将校も、起きあがっている。

「賊徒かな。ならば、いい度胸をしている」

気配だけで、動きはなかった。念のために、王貴は全員を起こした。

「斥候が戻らないことと、なにか関係があるのでしょうか？」

「百名以上の賊徒なら、斥候を捕えたということも考えられる。移動中でなくて、よかった。とにかく、ここで朝を待つ」

輸送隊の兵は荷車のそばにいて、それを護衛隊が取り巻いているという構えで、ほかのことはできなかった。濃い闇である。

王貴は、頭の中で、さまざまなことを想定した。賊徒が、こちらの人数を上回っていたらどうするか。近づかず、矢を射こんできたら、なにで防ぐか。

野営地だけは、広くなっている。そこへ入る道も出る道も、荷車がようやく通れる幅である。ここで何度も野営したが、襲われた場合の防ぎ方など、考えたことはなかった。それを、王貴は少しだけ後悔した。

護衛隊は、万一に備えてというより、商隊を編制する時の習慣で、五百の部隊を要請しただけだった。

闇を凝視しても、見えてくるものはなにもなかった。こちらは軍なのだ、と王貴は思った。少々、賊徒の数が多かったとしても、指揮のもとでの動きなど、問題にならないはずだ。

それでも王貴は、じっとりとまとわりついてくる、いやな予感のようなものを、拭いきれないでいた。闇が、そうさせるのだ、と思った。まだ寒い時季なのに、汗が出て、不快に肌に張りついている。

空が少し明るくなっていくと、いやな感じはさらに強くなった。闇から、なにが浮き出してくるのか、王貴は待つような気分になった。

なにかいる。こちらを窺う人間たちに違いないが、別の生きもののような気もしてくる。

「王貴殿、かなりの人数だという気がします。護衛隊は、ひとつにまとまっていていいでしょうか？」

将校がそばへ来て、声を潜めて言った。

「そうしてくれ。必要だと思ったら、漢水の集積所に兵を走らせろ。それは、おまえの判断でやれ。兵が走るだけなら、一日もかからずに着く。救援が来るまで、二日、もちこたえればいいのだ」

救援と考えている自分が、不思議なものに感じられる。賊徒なら、打ち払えばいいのだ。恐れるなと、何度も自分に言い聞かせた。それほど、いやな感じは強くなっている。

不意に、軍の姿が浮かびあがってきた。それは山の斜面にも、道にもいた。数はわからないが、少なくはない。

明るくなるのは、早かった。そばにいる将校の、緊張した表情が、はっきり見えるようになった。

「矢に備えろ。防げるものを、荷車から出せ。荷車を、楯代り（たて）にしてもいい」

言い終らないうちに、矢が降ってきた。二百や三百の軍が放つ矢ではなかった。まわりの兵が、次々に倒れていく。

道の軍が近づいてくるのが見え、王貴は剣を抜き放った。

「岳飛軍か」

軍の中にあがった旗を見て、王貴はそう声を洩らした。なぜ、と考える余裕はなかった。軍は実際そこにいて、いま近づいてきている。しかし、実際に躍りこんできたのは、斜面にいる軍だった。こちらは、すでに半数近くが矢で倒されていた。

圧倒的な力だ。三名、四名と剣で倒したが、どこかを斬られていた。次には、突かれた。王貴は雄叫び(おたけ)をあげ、敵の中に突っこんだ。しかし、すぐに斬り立てられた。

自分の躰が、宙に浮くのを感じた。

気づくと、空が動いていた。いや、自分が動いているのだ。荷車に、ほかの兵二名と乗せられていた。それは、輸送隊で遣っている荷車と違っていた。

誰かが、口に押しこまれた布に、水を滴らせていた。王貴は、口の中の水を感じただけで、眠った。眼醒め(めざ)ても、同じように空が動いていた。痛みなどはない。いまの自分が、現実なのか夢の中なのか、よくわからなかった。

また、眠った。眼醒めたのは、荷車の中ではなかった。そして、暗い。眼が見えなくなったのかもしれない。

「夜だ」

不意に、声がした。

「水を飲め、王貴。応急の血止めはしてある。おまえは、内臓はやられていない。だから、水はいくらでも飲める。脚や腕の骨は、折れているぞ」

口の中の布が、引き出されていた。水を、少しずつ飲んだ。

「岳飛軍に襲われた」

「岳家軍は、動いていない。それに、岳飛がこんな真似をすると思うか」

離れたところから、声が聞えた。

「俺は、『飛』の旗を見た」

「とにかく、おまえを、きちんと手当てのできるところまで運ぶ。明日の午には、船に乗せられる」

顔が見えた。

「羅辰殿」

「范政もいるぞ」

「遅かった。斥候がひとりだけ到着したのだが、間に合わなかった」

范政が、王貴の頬に掌で触れた。

「間に合っても、結果は同じだった。なにしろ、五千の軍が山中にいたのだ」

「岳飛が」

「それは気にするな。いま、羅辰殿の部下が、その軍を追っている」

「岳飛は、こんな真似はせんぞ」

　離れたところからの声が、近づいてきた。

「こんな真似？」

「皆殺しだ。屍体の中から、息のある者を捜したが、二十名に満たない」

　喋っているのは、漢陽の商人の梁興という男だった。この男は、張朔とも取引をしているはずだ。

「救援など、しようもない大軍で、輸送隊を襲い、荷車のすべてを奪った」

　はじめて、王貴は荷のことを考えた。いきなり、憤怒がこみあげてきた。それに、二十名も生き残っていない。

「俺は」

「おまえはいまは、生きることだけを考えろ。やることは、いや、やれることは、それだけだ。気力だぞ。なにかが近づいてきたと思ったら、気力でそれを追い払うのだ」

　眠った。眼醒めた時、明るい空が動いていた。いままでとは、違う動きだ。

　船の上だ、と王貴は気づいた。

双鞭の夢

一

板の量は、相当なものになっている。

もともと葉春の造船所にあった丸太も、すべてここへ運ばれてきている。上流から筏を組んで運び続けられているので、丸太の置場はなくなり、水に浮かべ保存していた。

葉春と陳武が話し合って造った船を、韓世忠と段貞が、試してみる。海にも出てみたが、まだ満足できるものは完成していなかった。韓世忠が望んでいるのは、小回りの利く中型船である。鈍重な大型船より、ずっと戦闘にむいていることは、これまでの戦で証明されている。

梁山泊水軍の船が、中型船を中心に造られているのは、ずっと前からそれを認識していたからだろう。大型船は、ほとんど交易の輸送船に遣われているようだ。

中型の軍船については、梁山泊は比較にならない数を有している。船隊行動も、驚くほどである。

南宋水軍は、まだ旧型の船で調練するしかなかった。

韓世忠は、調練に出ていることが多いが、船が試作されると、長江の無為軍（郡）近辺を走り回り、調子がよければ海にも出てみる。すべて望んだ通りの船ができるわけがない、と段貞にはよく言われた。要は、乗る人間の力量だというのだ。同じことを、葉春も言った。ただ、実際に造船の指揮をする陳武は、なにも言わず、黙々と図面を作っては、船をいじったり新しく作ったりしている。

無為軍は、張俊と岳飛の領分の空隙にあたっているせいか、賊徒が多かった。さすがに、造船所を襲う賊徒はいない。人夫だけで一千人いるし、警固の兵も、臨安府から五百の部隊が派遣されてきていた。

一カ所に建てられた営舎で、造船所の人間は暮らしている。その一棟の中に、韓世忠をはじめとして、重立った者の部屋があった。

毎夜、そこには笛の音が流れる。

王清というのは、おかしな男だった。腕が立つと見たので、梁紅玉につけておこうとしたが、それは断り、板作りの作業に就いた。そして夜の一刻（二時間）だけ、営舎のそばで笛を吹かせてくれ、と言ったのだ。

一日も欠けることなく、笛の音が営舎に流れてくるようになった。雨や風の音が入り交じっていることもあるが、笛は笛として、営舎の誰もが耳を傾けるようになっている。

梁紅玉は、時には外に出てそれを聴いていることもある。

笛を習いたいという者も現われ、乾いた竹を切って簡便な笛を作り、教えているのもよく見かけるようになった。

一応、気をつけるように配下の者に言っておいたが、王清がそれ以上のことをやることはなかった。

海にまで出て、新しい船の試しをし、韓世忠は戻ってきた。

このあたりで妥協してもいい、と思える船の仕上がりだった。船底の真中に、縦に板を通したのが、操船の効果をあげている。そして、適度に重たかった。

「いいぞ、陳武。これでいこう」

造船所の小屋のところまで歩き、韓世忠は言った。

「俺は、もう少し軽くしたいのですが」

「重さはいい。特に、波のある海では、重さは安定させるのに必要なのだ。真中に通した板が、ことのほか効果をあげている」

「もともと通してあったものの幅を、少し拡(ひろ)げただけです」

「たとえわずかであろうと、船の動きは格段によくなっている。あとは、乗る者の力だと、俺は思った」

「そうですか」

「毎日毎日、板を作っていた人夫たちも、ようやく解放される。もともと、船を造るために集まっているのだからな」

「明日から、五艘同時に造りはじめます」

「そうしてくれ。おまえには無理を強いたが、無駄ではなかったぞ」

「一艘に百名がとりつきます。うまくいけば、八艘、いや十艘の同時建造が可能です」

「作業に貸し出していた兵は、返して貰う。新しい船での調練はまだ先になるだろうが、鍛えあげておきたい」

陳武が頷いた。

小屋は鍛冶場になっていて、外にいてもかすかに暖かい。常に、骸炭(コークス)が燃やされているのだ。船で使う鉄を、そこで大量に作っていた。

方々で、人夫たちの声が聞える。

韓世忠は人夫のひとりに眼をむけ、近づいていった。斜めに立てた丸太から、板を切り出している。上半身裸で、汗が陽の光を照り返していた。争闘で受けた傷などどこにも見当たらないが、無駄のないいい躰だった。

「おい、王清」

声をかけると、王清は手を止め、丸太から滑るようにして降りてきた。

「なにか?」

「おまえ、水軍に入る気はないか?」

「いえ、ここで働かせていただきます。俺には、合っているようです」

直立したまま、王清が言う。

「ふん、梁紅玉の気持を、笛で摑みたいか」

「いけませんか?」

「いや、笛で摑めれば、それはそれで大したものさ」

王清は、臆することなく、梁紅玉に魅かれているという態度を見せる。それが、韓世忠には不思議だった。

女を好きになるという感情が、韓世忠にはわからないところがある。

「笛の力を、韓世忠殿は御存知ない」

「営舎にいる時は、いやでも聴えてくるよ、王清。なにかある、という気はする」

韓世忠が笑いかけても、王清は表情を変えなかった。

「梁紅玉には、気をつけていろよ」

「どういう意味です?」

「明日から、造船をはじめる。外から、下働きのやつらも入ってくる。そして梁紅玉のまわりには、いつもの護衛だけだ」

梁紅玉は、自分の剣と弓の腕に、自信を持っていた。それがどこから来るものかはわからないが、周囲の人間が甘やかしたのは確かだろう。

梁紅玉は、自分で伯父の葉春を賊徒から守ろうとしていた。

「梁紅玉の、護衛はどうだ？」

「部下に付く気はありません」

「いつも、一緒にいられるのにな。それに、ここで人夫をやるより、扱いはいいぜ」

「とにかく、下に付くつもりはないのです。ここで働かせていただきたい、と思います」

ここにいるかぎり対等だと、王清は考えているのかもしれない。しかし、梁紅玉に、そういう思いはまるでないだろう。

梁紅玉をどう扱うか、韓世忠は頭を痛めていた。賊徒が狙うとしたら、適当な的で、攫えば身代金は手に入るのだ。

無為軍から淮水にかけて、賊徒が多いという報告を、臨安府には出してあった。しかし秦檜は、いまのところ長江の北に手をのばすつもりはないようだった。淮水の北で、金軍の手の届かないところにも、賊徒は多いのだという。

営舎の部屋に入ると、部下の調練の状態を記した報告書に、韓世忠は眼を通した。そんなことは面倒で、昔はやらなかった。

調練は、順調に進んでいる。

　葉春が現場から戻ってきた気配があり、梁紅玉に支えられながら、韓世忠の部屋に入ってきた。

「ようやく、船が気に入ったようだな、韓世忠。陳武は、造船台に、明日は板を運び入れるというぞ」

　葉春は、套衣を脱いで、椅子に腰を降ろした。梁紅玉は、酒を貰いに、別棟の厨房へ行った。

「明日からは、外の者が多く入ってくることになる」

「梁紅玉のことを言っておるんじゃな」

「攫われでもしたら、身代金を払うのは、あんただ」

「南宋は、払ってくれんのかな」

「払うものか。あんたが攫われても、払わんな。人数さえいれば、船はできると思っているやつばかりだ」

「宰相もか？」

「宰相は、別だろう。ただ、攫われたことについて、誰かが咎められる」

　このところ、無為軍の近辺では、商家が襲われたりすることは少なく、子供や女が攫われる。その方が、殺し合いをするよりずっとましだと、賊徒の方も気づきはじめていた。

淮水の北がどうかは、知らない。長江の南に関しては、賊徒はほとんど姿を消しているという。江南（長江の南）で暴れていた賊徒は、ほとんど長江の北へ流れてきているのだろう。

「あんたが攫われると、俺は困るな」

「わしを、梅展の代りだと思うな、韓世忠。梅展は嫌いではなかったが」

梅展が死んでから、心に妙な空洞がある、と感じることがしばしばあった。それを、葉春が埋めるとは、考えたことはないという気がする。しかし言われてみると、否定もできないのだ。

ふり返れば、自分が水軍に深く関るようになったのも、梅展がいたからだろう。軍人として優れたものを見つけたというより、別のなにかに惹かれた。それがなにか、自分でもわからないようなものだ。

人が死んで、失ったと思ったことはない。弟を斬ることに、なんのためらいも感じなかったのは、肉親の情などに無縁だったからだろう。

自分はなにか、失ったものがありながら、それが当たり前だという気分で、感じることさえなかったのかもしれない。

いまはよく、梅展は父親だった、という気持に襲われる。ほんとうの父親と、どういう関係だったかは、あまり考えないようにしてきた。十二歳の時に義母と関係を結び、十五歳の時までそれが続いた。父は、義母の男だった。それだけのことだ。

「とにかく、賊徒は造船所には近づけるわけにはいかん」

「そこも含めて、総帥のおまえの責任であろう、韓世忠。姪が攫われるかどうかは、あれに身を守る力があるかどうか、ということに尽きる」

「そうは言ってもな、葉春。梁紅玉は、好んで賊徒と闘おうとする。自分で出ていってしまいかねないのだ。そして俺は、女の扱いはよくわからん」

できるなら、女は近づけたくなかった。情欲はいまもあるが、これまで妓楼で吐き出してきた。梁紅玉がそばにいて、あまり不快ではないのは、子供だからだ。

「そこそこの腕のやつらが従ってはいるが、絶対に守りきれるほど強いやつはいない。王清がそばにいれば、かなり安心できるが、梁紅玉の下につくことは、頑なに拒んでいる」

「あの笛吹き、そんなに力を持っておるのかのう」

「争闘の中で、生きてきた男ではない。しかし驚くほどの気を持っているし、技も身につけている」

「そうか。一緒になる気がないかどうか、あの笛吹きにわしが訊いてみよう」

「一緒になる？」

「女房のこととなったら、あの笛吹きも懸命にならざるを得まい」

「王清が、梁紅玉に魅かれているのはわかるが、笛でなんとか気持を伝えようとしているだけだ」

「自分の部下にならん。それが対等でいたいためだということは、梁紅玉にもわかっておろう。対等ということは、夫婦になるということだな」

女がわからないのと同じように、夫婦のこともわからなかった。若い男女がいて、男の方が思いを隠そうとしていない、というのが韓世忠には見えるだけだ。

人の妻になるには、梁紅玉は幼なすぎるという気がする。

まだ夕刻までにはしばらく時があるが、作業から戻ってくる者たちの気配も、伝わってきた。陳武は、明日を考えて、早めに切りあげたのかもしれない。

梁紅玉が、酒と肴（さかな）を運んできた。

「二刻後に、食事はここに運ばせます。陳武殿の分も入れて、四人分」

梁紅玉は、赤い具足を付けたままだ。わざわざ作らせたのか、兵のものと較（くら）べると、華奢（きやしや）な具足だった。

梁紅玉が、韓世忠に酒を注（つ）いだ。伯父の前では、しおらしいところを見せる。

「乾いた板の蓄えは、相当な量だぞ、韓世忠。板にできる丸太もだ。これからは、陳武の好きなようにさせてやれ」

「そのつもりだ」

「それでも、口出しする。建造を早めろなどと言うであろう」

葉春の話し方が、最近では、はっきり聞き取れるようになっていた。語尾が曖昧になり、はじめは聞き取れなかったのだ。

「言わんよ。試しにあれだけ手間をかけた俺が、そんなことを言えるか」

「陳武には、こういう仕事をさせてやりたかった。これで、大きくなれる。見違えるほど、大きくなるはずだ」

葉春が、肴に箸をのばした。長江沿いだから、当然、魚が豊かだが、葉春は肉しか食わない。以前がどうだったのか、韓世忠には思い出せなかった。

笛の音が、流れてきた。いつもより早い。

「たまには、そばで聴きたいもんじゃ」

葉春が、杯を口に運びながら言う。

「王清殿を、呼んで参りますか？」

梁紅玉は、王清に殿をつけて呼ぶようになっていた。なにかを認めたわけではなく、笛の名手を呼び捨てにするのは失礼だ、と陳武に言われたらしい。

陳武が王清をどう思っているかはわからないが、笛は認めているようだ。

「いや、いい。いま呼んでも、王清にとっては迷惑なだけだろう」

「そばで聴きたいと言ったの、伯父上ですわ」

「わしに呼ばれるのは、迷惑だろう、と思ったのだ。呼ばれても迷惑がられない人間が、ひとりだけいる」

「誰ですか、それは？」

「自分で、考えろ」

煩わしそうな口調だった。梁紅玉は、それ以上なにも言わなかった。

陳武がやってくると、食事も同時に運ばれてきた。

作業の行程なのか、陳武が難しいことを葉春に言っている。葉春は眼を閉じて聞き、時々、短い答をしていた。父と子のようだ、とふと韓世忠は思った。もっとも、父と子の姿というのは、よくわからない。

「もう、二刻経ったのか」

肉を口に入れながら、陳武が言った。笛の音が、熄んでいた。

「王清は、仕事はどうなのだ、陳武？」

「できますよ。覚えがいいし、手抜きをしません」

「まあ、単純な仕事だろうが」

「そういうものの方が、難しいのです、韓世忠殿」

「躰を動かしていればいい、と思えるが」

「だから、散漫になります」

集中し続ける力がある、ということなのだろうか。陳武は、造船所の頭になって、言葉遣いなどよくなったが、やはり無口だった。そして、軍の総帥や隊長などは、いまでも好きになれないらしい。

「あの方は、笛以外にも優れたところがあるのですか?」

梁紅玉が言うと、葉春が笑いはじめた。

「おまえは、あの男のどこも見ようとしておらぬな。笛がうまいというのも、陳武に言われただけだろう。あいつは、腕が立つ。それは、韓世忠がじっくり見て言っていることだ」

「腕が立つといっても、そこそこでしょう。大したことはない、と思いますわ」

「そうだ、そこそこだ。俺の腕もそこそこだから、あいつと立合ったら、負けるかもしれん」

「まさか、韓世忠殿が」

「おまえが立合ったとしたら、子供扱いであろうな。剣を持たずに相手をしてだ。梁紅玉、この世には、強い者は多くいる。あいつは、その中に入るぞ」

「多くいる者の中でしょう?」

「おまえが、自分の腕をどれほどと思っているのかは知らんが、確かなのは、その多くいる者たちには遥(はる)かに遠いということだ」

「あたしは、賊徒を四人、斬ったこともあるのですよ」

「王清のような相手でなくて、よかったな」

梁紅玉が、唇を嚙んでいる。子供をこれ以上苛めても意味はない、と韓世忠は思った。陳武は横をむき、葉春は笑っている。

笛の音がなくなると、酒もなんとなく味気なくなった。

陳武が出した図面を見つめ、葉春がなにか言いはじめた。時々、二人は笑い合っている。その中にも、韓世忠は入れなかった。

人夫たちのところで、大声があがっている。今夜は酒を許したのだろう、と韓世忠は思った。梁紅玉が、苛立ったような仕草をしていたが、韓世忠は気にせず、新造の船に乗る兵の選別をはじめた。船はまだできていないので、大して意味のあることではなかった。

二

養生所の寝台で眼醒めた時、軍に襲われたことは思い出せたが、あとは途切れ途切れの記憶だった。

岳飛の陣営だと思ったのは、隣りの寝台に横たわっていた男が、それらしいことを言

あろうことか、岳飛の陣営にいるようだった。

ったからだ。

王貴は、躰を起こそうとした。

「いけません」

どこからか、声が聞えてきた。女のものだ。

「血を失って、四日も眠っていたのですよ。動いて出血したら、どうするのです」

「ここは」

天井を睨み、王貴は言った。起きあがろうとしても、自力では無理なようだ。

「南宋の岳飛軍の陣営なのか？」

「そうですよ」

「俺は、囚われているのか？」

「あなたは、怪我をして、養生をしているのです。腿の骨と、腕の骨が折れています。斬り疵が四つ、矢疵が二つ。よく生きていたと、毛定先生は言っていました」

「岳飛は、どこにいる」

王貴は、軍の中に立てられた、『飛』の旗を思い出した。

「寝ていなさい」

また、起きあがろうとしたようだ。

荷を奪われた。それは、命を奪われたようなものだ。命と、誇りを奪われた。いま、それをはっきりと感じる。

黙って引き退がっていられるか。男ではなくなった、ということと同じではないか。岳飛を殺して、自分も死ぬ。その気になれば、食らいついて殺すこともできる。

苦いものを、飲まされた。竹の筒を口に入れられ、流しこまれたのだ。

眠くなった。

眼を醒すと、そばに范政の顔があった。

「おまえも、捕えられたのか？」

「俺たちは、捕えられているのではない。おまえをここに運んで、手当てをした。駄目かと思ったが、なんとかあちらに行かずに乗り越えた。それで、俺と喋っているのさ」

「岳飛を、討ち果すぞ、俺は」

「待てよ、王貫。おまえらを襲ったのは、岳飛軍じゃないんだ」

「俺は、『飛』の旗を見た」

「とにかく、ちょっとこれを飲め」

頭が持ちあげられ、椀から口に流しこまれた。粥の上澄みのようだ。椀一杯を、王貫は飲み干した。

「じゃ、次はこれ」

女の声だった。また椀を口にあてがわれ、流れこんできたのは、肉の煮汁のようだった。それも、すぐに飲み干した。

「よく聞けよ、王貴。ここは岳飛軍の軍営だ。あそこから最も信頼できる養生所におまえを運ぶには、ここしかなかった。梁興殿が、そう言った。よく耐えて、生き延びたと思う」

「俺は、旗を」

「賊徒まがいのことをするのに、旗を出す軍がいるかよ。見たことだけが、ほんとだと思うんじゃねえ」

言われてみれば、そうかもしれない、という気もする。戦場ではないのだ。それでも、岳飛軍という疑いは、拭いきれない。

「羅辰殿が、五千ほどの軍の動きを摑んだ。原野から湧き出してくるように、丸一日で集結し、移動をはじめたそうだ。おまえが狙われるかもしれんと、漢水の集積所に知らせ、三百人ほどで駈けつけた。間に合わなかった。間に合わなくて、よかったぜ。間に合ってりゃ、俺らも全滅さ。賊徒じゃねえ。動いたのは、正規軍だ」

「岳飛軍も、正規軍だろう」

「あなたね、岳家軍が、そんな真似するわけないでしょう。荷を奪って、運ばれてきたあなたを、手当てするわけ。意味が通らないじゃないの」

女だった。苦いものを飲ませたのも、この女だ。指さきは黒っぽいが、肌は白い。それに、少女のような印象だった。

「梁興殿は、羅辰殿が知らせてきた時、一緒にいた。それで梁興殿の部下も俺たちと動いてくれた。岳飛軍がやったとは、毛ほども考えていなかった」

医師が入ってきた。途切れ途切れにしか憶えていないが、治療の手際は見事で、王貴は不思議に安心していた。

「人には、運というものがある。内臓をやられていなかった。それは、おまえの運だ」

「毛定という医師に会ったのもな。骨は繋がるし、躰で動きが悪くなるところも、多分、ないらしい。運だな」

毛定の後ろに、大きな男が立っていた。王貴は、その男から眼を離せなくなった。

「俺の軍が、おまえの輸送隊を襲い、皆殺しにしたと言っているそうだな。王貴というのか、小僧。俺は矜持を持って、旗を掲げている。兵の矜持でもある」

「岳飛か？」

「そうだ。梁山泊の人間には、ちょっと気になる名前だろう。楊令殿と、最後に闘ったのは、俺だからな」

「その戦については、よく知らない。戦場にいたわけではなく、話を聞いただけだから」

人を吸い寄せるような眼だ、と王貴は思った。息苦しいような気分が、襲ってきては消える。

「俺が、そんな真似を兵にさせるように見えるか？」

「いえ」

そう言ってしまっていた。言えば、間違いではないという気分になる。

「ならいい。早く傷を癒して、梁山泊へ帰れ」

「帰れません。俺は、あの荷を取り戻します」

「気持はわかるが、無理だろう」

「それでも、奪った者を討ち果します」

「まあよい。考える時は、たっぷりあるわ。そうたやすくは、歩けはせん」

毛定が言った。岳飛が、声をあげて笑った。

「父上、この人の腕と脚がきちんと動くようになるかどうか、私は確かめようと思います。毛定先生は動くと言われましたけど、自ら動かそうとしないかぎり、動かないような気がするのです」

「当たり前じゃ、崔蘭。自ら動かそうとしなければ、怪我をしていない脚でも、動かなくなる。人の躰とは、そういうものだ」

毛定が言った。岳飛は、左手を自分の顔にやり、考える顔をした。

この崔蘭という女は、岳飛を父上と呼んだ。どういうことかわからないが、父娘とは思えなかった。流れている血が、違う。そんな気がする。岳飛に感じる猛々しい血が、感じられないのだ。

「やってみい、崔蘭」

「おい、毛定」

「人の躰を知る、いい機会だ。それは、いずれ役に立つ。これから、こういう兵は増えるのではないのか？」

「戦になれば、おまえが反吐を吐くほどの怪我人が、運びこまれるぞ、毛定」

「その時のために、この男を役立てよう」

自分のことを語られている、という気がしなかった。傀儡の話でもしているようだ。

「よし、崔蘭。この男が、剣を振れるところまで、やってみろ。ただ、おまえがやるべきことは、忘れるな」

「薬を、作りたいのです。薛永殿の薬草書には、強張った肉をほぐす効能がある薬のことも書かれています。読めば読むほど、詳しく、深い、薬草書です」

「わかったよ。俺は、そんなのは苦手だ。おまえは、よく読みこんでいるそうだな。思い悩んだら、毛定に相談しろ」

岳飛が、出ていった。傷の容子を見て、毛定と崔蘭も出ていった。

「襲った軍については、羅辰殿の部下が捕捉しているそうだ。どこの軍かは、いずれわかる。俺は、集積所から漢陽までの船は動かすぜ。張朔が、大量の昆布を運んでくるからな。西域からの荷が途絶えるのは、ひと時だろうし、商いは成り立つ」

范政が、小声で言った。養生所の一番端にある寝台で、隣りはいつの間にかいなくなっていた。それでも、ほかに聞えるのを憚るような囁きだった。

「羅辰殿がここへ来るのかどうかはわからんが、梁興殿は来ると思う。そして梁興殿の情報は、間違ってはいないと思うな」

「あれが、岳飛か」

「俺にゃ、特別な思いはないが、肚の据わった男だ、とは思った」

「呼延凌殿や秦容殿は、特別な思いを抱いていると思う。俺は、圧倒された。自分が考えていることを、一応は喋れたのが、不思議な気がする。喋らせるような、なにかやわらかなところもあるのだな」

「明日、俺は漢水に戻る」

「わかった。紙と筆をくれ」

右手は、かろうじて動かせる。聚義庁と韓成には、事態の報告をしておこう、と思った。

「漢陽に、飛脚屋がある。明日、それを届けてくれないか」

張横が作りあげた飛脚網は、いまも生きていて、普通の飛脚屋をやりながら、情報を梁山泊にあげたりもしているという。

「わかった。届ける。おまえは、あんまり難しいことを考えず、とにかく食えよ。ひとり食わせるぐらいは、なんでもないと、崔蘭という娘が言っていた」

「あれは、岳飛の娘なのか？」

「知るか、そんなこと。これからしばらくは、うるさく言われる。気になるなら、自分で訊いてみろよ」

生きているのだ、と王貴は心の底から思った。息のある人間は、みんな荷車に載せて運ばれた。王貴と同じ荷車に載せられた兵は、ほかに二名いたが、途中でいなくなった。

ここに辿(たど)り着いたのは三名だけだ、と范政は言った。運があったのだ、と思うしかない。それから、運とはなんなのかと、王貴はちょっと考えた。

「范政」

「なんだ？」

筆と紙を差し出しながら、范政が言った。

「礼を言うよ。助けられた」

「礼なんてよ」

范政が、王貴を見つめ、それから顔を横にむけた。

「よく生き延びてくれたよ、王貴。おまえが死んだら、俺はまた、一艘の船にしがみついている、漢水の水師に戻るところだった」

「おまえはもう、漢水の指揮官さ。俺は、漢水はすべておまえに任せるつもりだった」

「生き延びてくれた。耐えて、耐えて、生き延びてくれた。俺は、それが嬉しいさ。人生には、自分が考えた以上のことがある。そう思いはじめたところだったんだ。おまえが生き延びてくれたことで、その思いを捨てなくても済む」

「聞えていたよ」

　王貴は眼を閉じて言った。

「生きろ。耐えて生きろ。諦めるな。おまえは、ずっと俺の耳もとで言い続けていた。それは、はっきりと聞えていた」

「そして、生き延びてくれたさ」

　范政は横をむいたままだ。

「生き延びるかどうか、きわどいところだ、と毛定という医者が言った。おまえ次第だってな。だから、俺が礼を言う」

　范政はそう言い、王貴の方を見ずに、出ていった。

　王貴は、眼を閉じた。

　甘かったのだろうか。輸送路における危険は、充分に考慮したつもりだった。数百の賊徒しかいないところで、五百の護衛の兵は多すぎる、と考えたほどである。

　五千の軍は、輸送路を襲うために集結したのだろう。荷のすべてで、三万の軍を一年は楽に養える。西域で交易し、苦労して運んできたものだった。作物の、収穫だけをされたことになる。

　考えると、憤怒がこみあげた。見通しが甘かった、自分を責める気持も湧いてくる。右手だけで書簡を認めようとしたが、難しかった。紙を、どうしても立てておけない。それを試みようとしていると、口でくわえた筆で書く、という方法しかないのか、と思った。それを
「代りに書いてあげるわ。言って」

　崔蘭だった。

「いや、いい。見られるわけにはいかない書簡だ」

「見られたくないなら、見ないようにするわよ。あんまり変な躰の動かし方はしないで。繋がりかかった骨が、ずれると台無しだから」

　崔蘭が、王貴に筆を持たせ、紙を顔の前に差し出した。横をむき、眼を閉じている。見られるかもしれないと疑う前に、書いてもいい、という気分に王貴はなった。

　経緯だけを、王貴は簡単に書いた。それから、封をしてくれと言った。崔蘭は、眼を閉じたまま、手を動かして封をした。

「おまえ、岳飛殿の娘なのか？」

「そうよ」

「名が、違う」

「母が、崔如(さいじょ)というの。ほんとうを言うと、母もほんとうの母ではないけど、私を養子にした。養子だけで、五人いる。それに、父上と母上の子供。ほかにもいるけど」

「なんだか」

「いいの。父と母は、父と母。誰も、それを疑うこともしていない。そういうものよ。あなたは、両親が揃(そろ)っていたんでしょう?」

「いや、父は早く亡くなった。そして母は、もの心ついたころから二人いた」

「それも、面白いね」

「ひとりは亡くなり、もうひとりはまだ生きている」

「まあ、そんなことは傷の治りにはなんの関係もないけどね。人の躰はみんな同じ。一応そうだけど、強い弱いはある。あなたは、強いよ。生きていたんだから」

「運と言われた」

「運だけで、生きられはしない。強いものを躰に持っていた。私はそう思っている」

「薬師(くすし)なのか?」

「卵だよ」

「母のいる村では、薬草をかなり作っているよ。太湖(たいこ)より、ずっと南だが」

「ここには、もう相当の薬草が集まっているの。だけど、そのすべてを遣いこなす力が、私にはまだない。師である毛定先生は医師で、こういう効能の薬を作れと言うだけだし。

いろんな病や怪我を見て、判断できるようにならなければならない、と思うの」

「西域にも、薬はあった。それは、中華のものとは、また違うようだった」

「西域の薬？」

「さまざまなものが、あるようだ」

「あなたは、それを持っていないの？」

「持っていたこともあるが、こちらへ運んで売れるとは思えなかったので、俺や部下が遣っただけだ。大きな商いは、いまのところ誰もしていない」

「中華の薬は、売れるの？」

「売れる。東でも、南でも売れる」

崔蘭が、ちょっと考えるような表情をした。薬師というより、少女という感じが強くなる。

「西域の薬も、知ってみたい」

運んでくるのはたやすいことだ、という言葉を王貴は呑みこんだ。今度の件で、聚義庁から処分を受けるかもしれない。交易路からはずされると、運びたくても運べはしないのだ。

「夕方からは、普通に食事をしてくれない？」

崔蘭の方から、話題を変えた。水や粥の上澄みを飲んで、何日が経ったのだろうか。

崔蘭が出ていくと、王貴はまた奪われた荷のことを考えはじめた。動くことができない。だから、考えることに意味はなかった。たとえ誰が奪ったかわかっても、自分では追えないのだ。

翌日、顔を見せた范政に、飛脚屋へ持っていく書簡を託した。范政は、梁興と一緒だった。

「おまえが、河水（黄河）から漢水への輸送路を拓いたんだそうだな、王貴」

王貴は、小さく頷いた。自分が拓いた道で襲われたのか、と皮肉を言われたような気分だった。梁興は、じっと王貴を見つめている。

「おまえといい、張朔といい、まったくとんでもないことを考えるものだ。若い者が、新しいことを考えていくのだな。まだ若いつもりだったが、俺などもう歳なのかもしれん」

「張朔が、いまどうしているか御存知なのですか、梁興殿？」

「俺に昆布を運んでくる。それだけでも大変なことだが、わざわざ苦労して南へむかい、航路を拓いたようだな。甘蔗を集めるのは、なかなか難しいだろうが」

「船が行けさえすれば」

「ある量は集まるさ。そのあたりに生えているのだからな。そんなもの、陸路で運べる程度のものだ。南に、甘蔗の畠などはない。南の人間は、いつでも食物を手に入れられるから、苦労して畠を作ろうなどとはしないのだ」

「では、張朔は、無駄足ですか？」

「そこを、なんとかする。俺が考えつかないようなことをな。多分、できるだろう。まったく、おまえたちを見ていると、俺まで血が騒いでしまう」

「なにかよ、梁興殿は、岳飛殿ともずいぶん親しいらしいんだよ、王貴」

范政が言った。岳飛は、かつては梁山泊の敵だった。いま敵かどうかは、微妙なところだ。南宋が、いつまでも自由市場を認めないのなら、いずれぶつかることになる。

「おい、范政。商人には、敵も味方もない。そんなもので動いているやつは、誰かに守って貰おうという、小さな商人さ。どんなものでも、売れれば扱う。どこで作られていようと、誰が運んでこようとだ」

「岳飛はかつて、楊令殿と闘いましたよ」

「金国の兀朮（ウジュ）も、闘ったぞ。また闘い、それから講和交渉に入っている。いつまでも、敵だなんだと言っていると、流れに乗り遅れるぞ、梁山泊は。そして、孤立する」

金国との講和交渉に、宣凱（せんがい）が出かけているということは、聞いていた。どの程度の講和になるかは、宣凱が戻らないとわからないらしい。

どれぐらい聚義庁の意を受けているのかは、王貴は知らない。梁山泊とは、遠く離れている。岳飛とは、講和の交渉など必要ない、という気もする。

そして自由市場は、いまでは商人のものになっている。南宋も金国も許していないので、闇市である。

「梁興殿、自由市場がなくなったことについて、どう思われていますか？」

「あるではないか、いまも。自由市場には、梁山泊の後ろ楯があった。しかしな、商いに後ろ楯など、邪道だと俺は思う。商人は、自らの才覚で、物を動かす。梁山泊も、いずれ物流の統制はできなくなり、秩序を守るだけという役割を担ったのだろうと思う」

「それと、自由市場がまだあるというのは？」

「物が流れ、自然に市が立つ。国が認めなくともな。それは、自由市場が、闇市という名前になって、まだあるということだ。物が流れているかぎり、市はある。おまえら、西域から荷を運んでも、乾いた砂に水が吸いこまれるように、あっという間に捌けてしまうだろう。運ぶ者、売る者、買う者。その三つが揃えば、商いは成り立つ」

「しかし、国が統制をすれば」

「できないな。俺は商人だから、国とはなんだということとは棚に上げているが、物はいつも、どんな国の中でも、動いていた。昆布ひとつ止まれば、このあたりは病が蔓延する。そうなれば国は疲弊するので、昆布を止めるわけにはいかん。南宋では、昆布には税さえもかけないようにした」

「税もなくて」

「ほかのもので、税を取る。税を払う民がいなくなったら、国もなくなるではないか」

「極端な考えです、それは」

「極端なところまで考えれば、本質が見えてくるのだ。梁山泊の自由市場が、なにを目指していたか、わからん。俺は、どこへ行き着くのか、見てみたかったよ」

「同じように、市はあるのでしょう？」

「いくらか規模は小さくなっているがな。自由市場から、梁山泊というものを抜くと、なにが出てくるか。商人の力さ。なんの統制も受けない、商人の力だ。国は、商人が動かすようになるかもしれん」

いきなりこんな議論をはじめられて、王貴の頭は、多少、混乱していた。楊令が言った物流については、王貴なりに考えてはきたが、どういう結論も得ないまま、ただ物流の道を太くすることに打ちこんできた。

「誰も、わからんのだ、王貴。南宋の秦檜という宰相は、うまく物流を統制するかもしれん。金国には、そんなことができるやつはまずいない」

「南宋が、栄えますすね」

「そこまで行くのに、どれほど険しい道を通るのかな。とにかく、物流と国を結びつけたのは、楊令という男だった。すべてを語ることなく、死んだ。見果てぬ夢という、どこか軽く感じてしまう言葉が、重いな。誰も受けとめられないほど、重い」

「考えてみますよ、俺はこれからも」

「それでいい。おまえや張朔を評価できるのは、駈けたり、這ったり、泳いだり、とにかく動き回りながら、考えるところだ。ほんとうのものは、そうやって見えてくるのだろうよ」

「梁興殿は、南宋の商人を続けられるのですか？」

「俺は、南宋ではなく、漢陽の商人だ。漢陽というそこそこの城郭に、店を構えている商人だ。親父も、そのまた親父も、そうだった。中華全土を駈け回るのは、ある時から、物流が長江だけではなくなったからさ」

「もういい。俺は行くぜ」

うんざりしたように、范政が言った。こういう話題は、苦手なのだ。

「俺も、行く。俺は岳飛に、武器や武具を届けに来ただけだ。だからと言って、俺と岳飛が組んでいるとは思うなよ。岳飛という武将を認めているので、儲けなしでいろいろ届けているだけだ」

「それを、組んでいると言うのでは？」

「馬鹿を言うな。ならば、もっと岳飛を利用する。楊令という武将と、俺は会うことができなかった。会っていれば、俺は梁山泊に加わり、おまえたちを顎で使っていたかもしれん」

梁興が、大声で笑った。小柄だが、笑い声は豪快だった。

「会いたかった」

笑顔が消えた時、呟(つぶや)くように梁興はそう言った。

三

交渉がはじまって、ひと月半が経過していた。

話し合いの内容を、燕京(えんけい)へ持っていって判断を仰ぐ、というような悠長なやり方ではない。燕京からは、完顔成(かんがんせい)という丞相(じょうしょう)と、斡本(オベン)という王族を筆頭に、二十名ほどの文官がやってきていた。

連日、緊張を孕(はら)んだ話し合いが続いた。お互いに、厳しいものを抱えての、話し合いである。

宣凱は、どこを譲り、どこは押し返すかを、毎夜、考え続けた。話し合いは、はじめから細部に入っていた。

梁山泊を国と認めるかどうかは、話し合うことをしなかった。交渉の前提に、それがあるのだ。国と国の話し合い。それは最初に兀朮が認めたことであり、完顔成や斡本は、最初こそいくらかの抵抗をしたが、すぐに受け入れた。

相手を国と認めないかぎり、成立しない交渉だからである。金国側には、そこで一歩退かざるを得なかったという、無念さに近いものがあり、それは敵愾心に繋がって宣凱にぶつかってきた。完顔成が境界線と言い、宣凱が国境と言った。国と国の境界を国境と呼ぶのだ、という宣凱の主張を崩す理屈を、結局は見つけられなかった。

それで、話はさらに細部に入ることになった。それは、宣凱が望んでいたことだった。細部を緻密に積みあげて大枠の内容ができあがってくる、という交渉の方法を選んだのだ。細部では、妥協できるところがいくらでもあった。梁山泊への新たな民の流入は認めず、戸籍は増やさない。ただ、子が成人した時のみ、戸籍を作ることができる。

しかし、梁山泊への出入りは、制限しない。梁山泊内で商いをした者に、決まった税以上のものはかけない。そういう要求は、受け入れることができた。

贅沢なものを梁山泊内では売らない、というのは、一見、こちらの商人たちに干渉しすぎだ、という気がした。しかしそれは物によるわけで、梁山泊で禁制にしてしまえば、金国領の商賈で購えばいいのである。絹織物、香木、青磁器の三品については、梁山泊内での売買は認めないということを、四日の押し合いの末、宣凱は認めた。

宣凱が感じた以上に大きな譲歩と、金国側は受けとめたようだ。

法律については、内容はほぼ同じだった。金国の法の作成に、大きく関与したのが、父の宣贊だったのである。交渉に影響はないが、数人の文官からは、宣贊に対するいまも消えていない、敬意の言葉を聞くこともできた。自由市場を禁じるかどうかについては、梁山泊側からなにか言うべきではない、と宣凱は思った。

やってみてわかったことだが、交渉の過程で、民の営みや政事の複雑さ、商いの難しさは、それこそ山のように問題として浮かびあがる。できるかぎり、相手を尊重する。その態度を、宣凱は貫いた。それにより、金国側も無理は押し通せない。

長い時は、日に二十刻以上の話し合いをした。斡本は苛立った様子をしばしば見せたが、完顔成は落ち着いていて、腰を据えているのがよく見えた。

金国の政事は、すべてに配慮する完顔成と、ひとつの目的にむかって走る斡本の二人がいて、あまり崩れることなく動くのだ、ということもよく見えてきた。

そしてその背後にあるのは、帝(みかど)の意思ではなく、兀朮に代表される軍の考えなのだった。二代目の帝であった呉乞買(ウキマイ)が死んでからは、阿骨打(アクダ)の孫である合剌(ホラ)が三代目になっているが、兀朮がその最大の庇護者(ひご)だった。

初対面の時、軍の総師以上の力を自分は持っている、と兀朮は言った。それが偽りでなかったことも、交渉の過程でわかってきた。交渉が中断するのは、兀朮の意思を確かめる時だった。

それでも、兀朮が交渉の場に出てくることはない。何度か、会食もしたが、そこには撻懶(ダラン)が出てきた。兀朮の代理ではなく、兀朮とともに軍を代表する存在として、撻懶は扱われていた。

　出される食事などは、贅沢ではなく、質素でもなかった。そのあたりの節度は、完顔成や斡本のものとは思えなかった。

「庭でさえ」

　一日の交渉を終え、会食の時を待つ間、回廊に立っていた宣凱は、そう声をかけられた。斡本だった。

「庭でさえ、なぜあるのかと、最初は思ったものだ、私は。石を置き、木立を作り、池が掘ってある。それはみんな無駄で、調練の場にでもすればいい、と思った。いくらかかるのか聞いた時は、馬鹿げているとさえ感じた。しかし、それが長い歴史というものなのか、と宣凱殿と交渉している間に、考えるようになった」

「私と、歴史と?」

「女真の地は、漢土から見ると、常に辺境であったろう。女真には女真の歴史があるが、辺境のものでしかなかった、と思う」

「歴史は、すべて繋がっています。いわば、この大地の歴史ではないでしょうか、斡本殿。漢土には、書き記すという習慣があっただけです」

「女真には、まともな字さえなかったのだ」

「伝えるという意味において、文字は重要なものでしょう。しかし、いいことだけを伝えるわけでなく、虚を伝えたり、憎悪を受け継がせたりもします」

斡本は、腕を組んで庭を見つめていた。兀朮と較べて、どこか太さがない。それが逆に、文官としての緻密さになっている気もする。

しかしそこで、宣凱は観察をやめた。交渉で、斡本は言葉そのものである。言葉の中の、人間としての魅力や軽侮(けいぶ)、あらゆる感情を排して、ほとんど文字に置き換えるようにして、宣凱は聞くようにしていた。

自分の言葉もまた、そんなふうに聞かれていていいのだ。

「私だった」

斡本が言ったので、宣凱は眼をむけた。

「宣賛殿を迎えに出たのは、私だった。最後の交渉のために、会寧府(かいねいふ)に来られた。見事に、馬を乗りこなされたな。それには、ちょっと驚いた」

父の話を、ここでしたくはなかった。それでも、宣凱はなにも言わなかった。斡本の言葉を、うまく文字に置き換えることができなかったのだ。

「会寧府の近くの宿まで、私が案内した。きちんと遇するようにと、丞相からの命令を受けていたが、それがなぜか途中で変った」

「粘罕(ネメガ)殿が、遺勅を思い出されたのでしょう。私は、そう聞いています」

「勅命があったというが、私は知らぬ。完顔成も知らぬ」

「父は、無念であったろうと思います。夥しい無念の死が、戦場にも城郭にも散らばっています。無数の無念の中の、ひとつ。いまは、父の死をそう思うしかありません」

「そうか」

斡本は腕を解き、口もとにかすかな笑みを浮かべた。

「あのころ私は、民政のなんたるかを、まるで知らなかった。同時に、軍人としても臆病すぎて駄目だと思っていた。弁解する気はないが、いてもいなくてもいいような、阿骨打の息子のひとりだったのだ」

会寧府へむかうところまで、父の記述はあった。出発の前夜で途絶え、最後に書かれているのは、水に浸った梁山泊についての心配だった。心を残したまま、会寧府にむかわざるを得なかったのだろう。

「交渉の場で、こんな話はできぬ。私の独り言だと思って貰えないだろうか。独り言で、宣凱殿に会った時からの、胸のつかえが下りた」

交渉をする人間として、斡本はどこか甘いのだろう。強い主張はするが、腰は弱い。

宣凱は、ちょっと肩を動かした。交渉が終ると、いつも躰が強張っている。

「兀朮殿は、やはり会食には出てこられないのですか？」

「軍の総帥が出る場所ではない。梁山泊軍から、誰か来ていれば別だが。兀朮は、私にはそう言った」

「撻懶殿は来られるのですよね」

「だから、兀朮は煩わしい話から逃げているだけだ。そんなものは、おまえらがやれと、私や完顔成は言われているようなものだ」

「それでも、講和の交渉をすると決めたのは、兀朮殿だった、と私は受けとめています」

「この国では、なんでも兀朮が決める。戦をやるかやらないか、ということまで。いや、みんな兀朮に頼っているということか」

「ならば、私としては、最後に兀朮殿と話をしたい、と思います」

「必要ない。私は、そう思う。私たちは、兀朮の意を体して、交渉にあたっている。それが、現実だ」

　これ以上、話すべきではない、と宣凱は思った。

「開封府にあった宮殿は、とり毀されてしまっているのですね」

「跡は、残っている。そこに民が住むことも、禁じている。なぜ禁じているか、私はあまり考えたことがないが」

「そうですか。宮殿区だけで、相当に広いのに」

「宣凱殿。私はいま、多少、安心した。宣凱殿が、生きた言葉を口にすることもあるのだ、と知ったからだ」

「いまは、交渉ではありません」

「そうだな」

力無く笑い、ちょっと頭を下げて、斡本は離れていった。

会食が、はじまった。

「宣凱殿、梁山泊の輸送隊が襲われて全滅し、荷をすべて奪われたことは御存知か？」

入ってくるなり、撻懶が言った。

「知りません」

「梁山泊は、河水から漢水へ通じる、陸路を拓いた。そこで荷を移送していた部隊が、襲われたそうだ。襲ったのは、金軍とも南宋軍とも噂されている」

「正規軍が？」

「そういう噂だ。噂の域は出ておらぬが、お知らせしておこう。聚義庁と、連絡を取られてみればわかる」

「必要ありません、撻懶殿。この交渉になにか影響があるなら、聚義庁から知らせが届くはずです」

「では、金軍がやったことではない、ということは信じていただけるのかな？」

「なんとも、申しあげられません。私は、これまでと同じように、交渉を続けるだけです」

河水と漢水を結ぶ輸送路を拓いたのは、王貴だった。王貴が指揮していたことは、充分に考えられる。

全滅と言った撻懶の声が、しばらく頭の中に響いていた。王貴も、死んだのか。心は乱さなかった。自分はいま、戦場にいるのだ、と宣凱は思った。

会食の時は、肚の探り合いのような会話になる。言葉を、頭で文字に置き換えて、意味を捉える。そして、頭の中の文字を言葉にして口から出す。それで、相手の思惑がどういうものか、ほぼ読めてくる。

輸送隊襲撃の話を、撻懶は再び持ち出すことはなかった。

交渉も、そろそろ大詰めに入っている。

金国の文官たちには疲労の色が濃かったが、宣凱はまったく疲れを覚えていない。緊張がとれると、さまざまなもののありようが、いままでとは違って見えてきて、時はあっという間に過ぎた、という感じがする。

「宣賛殿が、われらに法を伝授してくだされた時、実に粘り強く、理を説かれたものでした」

文官のひとりが言った。会食の席ではじめて、父の名が出た。その文官は、父と最後まで交渉の詰めの作業をしていた、ひとりだった。

父と作業をしたという文官たちは、はじめにそう言い、ある親しみをこめた挨拶をしたきりである。

「父は、面体を隠さざるを得ませんでした。覆面が邪魔をして、言葉が聞きとりにくくはありませんでしたか？」

「いえ、そのようなことは」

それで、父の話は切りあげた。

誰かが、麦の生育の話をはじめた。麦は、まだ穂をつけてはいない。ただ、生育は悪くないようだ。梁山泊の麦も、ずいぶんのびただろう、と宣凱は思った。

一面、緑が拡がるあの光景が、宣凱は好きだった。

「そろそろ、詰めに入るころですな、宣凱殿」

完顔成が言う。

「ここまで詳しく話し合ったのです。今後、大きな問題が起きるとは思えません。なにしろ、問題が起きたら、どういうふうに話し合うかまで、決められている」

「私も、これが講和の交渉とは思えないほどです。ずいぶんと、時もかかりました」

「われらの、未熟のせいでしょう。なぜこれを話し合わなければならないのかまで、宣凱殿は、言葉を尽して説明された。講和とは、戦をしないと決めればいいだけだ、と考えていた私は、恥入るだけです」

「それも、講和でしょう。いや、停戦の交渉ということになるのでしょうか。今後、長く戦をしない、ということを、すべてのことで細かく決めておく。それが講和だと、私は考えてここへ来ております」

「まさしく」

　撻懶が言った。

「国と国の話し合いは、帝や丞相が替ったからといって、反故にできるようなことではありません。反故にすれば、その国は、どこに対しても二度と講和ということは考えられなくなる」

「明日は、まだ残っている、肝腎な問題について、話し合わせていただきたい、宣凱殿。二つありますが」

「詳しいことは、明日。いくつあるかも含めてです」

　お互いに、問題にすることは、わかっていた。それを、肚の奥に仕舞いこんだ。

　聚義庁からの使者が到着したのは、その夜だった。河水と漢水を結ぶ輸送路が軍に襲われ、荷が奪われたこと。輸送隊の兵も、護衛の兵も、ほぼ全滅したこと。王貴は大きな僥倖に恵まれ、なんとか一命をとりとめたこと。襲撃に、金軍の関与はないこと。

　報告は、そんなものだった。

　明日の交渉には、なんら支障にならないことで、聚義庁もそれを知らせたかったのだろう。

　翌朝になり、交渉の顔ぶれは、会議室に揃った。

昨夜、撻懶が輸送隊襲撃の話をし、噂だが軍が襲ったらしい、と言った。それが、噂ではなかったと完顔成が言い、金軍の関与がないことは確認している、と宣凱は答えた。金国領とされているところで起きたことで、本来なら問題にして、多少の取引に使うところだが、それは一切やめた。

「本題に入りませんか、完顔成殿？」

完顔成は、拍子抜けしたような表情をしている。襲撃が金軍によるものではないという説明と、起きた地点に金国の支配が行き届いていない、という話をするつもりで、資料は用意してきたのだろう。

「よろしいのですかな」

気を取り直したように、完顔成が言う。

大きな問題は、二つ残っていた。

金国領内の、輸送隊の通行の自由と、通貨の問題である。

梁山銭については、開封府に到着した時、何度か遣い、それを金国側が嫌がることは、確認してあった。

「梁山銭については、われわれは、わざわざ梁山泊の外にまで持ち出してはおりません。人が懐（ふところ）に入れて、どれだけ持ち出せるか、知れたものでしょう。問題は、商いの決済が、どちらの通貨でもなされているということです」

「まさしく」

金国は、旧宋の宋銭を通貨としていた。南宋も同じであり、西夏でも通用する。西遼も虎思斡耳朶では遣われている。

旧宋は、鋳造所を、尽きることなく水を汲みあげられる井戸のように、いくつも作った。そこからさながら水のように、銭が流し出され、結果としては価値を大きく落とした。

旧宋の末期は、税を自らの国の銭で納めることを禁じた時もあるほどだ。

そこに、梁山銭が現われ、価値の保証はあったので、貯めこむ時はこちらが選ばれたりしたのだ。

梁山銭がなければ、銭の量が多ければ多いなりに、その量に比例した価値まで下がり、落ち着く。

交易の範囲が拡がっているので、南宋でさえも、銭をどうするかは喫緊の問題のはずだった。

銭のありようの話から、流通まで、丸一日かけて話し合った。なんとかして、金国は梁山銭をなくしたがっている。はじめから想定していたその課題が、しっかりと浮かびあがってきた。

翌日は、梁山泊の輸送隊の話になった。西域の荷は、金国領を通らないかぎり、どこへも運べない。

宣凱は、通行料と、一隊につき一千の護衛を提案した。沙谷津から梁山泊武邑へ、商隊が通っていた時より、かなり安い通行料である。それを呑めば、梁山銭の廃止に同意する、ということを匂わせた。

その日の会議はすぐに終り、金国側だけの協議に入った。

返答は、さらにその翌日になった。

梁山銭の廃止と、輸送隊の通行との引き換えで、金国側は同意してきた。

「終りましたな」

完顔成が、憔悴した表情で言った。

どちらが有利な講和の条件になったかは、時が経たなければわからないだろう。

その夜、来客があった。

兀朮が、従者をひとり連れただけで、館にやってきたのである。

「飲もうか、宣凱殿。これは俺の息子で、いまは従者をさせている、胡土児という」

胡土児が、頭を下げた。躰は大きいが、宣凱よりずっと若い。

「いや、面白かった。戦を見ているようだった。国としてきちんとした方が生き残る。そんな内容の講和になったな」

「双方がきちんとしていれば、両国とも生き残ります」

「まったくだ。国は、自らをそういう場に立たせた方がよいであろう」

兀朮が、大声で笑った。

四

呼延灼は、本営で報告を受けた。

ひそかに進発した遊撃隊が、張俊の領分に入り、いきなり本営を襲って大損害を与え、いまほとんど無傷で帰還しつつある。

均州の山中で、王貴の輸送隊が、軍に襲われ、ほぼ全滅した。

羅辰が、集結していた軍を捕捉したが、漢水の集積所からの救援は間に合わなかった。間に合っていれば、そちらも全滅しただろう。わずか三百だったのだ。

一千近い輸送隊とその護衛を、五千で攻囲し、矢を浴びせてから、攻撃している。それも三方からで、もう一方は急峻な、崖とも言っていいような斜面だった。やり方から見て、はじめから全滅させるつもりだったようだ。そして、荷をすべて奪っている。

東へむかう軍を、羅辰の部下が捕捉し、追っている。荷車の荷は、途中で軍の輜重に載せ換えられ、荷車は燃やされていた。

荷は、泗州の淮水のそばにある砦に運びこまれた。指揮官は辛晃といい、張俊の幕僚のひとりである。

辛晃の部隊は、淮水の北へ調練に出たということになっていた。

張俊の軍は、三万ほどの精強な部隊がいて、それは装備もよく、待遇もいい。張俊が自ら鍛えあげている兵であるが、滅多に実戦には出ていない。

そのほかに三万ほどの実戦部隊がいて、これはたえず前線である。過酷な情況というほどではないが、戦になるといつも厳しいところに立たされている軍だった。

この六万は精強で、そこに義勇軍や旧宋軍出身の兵が、十万ほど加わっている。旧宋の地方軍並みというところだが、数は多い。

荷の一部がすぐに売りに出されたので、輸送隊を襲ったのは、間違いなく辛晃の部隊だということになった。

しかし、辛晃を討とうという発想を、呼延凌はしなかった。辛晃は張俊の部将だから、張俊に痛撃を加えるべきだ、と思った。

黄鉞(こうえつ)か董進(とうしん)に五千騎を率いさせて、張俊軍の中枢に痛撃を与える、という計画を練った。今後の輸送隊の安全も考えると、二度と襲いたくないと思うほどの、痛撃が必要だった。

遊撃隊の仕事だ、と史進(ししん)が言いはじめた。呼延凌も、それを考えないではなかったが、兵力が三千ではやや少ない、と結論を出していた。

史進の主張が強硬だったので、黄鉞の五千騎を付けることを考えたが、史進は拒絶した。隠密で、かつ迅速さが必要だというのである。ほかの部隊では、遊撃隊の速さに付いていけない。

それほど迷わず、呼延凌は遊撃隊単独での出動を決定した。

張俊軍の中枢は揚州にいるので、相当の遠征になる。張俊の陣営の、奥深くへ入らなければならない、という難しさもある。遊撃隊は、もともと、そういう動きをする軍である。羅辰が張俊軍の配置も調べあげるので、遊撃隊の速さは、さらに生かせるはずだ、と呼延凌は思った。

ただ、史進についての危惧が、呼延凌にはどうしても拭いきれなかった。

死のうとするのではないか。無論、自ら死を選ぶというのではなく、どこかで、死んでもいい、という判断をする。死んでもいいから、眼の前の軍を撃ち破る。

いや違う。史進は、ただ死を意識する。死んでいった多くの同志たちは、どんな気分だったのか。なにを見、なにを考えたのか。それが、ちょっと覗いてみたいものとしてある。極端に言えば、体験してもいいという思いが、常にどこかにあるのだ。

それでも史進の出動を決定したのは、張俊の軍への奇襲など、実はそれほど難しくないという思いも、呼延凌の心の底にはあったからだ。

十六万という兵力は、軍の総帥としては無視できないものだった。しかし、ひとりの指揮官として考えれば、強敵に対する、という感じがない。どんな時でも、最後の一歩が踏みこめないというのが、張俊の軍だ。

いつ踏みこんでくるかわからない岳飛と、そこが違うところだった。

実際、中枢の一万を殲滅(せんめつ)させたというのだから、呼延凌が感じていたことは、間違っていなかった。遊撃隊にほとんど犠牲が出ていないのは、それこそ調練の成果だろう。調練のほんとうの成果は、ひとりひとりの兵が、自分の守り方、死に方を知っているということにあるのだ。

遊撃隊は、それだけ完成された軍で、自分など較べものにならないのだ、と呼延凌は思った。

史進が、意識しようとしまいと、死を覗きこもうとするのは、死の淵(ふち)に立っているからである。つまり、そこに立たざるを得ない、強力な敵が相手の時だ。

呼延凌は、本寨(ほんさい)の南四十里（約二十キロ）に、麾下(きか)の一万騎を野営させていた。呼延凌がいる場所が、梁山泊軍の本営である。替天旗(たいてんき)を、そのまま総帥の旗とした。

二千騎ずつを率いている上級将校は、すべて若い下級将校の中から選び出し、登用した。副官は、陳央(ちんおう)である。小柄な躰に、いつも精気を漲(みなぎ)らせている。

呼延凌は、一日八刻の調練指揮以外は、本営の幕舎にいることが多かった。読まなければならない書類は山ほどあり、決裁を待っている事柄も、少なくない。些事(さじ)だと思っても、それをやらなければ軍は動かない。これまでは、聚義庁がやっていたのだと、総帥になってはじめてそれがわかった。

「宣凱殿が、お見えです」

従者が、声をかけてきた。

「お通ししろ」

宣凱は、ふた月近くに及ぶ、金国との講和交渉を終えて、梁山泊に戻ってきていた。

報告の会議で、詳細を記したものを読んだが、うんざりするほど細かいことが書かれていた。軍からも数名、会議には出てきたが、誰も読まず、山士奇(さんしき)が代表するように要点を説明しろと言った。

まず、講和は成立した。梁山泊は現在のままで、今後、大きくなることも小さくなることもない。それは、領土という意味においてだ。

呼延凌の眼から見れば、これまでの交易の規模を、さらに拡大できると思えた。それでなにをするかは、金国との問題ではなく、梁山泊で決めることだ。

ひっかかったのは、梁山銭を廃止するということだった。国家たらんとすれば、通貨が必要だ、という気はした。しかし、梁山泊以外では、旧宋が厖大(ぼうだい)に鋳造した銭が遣われている。

会議でも、そこが議論になった。

同じ銭を遣うことを選んだ結果は、十年経てば明らかになる、という呉用の意見が寄せられた。呉用は、会議に出られないほど、衰弱していて、本寨の外にある家で、宣凱と二日間、寝たままで話をしたという。

いくらひっかかろうと、すでに決まったことだ、と呼延灼は思った。宣凱が全権を持ち、交渉し、成立させた講和だった。その内容についての是非を、決める余地はなく、ただ説明するために集められただけだった。

「失礼します、呼延灼殿」

宣凱は、いまだに聚義庁の一員という感じはせず、まるで使いにでも来たような態度だった。

「掛けてくれ。なにか飲むか？」

「お酒は、あるでしょうか？」

「ほう」

呼延灼は従者を呼び、酒を命じた。

十日に一度、望む者には椀一杯の酒を許してあるので、厨房になっている幕舎の裏には、大きな樽がいくつも積んである。

呼延灼自身は、ほんのちょっと口にするだけだ。自分が飲まなければ兵たちも飲みにくいという配慮で、そうしているだけだった。

「史進殿は、もうすぐ帰還されますよね」

「あと二日は、かかると思うが。それに、ここに寄られるかどうかもわからん」

「輸送隊が襲われたという話は、撻懶殿から聞かされました。金軍は動いていないという知らせも、聚義庁から届きました。交渉の間、聚義庁から知らせが届いたのは、それだけです」

宣凱が、なにを言おうとしているのか、よくわからなかった。張俊の軍がやったことで、厳しい報復は必要だという聚義庁の決定の時は、まだ宣凱は開封府から戻っていなかった。

「宣凱、俺は軍人だ。軍人は命令を受けて動く。史進殿の出動を決定したのは俺だが、出動そのものは、聚義庁の決定だった」

「張俊のやつの首を奪って、晒せばよかったと、私は思っています」

「なんだと？」

「いえ、開封府の交渉の場で、そんな気分になったのです。その時は、まだ張俊のやったことだと、わかってはいませんでしたが」

「そうなのか」

「私が苦労した交渉を、台無しにしかねない、と思ったわけではありません。全滅だと聞いて、王貴も死んだのだと思ったのです」

「ふうん」

「私は、心が狭いのだと思います。だから、交渉などにはむいているのです」

「おい、宣凱」

酒が運ばれてきた。卓に、二つの椀と、酒瓶（さかがめ）と、わずかな肴が置かれた。

「呼延凌殿、お酒をいただきます」

軽く頷き、呼延凌は椀に酒を満たした。宣凱は椀を持ち、ちょっとだけ飲んだ。

「あれだけの交渉をするのは、大変だったのだろうな」

「私など、いませんでした。王貴を殺した者の首を奪って晒せばいい、と考えたのが私ぐらいで。あとは、呉用殿と父が私に乗り移っていたのです」

「王貴は、生きている。しかも、岳飛軍の養生所でな。手当てをしたのは、かつて梁山泊の養生所にいた、毛定殿だ。縁というのは、複雑な絡み方をするものだ、と俺は思う」

「生きていたので、私は恥じました」

また、宣凱が酒を口に入れた。

「私は多分、王貴が死んだと思うことで、あの場の重圧から逃れようとしていたのだと思います」

「梁山銭の廃止についてだがな」

呼延凌は、話題を変えた。

「考えてみたのだが、俺はいいような気がしてきた。ある時、金国でも南宋でも梁山銭の使用が禁止されると、梁山泊に蓄えられた梁山銭は、役に立たなくなってしまう」

「梁山銭は、蓄えるほどの量はありません。それに、梁山泊に持ってくれば、いつでも旧宋の銭や銀に替えられるとなれば、流通は続くのです。現に、いまも梁山銭の使用は禁止されているのに、旧宋の銭より信用があり、喜ばれる通貨なのですから」

「そんなものなのか」

「呉用殿は、十年待てば結果が出ると言われました。私は、梁山泊が交易を維持し拡大できれば、それでいい結果が出るということだ、と思っています」

「なるほど。俺は、戦の機微が多少わかるだけだが、世の中にはそういう複雑な機微もあるのだな」

「機微ではありません、呼延灼殿。銭の問題は、最後はただの原則の問題にすぎないのだ、と私は思いました」

宣凱が、なんのために本営にやってきたのか、まだわからなかった。もしかすると、軍の規模を小さくしろ、ということを言いたいのかもしれない。当面、闘う相手がいなくなったので、八万に達する兵力は無駄だと考えたのか。

「おまえは、なにを言いにここへ来た。軍の規模の話でもするか？」

「陸上兵力は、十万が妥当だと、私は考えていますが、ほかの方の考えもあります。海上兵力については、現状維持というのが李俊殿の考えです」

「二万の増強？」

「ただし、梁山泊内でです」

宣凱が、顔を近づけてきた。もう、酔いはじめているようだ。

「百や二百は、外から入れてもいいのですが、原則は梁山泊の住人の応募を受け付けていただきます」

宣凱が、椀の酒を飲み干し、自分で新しく注いだ。

「つまり、兵の質は落ちるかもしれず、それを補うための、二万の増強です」

「兵の質は、落とさん。俺が総帥でいるかぎり、絶対に落とさん」

「それはそれで、いいのです。軍のことは、軍人がなさればいい」

宣凱が、呷るようにして酒を飲んだ。

呼延凌も、椀を呷った。幕舎の外から、兵が歩調を合わせて歩くのが聞えてきた。

総帥の麾下は、梁山泊軍で最も精強でなければならない。だから、調練は重ねる。ただ、秦容がやっていたような、死すれすれの調練などやらない。

そういう鍛えられ方をした兵を、秦容は残していった。旧楊令軍の兵もいる。呼延凌の麾下にも、かなり入れてある。

新兵の時、死すれすれの調練を受けさせれば、あとは体力を落とさず、頭などを遣わせた方がいい、というのが呼延灼の考えだった。史進などから見ると、甘く思えるのかもしれない。

しかし、調練のやり方で、史進になにか言われたことはなかった。

「私は、秦容殿は許せません。あれだけの素質がありながら」

「許せないとは、どの程度、許せないのだ？」

「面とむかって、一度だけ、そう言いたいほどです。眼の前に立ったら、なにも言えないと思います。私が練兵場で棒を振っている時、ちょっとその話をしました。許せないとは、言えませんでした」

宣凱が、また酒を呷った。

「呼延灼殿は、寛容すぎます」

「おい、俺に絡むなよ。梁山泊軍は、これまで退役を認めてきた。秦容だから退役はできんというのは、理が通らん」

「なにを求めているのですか、あの人は。南の国へ行くと言ったそうですが、そこはもう、張朔が行っていますよ」

椀を飲み干し、宣凱は新しく酒を注いでいる。宣凱が、どれほど飲めるのかは、知らない。癖は、よくなさそうだ。

「秦容が、羨ましいか、宣凱。俺は、羨ましい。俺は、あんなふうにできないし、することも許されないだろう、と考えてしまう。あいつは、兵として梁山泊軍に来た時から、どこか広々としていた」

「狼牙秦容。これは童貫元帥がつけたのでしょう。あの人は、軍人でいるべきです」

宣凱が、梁山泊軍の、古い軍人の話をはじめた。そのほとんどが、死んでいる。父の名を出した時、宣凱は呼延凌にむかって、小さく頭を下げた。それは、聚義庁で会う宣凱だった。

それにしても、宣凱は古い人間のことを、よく知っていた。

「飲むなとは言わんが、ゆっくりだ、宣凱。そんな飲み方をすると、苦しくなるぞ」

椀を続けざまに呷りはじめたので、呼延凌は言った。

宣凱が、泣いていることに、呼延凌は気づいた。涙を流している宣凱自身は、自分が泣いていることに気づいていないのかもしれない。

「俺を、殴ってみるか、宣凱。その度胸はあるか？」

「ありますよ。殴って、殴り返されたら、私は死んでしまうのでしょうね。それもいい、という気分です。七星鞭呼延凌、梁山泊軍の総帥。いいな。殴り殺されるにしても、相手に名前が欲しい。呼延凌殿なら、これ以上は望みようのない名前です」

「つべこべ言わず、殴れ」

宣凱の眼が、据わっている。よろよろと立ちあがり、宣凱は呼延凌を殴った。かなしいほど、弱々しい力だ、と思った。酔っているからだ。棒を振って、躰は鍛えているはずだ。

また殴りかかってきた。黙って、呼延凌はそれを受けていた。

「怖いんですよ、私は」

「俺が、本気で殴り返すと思うか？」

「呼延凌殿なんか、怖くない。私は、自分が死ぬことより、怖いのです」

「だから、なにが怖い？」

「呉用殿がいなくなったら、私はどうすればいいんだ。私ひとりで、呉用殿の仕事を引き受けられる、と思っているのか、呼延凌。呉用殿だぞ」

呉用が死ぬことを、恐れている。呼延凌は、胸を衝かれた。宣凱が呉用を失うということは、自分たちが楊令という指揮官を失ったことと同じなのかもしれない、とふと思った。

「どうすればいいんだ、私は。なぜ、私はこんな目に遭う。言ってみろ、七星鞭。呉用殿がいなくなれば、聚義庁は空き屋みたいなものなのだぞ。李俊殿は海へ帰り、燕青殿は山へ行く。曹正殿は、なにをするのかわからない。陳娥殿は、ひたすら文治省の仕事だろう」

言い募りながら、宣凱はさらに呼延凌の胸を打ち続けた。それから荒い息をつき、膝を折り、倒れそうになった。呼延凌は宣凱の躰を抱きあげ、自分の寝台に運んで横たえた。顔を濡らし、しかし半分、宣凱は眠りかけていた。

「史進殿が、こちらへむかっておられるそうです。到着は、三刻後」

従者が、報告に来た。

呼延凌は馬場へ行き、洗った馬体を拭く乾いた藁と、秣の用意を命じた。

史進の帰還は、呼延凌が予想していたより二日早かった。戦場へ赴くような速さで、史進は戻ってきている。

呼延凌が出している巡回の隊も、報告してきた。

史進が来た時、呼延凌は幕舎で書類を読んでいた。宣凱は、鼾をかきながら眠り続けている。

陣営の中を流れる小川で、史進は乱雲の躰を洗っていた。

「すごいもんですよ、うちの大将。もう少しで、張俊を討っちまうところでした」

日本刀の手入れをしながら、馬を洗う順番を待っていた葉敬が、そばへ来て言った。粉の袋のようなもので、刀身を擦っている。

「ま、二百名死なせるつもりになったら、張俊は討てましたよ」

「犠牲は四名、という報告が入っている」

「それだって自分の失敗で、大将の指揮は完璧でしたよ」

どういう戦だったのか、およその見当はついた。薄闇の中から、騎馬隊が姿を現わす。そう思った時は、もう突っこんできている。ようやく戦闘態勢を整えた時は、風のように駈け去っている。

張俊は、一度は死んだと思っただろう。奇襲隊は奇襲だけで終ることが多いが、遊撃隊は、通常の軍の数倍の力で暴れ、消えていく。奇襲の効果は、十倍はあるかもしれない。

史進が、乾いた藁で乱雲の馬体を拭っていた。なにか乱雲に語っているようなので、呼延凌は近づかなかった。

丁寧に拭き終え、ようやく史進は乱雲を馬匹の兵に委ねた。

「驚いた」

呼延凌の顔を見て、史進が言った。

「俺は、双鞭の陣に戻ってきたのではないか、と思ってしまった。細かいところは違うが、陣全体が漂わせている気は、双鞭としか思えなかった」

「父の陣を、俺はよく知りません。遠くから見るだけでした」

「これが、双鞭の陣さ。血は争えないなどと、陳腐なことを言う気はないが、俺はいま、双鞭と会っているような気分だ」

「俺は、複雑な気分ですが」

「いいのさ、それで。梁山泊軍に、また双鞭が現われた。ほかの連中だって、現われてくるかもしれん」

　本営の幕舎の前まで歩いた。

　史進は、替天旗にちょっと眼をやり、外に出した卓の前に腰を降ろした。

「今回は、こいつを遣った」

　日本刀を抜き放ち、史進が言った。鉄棒を振るのが苦しいとは、決して言うことはないだろう。

「小さく動かせる。そして、よく斬れる。乱戦の中では、遣えるな」

　刃も、まったくこぼれていなかった。これで、鉄を試斬したと、葉敬から聞いたことがある。見事に二つになり、刃にはなんの異常もなかったという。

　誰もが遣える武器、というわけではない。史進のような手練れが遣って、はじめて生きる。

「双鞭にも、教えたかった。あいつ、多分、気に入ったぜ」

　父の鞭は、二本だった。晩年は、いろいろ工夫して、軽くしていたようだ。しかし、日本刀ほど薄くはならないので、振るのに力は必要だっただろう。

　父の死後、呼延淩はその二本の鞭を手にした。悲しいほど、軽かった。二本を溶かして一本に作り直し、七星鞭としたのだ。

　従者が、卓に水を運んできた。陽が落ちかかり、厨房となっている幕舎の方からは、いい匂いが漂ってきている。そろそろ、夕食の鉦が打たれるころだった。

「ひとつ、訊きたいことがある、呼延淩」

日本刀を鞘に納め、史進はそれを卓に立てかけた。

「黄鉞と董進の二人に、退役するように言ったか？」

「言いました。黄鉞殿には、張俊軍への報復の戦を、最後にしていただこう、と思っていました」

「それを、俺が横取りしたのか」

「結果としては、そういうことになります」

「歳が問題なら、山士奇は？」

「将軍の扱いです。本人が申し出ないかぎり、退役はありません」

「それで、二人はなんと言った？」

「黄鉞殿は、戦場で軍を指揮できないなら、退役されるそうです。梁山泊のひとりの民になると。董進殿は、どういうかたちでも、軍に残りたいそうです。いま馬霊ひとりでやっている調練を、受け持って貰おうと思っています」

「董進は、恐怖で戦場に出られなくなった自分を、克服した男だ。まあ、杜興殿の助けがあったのだが」

「兵の弱さも、よくわかっている方です。調練にはむいている、と思います。黄鉞殿には、巡邏隊で一隊を指揮する道はあったのですが、軍人で終りたい、と言われました」

「呼延灼」

「はい」

「俺も、退役させたいか？」

「まさか」

「いい歳だ。判断も鈍くなり、やりたいことだけをやるようになった」

「やめてください、史進殿。退役された方がいいと思った時は、俺の口からそう申し上げます。退役されても、ひとりの民になるなどということは、できませんよ。即座に、聚義庁の一員ということになります」

従者が、食事を運んできた。牛の肉の塊が入った、湯餅である。本寨へ行けば、食堂があってなんでも食えるが、ここは野営地だった。

「秦容は自分を押し通したが、おまえは損な道を歩くことになったな」

「いいのです。父もそうだったのではありませんか？」

「双鞭か」

史進が、卓の椀に手をのばした。

「あいつには、なにもかも押しつけてきた。しかし、気後れはない。あいつは、いい時に死ねたんだ。これ以上はない、というような時にな。恨み言のひとつも、言ってやりたいような気分だ」

「俺に、言ってください」

従者が、もうひとつ椀を持ってきた。

「そうだ。酒がまだ残っていた。こっちへ持ってきてくれ。宣凱殿は、起こすな」

「宣凱だと？」

「ふらりと現われて、酒を食らって、泣きながら俺を殴り、そして寝てしまいました」

「ふむ」

「呉用殿が、危ないのかもしれません」

「あの化け物が、たやすく死ぬか」

「しかし、もう高齢であられます」

「宣凱は、怯えておまえのところに来たのか。そしておまえは、黙って殴られてやったのか」

「本寨では、そんなことはできないのでしょう。あのちょっと激しいところが、俺は嫌いではありません」

「殴ったのが宣凱で、殴られたのがおまえか。反対だったら、宣凱は死んでいたな」

史進が、低い声で笑った。

酒が運ばれてきた。宣凱は、わずかな酒で酔ったのだ、と呼延凌は思った。

五

河に入ったらしく、揺れはやっと静かになった。

河水や長江と較べても、劣らないほどの大河だと思える。秦容は、船尾楼に昇った。

海のようだが、よく見ると陸地に挟まれているのがわかる。

「湄公河（メコン川）です、秦容殿」

張朔がそばに来て言った。大きな船の往来はないようだが、小舟はところどころにいる。陽射しが強く、暑かった。

「気分は、戻ったみたいですね」

沙門島から、二十名の部下と伍覇と張光が同乗してきた。

船が動きだしてすぐに、秦容は酔いはじめた。じっとしていても、どうにもならない。時化は収まるはずだと張朔は言ったが、ひと晩過ぎて波が静かになっても、揺れがなくなったとは秦容には思えなかった。

伍覇や張光は、平然とめしなどを食っていたが、部下で酔っている者は、半数以上いた。酔った者は、死んだように動かない。

本来の交易船なら、長江を溯り、漢陽まで昆布を運んで、取引をするという。この船は、西域の物産で、沙門島に保管してあったものを積んでいた。長江は素通りし、そのまま南へ進んできたのだ。

湄公河に入るまでに、十五日かかったが、きのうあたりから、秦容は水以外のものも口にしていた。躰が、馴れたのだろう、という気がする。馴れてしまえば、酔っている時の自分が不思議になるほどだった。

軍を呼延凌に押しつける恰好で、梁山泊を出た。船に乗った時は、悔悟と自責で身を切られるようだったが、酔ったらそういうものさえ消えた。なにも考えられず、動くこともできず、差し出された水だけを、ただ飲んだ。こんなことが起きるのだという思いさえ、揺れの中では砕け散った。耐えている、という気さえしなかったのだ。

大したことではないらしく、水だけは飲めと、張朔は言っただけだった。水を飲んで吐く者もいたが、吐かなくなるまで飲まされていた。

湄公河に入る一日前は、結構揺れていたにもかかわらず、秦容は立って甲板に出た。水だけでなく、粥も口に入れた。舐めた塩が、躰にしみこむようだった。

それからは、おかしくならない。

梁山泊軍を捨てた自分を考えたが、見えるのは異国の地で、どこか現実がぼやけているような気がした。それは、いまも同じだ。

「この河は、河水とはまた違う難しさがあります。これだけ大きいのに、上流には船は入れないのですよ。途中に、すごい滝があるそうです。俺はまだ、そこまでは行っていませんが。一年の半分は雨が降り、その時は水嵩が高くなり、流れも強くなります。雨の降らない半年は、浅くなって、大型船は常に危険がつきまといます」

「伍覇と張光がいる。潜るのは得意で、水の中のことは調べてくれるぞ」

「ここで生きている人間たちもいるのです。彼らが、調べていますよ」

そうだろう、と秦容は思った。どんなところにも、人は住んでいる。

「きのうあたりから、船が十艘ほど付いてきていないか？」

「秦容殿。途中で交替しながら、沙門島からずっと十艘付いてきています。ここでも、その十艘が入れ替ります。旗船だけは、最初から最後まで付いてきますが」

「狄成殿か？」

「このあたりまでは、卜統が指揮することになっているのですが、狄成殿は心配されているのです」

「おまえをか。それとも卜統をか？」

卜統とは、沙門島で会った。はじめてだったが、伍覇はよく知っているようだった。つまり水軍にいて、あまり陸にはあがってこない男だったのだろう。

「すべてを心配されている、としか言いようがありませんね」

強い陽射しの中に、点々と船が見えてきた。それは途中で反転し、先導するように同じ方向に進みはじめた。

「あれが、交替の船隊です。護衛の船隊の船は、新しいものに替えられているのですが、これから先は、以前のままの船です」

湄公河の途中から、支流に入った。周辺は、すべて森である。それも、人が入る余地がないほど、密生していた。

すぐに、森が切り拓かれた場所に着いた。床は高いが、営舎らしい建物があり、太い竹で作られた船着場もあった。

「大型船は、ここまでしか入れません。この上流に、阮一族の村があり、湄公河では、われわれはそこと手を組んでいます。つまり交易の相手であり、なにかあれば援け合う、という関係にもなっています」

「俺の行くところは、これからさらに南か？」

「海に戻ったら、数日南下して陸地を回り、次には七日か八日、北へむかいます」

「まだ、半分も来ていないのか」

「いや、もうずいぶん来ています。ただこれから先は狭い海峡を通ったりして、まだ手探りの状態なのです。何度か通航すれば、十日以内の航程になると思います」

白い、袖のない服を着た者たちが、荷を運んできていた。中型の護衛の船は、二十艘ほどだ。新旧の船だと張朔は言ったが、どれが新しいのか、見ただけではわからなかった。

竹の船着場に降り、大地に立った。

地面がこれほどしっかりしたものだと感じたのは、はじめての経験である。秦容は、広場の中を歩き回り、地面の感触を確かめた。

「おい。秦容」

狄成がそばへ来た。

「おまえがこれから行くところには、阮一族はいない。二十名そこそこで、百名、二百名、場合によっちゃ、千名と闘わなけりゃならんこともある」

「死ぬことも含めて、みんな覚悟はしていますよ、狄成殿」

秦容が行くのは、前の航海で張朔が行き着いた地だった。果てのない密林があり、人がどれほどいるか、どんな獣がいるかもわからないという。

そこで、秦容は森を拓き、甘蔗の畠を作るつもりだった。甘蔗の畠は、張朔が見てきたかぎり、どこにもないという。そもそも、熱心に畠などは作らない土地らしい。

森や河で、食物はいくらでもとれる。半年、雨が降り、半年、陽が照りつけて暑い。冬を越す準備なども、必要ないのだ。

「軍が、いやになったのか？」

「軍の暮らしは、好きです。指揮官でいたくなかった、というところですかね」

「軍より厳しい道を、選んでるぞ、おまえ」

「当たり前です。軍よりも何倍も厳しい。そういう中にいて、俺は生きることを許されるのだろうと思います」

「張朔殿があそこまで行けるのは、一年に一度ぐらいのものだろう。風と潮流のいい時を見計らってな。俺の部下も、置いておけねえ。なにがあろうと、自分たちだけさ」

「わかっています」

「俺が、くどいと思ってるか、秦容？」

「いえ」

「張朔殿は、弾けた。俺を怒鳴りつけ、なんでも蹴っ飛ばす、というところが出てきた。たとえおまえでも蹴っ飛ばすだろう」

「そんなに、ですか。大きく構えている、というのは見えるのですが」

「俺は、くどく言わなきゃならねえ。そんなふうになっちまったんだ」

狄成は、言葉より先に、手が出るような男だった。この世で怖いのは、李俊だけだと、平然と言ったりする。つまり、怖いものはないということだった。

赤手隊という、敵船への斬りこみ隊の指揮をしていた。親しく喋る機会はなかったが、梁山泊では乱暴者で知られた男だった。

この男が、張朔のために変った。そういうこともあるのだろう、と秦容は思った。営舎で、阮黎という男にひき会わされた。阮一族の、若き頭領ということだった。話してみたが、秦容が行く地については、なにも知らなかった。ただ、甘蔗の見つけ方は教えてくれた。

「秦容殿。俺は、甘蔗の畠というものが、ほんとうに欲しいのです。阮一族は、水の民で、耕作など無縁です。山ほど、甘蔗を集めてくれはしましたが、あれでも、搾って甘蔗糖にすれば、樽ふたつ分という程度なのです。できれば、甘蔗糖にしたものを、運びたいのです」

甘蔗糖については、李俊に聞かされ、自分でも調べてきた。張朔に言われるまでもなく、甘蔗糖を、本気で作ろうと思っていた。

その夜は、阮一族の者たちと、宴会になった。甘蔗でも、酒が作れる。そのやり方も、阮黎は教えてくれた。

水と食糧を積みこみ、翌朝、出航した。

荒れた海ではなかったが、数日で陸地を回って北へむかうと、潮流がきついようで、櫓手が苦労していた。秦容は、もう酔うことはなく、躰を締め直すために、しばしば櫓手をやった。そうしていると、海にも河の流れのようなものがあることが、櫓の手応えではっきり伝わってきた。

酔って死んだようだった部下たちも、少しずつ立ち直り、いつの間にか酔っている者はいなくなった。

「この海峡を抜けると、あとは真北に進むだけなのですが、海の様子はまだよくわかっていません。特に、潮流ですね。この間、ここを通った時とは、かなり変っています。季節によって、潮流の向きや強さが変るのでしょうね。いまは北へむかって流れているようなので、思ったより早く、到着します」

「おまえが見つけた地か。俺はそこに、甘蔗の畠を作ってみせる」

「大変なことですよ。いろいろな部族がいて、ひとつにまとまっているわけではありません。それに、森は想像以上に手強いと思います。必要だと思われる道具は積んできましたが、到底それでは間に合わないでしょう」

「苦しければ苦しいほど、俺にとっては望むところなのだ、張朔。おまえが、すさまじい土地をくれたとしても、俺は克服するよ。そうしなければ、戦で死んだ兵は、許してくれないだろう」

「俺は、必ず船を持ってきます。そして、甘蔗の積荷で一杯になって、沙門島に帰ります」

船尾楼の下の、ひとつだけある小さな部屋だった。そこは隊長の居場所ということになっているが、船に乗っている者全員の出入りを、張朔は許していた。

伍覇と張光は、よく船首で座りこんで話をしていた。なにを話しているのかは、気にしなかった。

それぞれが、心に抱いているものは、違う。ただ、それはどこかで重なる。それが梁山泊だと、秦容は思っていた。

「おまえの母者(ははじゃ)は、日本に居続けるのか？」

自分の母のことを、秦容は思い出し、張朔にもそんな質問をした。

「動きませんね。母がいるさらに北に、広大な土地があるらしく、そこで昆布を採ろうとしているようです。甘蔗もそうですが、昆布もひとつあればいい、というものではありません。人間の躰の中に消えていくのですから」

「なるほどな。俺は、戦を頭から追い払ったら、人の言うことが、実によく入ってくるようになった」

「戦と、縁が切れるとは思えません。中原(ちゅうげん)で闘われているようなものではないにしろ」

「自分のために闘う。俺はまず、そこからはじめてみようと思っている」

張朔は、なにか深さを感じさせる男になっている。海が、そういう男に育てたのか。

陽は相変らず照りつけ、秦容は自分の腕が黒々としているのを、毎日、しばらく眺めた。顔も、黒くなってしまっているのだろう。変れるのだと、そんなことでも思える。

「あれが」

出航からどれほど経過したのか、張朔が船尾楼で大声を出し、指さした。

緑の大地が、近づいてきている。

婁中の火

一

十年という歳月を、褚律は考えた。

それも、壮年になってからの十年ではなく、十四歳からの、少年から青年になる十年である。

欧元は、楊令の従者を、十年近くつとめた。その間に、心も躰も大きく成長したはずだ。それでもなお、刺客としての使命は忘れなかった。

梁山泊は、史文恭という、青蓮寺が放った刺客によって、晁蓋を失っている。

青蓮寺については、多少は知っているが、晁蓋も史文恭も、褚律は知らない。晁蓋は、宋江と並び立った頭領で、戦を引き受けていたというから、軍の総帥のようなものだったのか。宋江が、いまの呉用の立場に近いところにいたのだろうが、やはり褚律は会ったことがない。

梁山泊は、再び、楊令という頭領を暗殺で失った。それが、呉用の支えきれないほどの自責になっている。

呉用が直接なにか言ったわけでなく、警固の任を与えられてそばにいた褚律が、如実に肌で感じたことだ。

楊令暗殺の背後を探るのは、任務のひとつだと言ったのは、前任の燕青だった。ただ緊急にやらなければならないことではなく、じっくり調べあげればいい、とも言われた。

欧元を指嗾し続けていたのは、青蓮寺であろうという判断はすでになされていた。それでも呉用が、細かいことを知りたがっているのはわかった。

欧元の叔父の欧鵬は、旧宋軍に軍歴があり、長江の守備についていた。江陵府の軍である。辰州から徴発された兵で、小さな村の出身だった。

そこに、欧元の父の欧清がいたことは、すぐにわかった。息子の欧元も、父の死後、数日はいたという。

褚律は、斜関というその小さな村にいた。

気配を消す。人ごみの中でも、相手にだけ聞える喋り方をする。そんなことは、いつの間にか身につけていた。

顔料を遣っての変装もできるし、行商人の仕事から、ちょっとした職人の仕事まで、一応はこなせるようになっていた。

いまは、金物を修繕して歩く職人である。

呉用のそばにいた時は、ただ護衛するという考えしかなかった。それは、梁山泊に入ってからだけではない。呉用が趙仁(ちょうじん)と名乗って、方臘(ほうろう)のそばにいた時から、起居をともにして守ってきたのだ。

もともと婁敏中(ろうびんちゅう)の弟子で、幼いころから体術を学んだ。方臘の護衛は多くいたが、そばにいるのは婁敏中だった。褚律が呉用の護衛についたのが、婁敏中の意思なのかどうかはわからない。

褚律は、そう命じられただけである。

信仰とは、無縁だった。体術のみならず、武術に信仰が入ってくる余地はない、と褚律は感じていた。まして方臘の信者は、ただ死ぬことを喜びとしている。

この村を訪れるのは、四度目だった。最初はただの旅人であり、次からは金物職人である。流れ歩いてくるのに、ちょうどいい期間が空いていたのだ。多少の、顔見知りもできた。

欧元の叔父が欧鵬であることは、間違いないらしい。宋江が欧鵬の兄の欧清に宛てた書簡は、本物だったのである。宋江の字を知っている数名が、確認していた。蕭譲(しょうじょう)という、偽筆の天才に見て貰うことはできなかったが、呉用と宣賛しか知らなかったことが、書かれていたのだ。

　ただそれは、手紙が本物だった、ということにすぎない。欧元が、本物の欧元だったということには、ならないのだ。

　欧清のもとに届いた宋江の書簡は、村人でも見た者が少なくなかった。弟が梁山泊の将校で、旧宋軍と闘って死んだというのは、欧清の大きな誇りだったのだ。

　欧元もまた、それを誇りにしていたようでもあったらしい。村の友人たち数名に、そのことを自慢していたのだ。

　褚律は、前に来た時に世話になった家の前に、道具を拡げた。金物なら、一応どんなものでも修繕できるが、腕は大したことがない。さまざまなものを身につけたが、ほかより多少はましというところだった。

　それでも、修繕を頼みに来る者はいる。鍋の破れを塞いだり、農具を直したり、鎌の刃を整えたりする。

　その女が現われた時も、なにか調理の道具の修繕を頼みに来たのだ、と思った。

「あなた、欧清のことを調べていたそうですね」

「別に、調べてはいない」

　褚律は、警戒心で全身を覆いながら言った。微妙だが、女は気を発してもいる。

「ただ、欧清に預けているものがあって、その行方を知りたいのだ。欧元という息子がいるらしいのだが」

「死んだわ」

「ほんとかな。出て行ったって話だぜ」

「あなたが、預けていたものって、なに？」

「他人が知っても、意味のないものさ。そんなに、こだわってるわけでもない。たまたまこの村に来たので、いろいろ訊(き)いてみただけだ。もう諦(あきら)めてるよ」

「でも、この村にまた来たわ」

「見てわからんのか。俺は商売をするために来ているのさ」

女は小柄だが、どこか引き緊(しま)った躰をしていた。そのくせ、猫のようにやわらかいだろう、と緒律は思った。それ以上、体術を感じさせるものはない。

「欧元を知っているのか、あんた？」

当然、感じるであろう疑問として、緒律は言った。

「そういう話を、聞いただけよ。あたしも、欧元という人のことを知りたくて、ここへ来たの」

「死んだって、どこで聞いた？」

「だから、噂(うわさ)よ。がっかりしていたら、欧元の父親のことを調べているあなたのことを、教えられた。なにか知ってるかもしれないと思って、声をかけたの」

調べている、というふうには、村人には思われていないはずだ。この女が調べているので、そんな感じを持ったのだろう。

つまり、この女は手掛りなのだと、修繕の道具をいじりながら、褚律は思った。

それでも、これ以上、話を進めようとはしなかった。黙って、鉄を溶かすための、小さな炉をいじった。

「ねえ、あなたが預けたものって、なによ？」

「書簡だよ。なんでもないものだが、俺にはちょっと大事でね」

書簡という言葉に、女はあるかなきかの反応を示した。

鍋を持ってきた老女がいたので、褚律は女を無視し、炉に火を入れた。

鍋の穴は、溶かした鉄をうまく垂らせば塞げる。安直な修繕法だが、一年はそれで保つ。また別の老女が、鍋を抱えてきた。古い鍋は、老女の人生のように、何カ所も補修されていた。

二つの鍋を修繕する間、女はそばに立って見ていた。褚律は、無視し続けた。

次には、農具の修繕だった。この村には鍛冶屋がいないので、金物の修繕は重宝される。泊めて貰う礼をいくらか払っても、懐に銭は残るのだ。

「あなた、上手ね。見ていて感心するわ」

女の体術がどれほどのものかわからないが、喋るのは下手だった。駆け引きができず、思ったことを率直に言ってしまうようだ。

「親から受け継いだものでね」

「あなたの父上は、やはり、同じようにいろんなところを回っていたの？」

「いや、店を構えていたさ。そして修業のために俺を旅に出している間に、死んだ。店は借金のかたに奪られて、人手に渡っていた。まあ、そんなもんだよ」

「書簡というのは？」

「親父が、友だちの欧清殿に出したものがある。俺はそれを放りっぱなしにしていて、何年も経ってしまったんだよ。ある時、書簡のことが気になって、欧清殿に飛脚を飛ばした。預かっておく、という返事を貰ったんでね」

「それで受け取りに来たら、死んでたってわけね」

「欧元という息子が、持っていると思ったんだが」

「欧元には、こらえる性根がなかったわ。父上の耕地を受け継ぐなら、小作ははじめから。つまり、収穫の一割しか手に入らない。次の年から四割になるのに、それまで我慢ができず、村を出たのよ」

それも、楊令の従者だった欧元らしい、とは思えない。耐えるのが、欧元だろう。

欧清の息子であった欧元は、耐える素ぶりも見せず、父親が持っていた小作の権利を放り出して、村を出た。

楊令のそばにいた欧元は、いつも寡黙で、あまり笑うこともなく、ほとんど影のように感じられるほどだった。

時折、欧元と体術の稽古をした。大きな構えをとることなく、いきなり技に入る、独得のものだったが、小さいがまとまった体術だとよく感心したものだ。

十代の中盤から二十代の中盤まで、梁山泊の中で、欧元は黙々と技を磨いたのだ。体術の力量としては、そこそこのものだった。たとえば欧元が二人いても打ち倒せるが、三人いれば難しいという程度だ。普通の兵が、十数人いたとしても、褚律はたやすく打ち倒すことができる。

「もう、書簡はいいんだよ。病だから戻って来い、という書簡だったような気がする。いまさら読んでもな」

「あなたは、欧清と会ったことがあるの？」

「いいや、親父が若いころ、俺と同じように、この近辺をめぐり歩いていた。この村では欧清殿にずいぶんと世話になったんだよ」

「それだけで、いまごろになって、欧清を捜すわけ？」

「だから、仕事のついでにさ。ここへ来たとなりゃ、欧清殿のことや欧元のことを訊いてみる」

「十数年も前の話よ、欧清が死んだの」

「らしいな」

「その間、気にしていなかったのなら、忘れてるわ」

「ところが、思い出しちまった」

どうやら、自分も話がうまいというわけではないらしい、と褚律は思った。

それからは、なにを訊かれても、無視を決めこんだ。幸い、仕事が途切れることなく続いた。

夜になって、泊っている農家を出て、村に一軒だけある食堂に入った。出すのは、揚げた川魚ぐらいのもので、安価だった。褚律は、慎しやかな行商人らしく、酒を少しだけ註文し、揚げた魚を突っつきながら、ちびちびと飲んだ。それから、残った魚で粥をかきこんだ。

視線があった。家を出た時から、ずっとそれは感じている。

銭を払い、つきまとってくる視線を誘うように、褚律は闇の中を歩きはじめた。

稚拙な尾行だった。稚拙を装っているのかどうか、見きわめようとしたが、どう考えても稚拙以外のものではなかった。

村はずれまで来ると、褚律は立ち止まり、酔ったふりをして、道端の石に腰を降ろした。闇の中から人影が現われて、褚律の前に立った。

「はじめに言っておきます。私は体術ができます。あなたがおかしな真似をすると、痛い思いをすることになります」

「体術だって?」

褚律は、ゆっくりと立ちあがった。女が、構えを取った。はっとしたが、褚律は立ったまま動かなかった。構えは、間違いなく欧元のものだ。

「なんなのだ、おまえは。昼間もうるさくつきまとってきたが、俺に用事があるなら、はっきり言え。そんなおかしな恰好をして、どうするつもりなのだ」

束の間、雲が月を隠し、女の顔が黒い影だけになった。褚律は、気を消したまま、一歩前へ出た。女の構えが、低くなった。まったく、欧元そのものの動きだ。ただ、欧元の放つ気とは較べものにならない。

「仕方がない女だな。俺だって、鉄を打ったりすることがある。並みの男より、力はあるんだぜ」

言い終るか終らないうちに、拳と足が飛んできた。二度、かわした。普通の男なら、打たれたら相当の衝撃を受けるだろう。何度か、男との争いで、相手を倒したことがあるのかもしれない。

三度目の拳と蹴りを、褚律は水月(鳩尾)と腿で受けた。水月に両掌を当て、膝をついた。それから、立ちあがった。また、拳が来た。それを顎で受け、仰むけに倒れた。

「なんなのだ。物盗りなのか？」

「そんなものではありません。間違えないでください。私は、あなたに訊きたいことがあるだけです」

「ならば、訊けばいいだろう。なにも、殴ることはない」

褚律は、ようやくという感じで、上体を起こした。

「なにを、訊きたいのだ？」

「打ったことは、謝ります。ただ、こうでもしないと、あなたはほんとうのことを言わないと思ったので。嘘だと思ったら、また打たなくてはなりません」

「嘘など、言うものか」

「なぜ、欧元を捜しているのです？」

「旧宋に、青蓮寺というものが、あったらしい。欧元は、そこへ行ったという噂を耳にした」

褚律は、土の上に座りこんだ。

青蓮寺という言葉に、女は明らかな反応を示した。

「青蓮寺が、役所なのか寺の名なのかは、知らないよ。ただ、いろんな人間がいるらしい。そのいろんな人間の中に、欧元がいた。そして、梁山泊に行ったという話なのだ」

「青蓮寺から、梁山泊へ行ったのですか？」

「梁山泊に、欧鵬という叔父がいたんだ。そのことは、村の人間は知っている。ただ、梁山泊で訊いても、欧鵬のことは喋るが、欧元のことについては、みんな口を噤む」

「同じだ」

女は、構えを解いていた。

「私が調べたことと、同じです」

「おまえは、梁山泊に行ったのか？」

「一度、歴亭という城郭へ。兵隊がよく来る酒場で、欧鵬という人のことを聞いたのです。みんな、話してくれました。しかし、欧元については、口を濁します」

「俺は、信都という城郭に商いに行った時に、いろいろ訊いたんだよ。欧清殿の弟は、梁山泊にいたんだからね。おまえはどうやって、欧鵬の名を知ったのだ」

「わかりません。祖母が、死ぬ間際に教えてくれただけです。兄は、欧元という名で、梁山泊にいると」

「兄だと」

解けてきた。すべてではないが、道すじはぼんやりと見える。

話の脈絡のなさについては、女は気づいていないようだ。

「欧元が、おまえの兄か」

「祖母が、ずっと調べていて、わかったことです。私の従兄も、時々来た時に、兄の話をしたみたいです」

「従兄？」

「周炳（しゅうへい）という名なのですが、死にました。青蓮寺の、偉い人だったということです。不思議な人でした」

周炳の名を聞いた時、道すじはすべて見えた。褚律は、大きく息をついた。

梁山泊に刺客として送りこまれた欧元は、周炳の血縁である。周炳は、燕青との立合で死んだ。燕青はそれで、視力を奪われたのだった。

「おまえの名は、周というのかい？」

「もとは。ある日、周炳が来て、祖母と私を岳州（がくしゅう）の村へ連れていきました。そして陳（ちん）という名になり、祖母は女なのに、その村の保正（ほせい）（名主）ということになったのです。いまは、私が保正です。婿（むこ）が来たら、その人間が保正になるそうですが」

青蓮寺は、いや李富（りふ）は、村ひとつでこの女の兄の人生を買った。青蓮寺の組織を使えば、難しいことではなかっただろう。

「俺は褚律という、流しの金物職人だが、おまえは？」

「陳麗華（ちんれいか）。前は周麗華でした。兄は、周杳（しゅうよう）。兄と欧元は、同じ人間だと思いますか？」

「そんなことより、おまえはなぜ、兄のことを調べているのだ？」

「祖母は、兄と私を、等しくかわいがっていました。多分、息子二人も、同じようにかわいかったのでしょう。二人は、その妻とともに、死んだのです。青蓮寺の仕事をしていたそうです」

「いきなり村の保正になったり、いろいろと大変だったのだろうな」

「いえ。祖母は、青蓮寺が兄を奪った、と考えていました。周炳から、真相を訊き出すつもりだったのでしょうが、周炳は死にました。息子や孫の命を奪った青蓮寺を、恨んでいたのだと思います」

　周麗華の言葉には、警戒心などすでになくなっていた。

「保正のお嬢様が、いるかいないかわかりもしない仇（かたき）を捜して、ひとり旅かね」

「供は、二人います。荷を運ぶだけの供ですが」

「なるほどな。相当、頭のしっかりした祖母（ばあ）さまだったのだな」

「祖母も、祖父と一緒に青蓮寺で働いたそうです。祖父は惨（みじ）めな死に方をしてしまった、と、祖母は言っていました。父も母も、青蓮寺のために働いて死んだそうです。表には出しませんでしたが、祖母はそんなことに怒っていたのでしょう」

　周麗華の動きに、複雑な背景はなさそうだ、と褚律は思った。もう少しだけ調べよう、という気はあった。

「欧元というのは、どうも死んだみたいなのだな。梁山泊軍が、南宋の岳飛（がくひ）軍や金（きん）軍と闘った戦で。ただ、梁山泊の軍人たちは、昔の仲間についてはよく語るが、死んだばかりの人間については、あまり語らないというのが、俺が感じたことだよ」

「死んだ、とひと言だけ言った人が、何人かいました」

「やっぱり、戦死したんだろう」

褚律は立ちあがり、服についた土を払った。

「それにしても、すごい拳だね。躰が粉々になったかと思った」

「ごめんなさい。ほんとうはもう帰らなければならないのに、あなたのことが気になって、ぎりぎりまで待ってみたのです。だから、急いでいました」

「待たれるほどのことは、なかったな。俺も、もうここでの仕事は終りだろう」

「ずいぶんと、忙しく働いていましたものね」

周麗華が、含み笑いをした。自分がやりたいことを、やりたいようにやり、気が済んだという表情だった。

「その体術というの、どこで習ったんだね？」

「兄が熱心に稽古をしているそばで、私もやりました。よく、相手をしてくれたんですよ。褚律さんも、旅が多いのだし、少しぐらいは心得があった方がいいかもしれませんよ」

相手が出す気と、同じだけの気を出す。それは婁敏中が最初に教えてくれたことだった。それで相手は、自分の方が腕がいいと思う。普段、暮らしている時の話で、立合はまるで別なものだった。

　家にむかって歩くと、周麗華もついてきた。周麗華は、保正の屋敷に泊めて貰っているのだという。

「褚律さん、兄はなぜ、周杳じゃなくて、欧元という名で、梁山泊軍に入ったのだと思います？」

「梁山泊の、入山選別は厳しい。怪しまれないために、欧鵬の甥を名乗ったとしか思えない。青蓮寺の命令を受けていたとしたら、間者として入るようなものだろうからね。周杳という名前は、遣えなかっただろう。欧一族のことは、なにかで知った。あるいは、青蓮寺が調べたのかもしれないし」

「書簡がどうのと言っていた兵隊さんがいたけど、兄を欧元と思いこませることができるものだったのかしら」

　まさしく、そうだった。晁蓋を暗殺した史文恭の時は、従者に入る前に、劉唐と楽和という男たちが、徹底的に調べたのだという。欧元の持っていた宋江の書簡も、あらゆる方面から、字や内容は調べられていた。

「褚律さん、また梁山泊に行くことはあるんですか？」

「当分、行かない。あそこには、鍛冶屋が多いので、いい商売にならないのだ」

「じゃ、岳州に来てみたら。私の家に泊めてあげる。村には、鍛冶屋はいないから」

「それはいいな。そんなに遠くないし」

ほぼ、すべてのことは解明した。わからない部分は、さまざまな人間の死とともに、闇の中から出てくることはないだろう。

それでも褚律は、もう少し深く関ってみよう、と考えていた。いまの南宋に、なにかが繋がっていくかもしれない。

「これで、執事も安心するわ。早く戻ってくれと、うるさかったの」

岳州へ行けば、陳麗華なのだ、と褚律はなんとなく思った。

二

五名の兵に囲まれ、戟を突きつけられ、そのまま砦の中に連行された。

泗州でも、淮水の北側にある砦である。

そのまま牢に放りこまれそうになるのに、許礼は抵抗した。

「将校と話をしたい。できれば、辛晃将軍とも」

「なにほざいてやがるんだ、こいつは。将軍だと？」

「梁山泊交易隊の襲撃について、訊きたいことがある、と伝えてくれぬか」

梁山泊という言葉で、兵が態度を変えたのがわかった。突きつけられた戟が喉元にのびてきて、全身をくまなく探られた。

それから、牢ではなく営舎の一室に連れていかれた。

それほど、待たなかった。入ってきたのは、辛晃自身だった。辛晃は知らないだろうが、許礼の方は、顔も、その経歴も、すべて知っていた。将軍として扱われている軍人については、調べあげたのだ。

「おまえか、梁山泊がどうのと言っているのは？」

「ここの軍が、梁山泊交易隊を襲って、荷を奪った。指揮官は辛晃という将軍だな」

「そんなことは、やっていない。やっていないことになっている。だから、喋ることはなにもないな」

「荷を売り捌（さば）いた銀は、どうなっている？」

「聞えなかったのか、やっていないことになっている」

「交易隊を全滅させたのは、所業を隠すためか、それとも梁山泊を刺激するためか？」

「斬（き）るぞ、おい」

「どこかで、岳飛軍とか、金軍とかに、遭遇するとは思わなかったのか？」

辛晃が、じっと許礼を見つめてきた。

「おまえ、誰だ。何者だ？」

「訊いているのは、私だ」

「捕えられているのは、おまえさ」

「私は、辛晃将軍に会いに来た」

「ほう」

「そしていま、こうして会っている。会うために、捕えられた。だから、ほんとうに捕えられているわけではない」

辛晃が着けているのは、兵と同じ具足だった。将校たちも、兵と見分けはつかない。自軍の中で見分けがつけば、それだけでいいのだ。飾り立てることに意味はなく、無駄なだけだというのが、辛晃が小隊を指揮するようになって以来の考えらしい。

「俺に、訊きたいことか」

「返答によっては、将軍の考えを無駄にしない」

「いい度胸じゃないか、あんた。もしかすると臨安府のお偉いさんかもしれないが、それにしたってひとりで現われりゃ、串刺しにされてもおかしくない。二日前から、砦のまわりをうろついていたって話じゃないか」

「この砦は、守るために築かれてはいないようだな。ここから、五手に分かれて出撃する。そんな具合に作られている。敵に攻囲されたとしても、一千ずつが五カ所を破ろうとすれば、どこかで破れる。一カ所破られれば、攻囲の軍は脆いものだ」

「淮水の北側だからな。攻められるとしたら、ここだ。そして囲まれたら、後方のうちの大将は、多分、俺たちを見殺しにする」

「張俊(ちょうしゅん)将軍は、梁山泊軍に本営を襲われて、ちょっと信じられないほどの損害を被った。いまは、五千の辛晃軍も、大事になっているはずだ」

「それでも、見殺しさ」

辛晃が、声をあげて笑った。

「どこが攻めてくると思っている。金軍か、梁山泊軍か？」

「敵が攻めてくる、と俺は思っているよ。つまり、攻めてくりゃ、みんな敵さ」

「なるほど」

「あんたとは、腰を据えて話した方がよさそうだな。ちょっと待っててくれるか」

そう言い、辛晃は部屋を出ていった。

半刻（十五分）ほど、待たされた。戻ってきた辛晃は、顔に薄笑いを浮かべている。

「やはり、臨安府から来たのだな、許礼殿」

わずかの間に、辛晃がどうやって名を調べたのか、わからなかった。知ろうとも、許礼は思わなかった。この男は、恐らく南宋軍ではかなりの、情報網を持っている。

あるいは、辛晃はただの当て推量で、許礼の名を口にしたのかもしれない。兵站(へいたん)というものを通して、ある程度は名を知られているのだ。

壺(つぼ)が運ばれてきた。

酒かと思ったが、水だった。

「最初の質問はなんだったかな。銀をどうしたか。それだったな。軍資金として、蓄えてある」

「かなりの額だろうな」

「交易隊を全滅させたのは、梁山泊を刺激するためさ。攻めこんで来る。今度こそ、うちの大将は本気で受け、派手なことになるだろうと思った。それが、徹底的に叩かれて、無傷で九紋竜史進を帰しちまうとはな。外連のある戦を、やりすぎたんだ。その間に、牙を抜かれたようになっちまった」

「抜かれたようではなく、抜かれている」

「厳しいね、あんた。俺にとっちゃ、賊徒からここまでにしてくれた、親父みたいなところもあってな。騙してでも、牙を取り戻させたかったのさ」

「戦では邪魔になるものを、ひとつ持っているな、辛晃将軍」

「なにかな」

「人情」

「わかってるよ。ただ、それを捨てたくはないという思いはあるな」

許礼が予測していたのとは、少し違う部分が辛晃に見えた。それも、予測よりいい方向でだ。意外に、大きなところがあるのかもしれない。

「ところで、『飛』の旗を掲げた意味は？」

「岳飛って男が、俺は嫌いでな。間違ったことは、なにひとつしてこなかった、という顔をしている。鼻持ちならないんだよ」

「以前の岳飛は」

「あの男が、間違いをやったことは、何度もある。戦に外連がなさすぎるところが、気に障るのかもな。いや、あの男の部下だったら、好きになったかもしれん」

「闘っては、到底勝てない、と思っているだろう？」

「読みすぎだ、許礼殿」

　許礼は、水を椀に注ぎ、少しずつ飲んだ。辛晃に、こちらを圧倒してくるような気配はない。かつて賊徒だったというが、多少、粗野なところを感じさせるのが、その名残りというわけか。粗野は、軍人の素質と言っていいのかもしれない、と許礼は思っていた。粗野は、やがて粗野ではなく、風格に近いものになっていく。

　張俊は、辛晃をつらい場所に立たせ続けた。それは、育て方としては、間違っていなかった。張俊に、育てようとする意思があったとしたらだ。

　頭の回転は、悪くない。鋭いというわけではないが、肝心なものをはずすことは、一度もない喋り方をする。

「私は、辛晃将軍の性根を確かめるために、ここへ来た」

「俺の中の、小指の先ほどの性根を確かめて、どんなことがあるんだよ」

「小指の先が、やがて親指の先になり、そして腕になっていく。戦人の成長とは、そんなことを言うんだと思うぞ」

辛晃も、椀に水を注いで飲んだ。

「三万の軍の、指揮をしてみようという気はないか、辛晃？」

「ないね。金玉を抜かれた義勇軍の指揮など、誰にだってできることさ。俺は、五千になるいまの部下がいれば、充分だよ」

「いまの五千を集めるように、三万が集まってきたとしたら？」

「義勇軍に、ろくなやつはいないよ。それに戦は数でやるべきもんじゃない。戦術とか戦略とかもいろいろあるが、そんなことはどうでもいいんだ。わかるか、許礼殿」

「よくわかる、辛晃。ただ、おまえが軍を一万にしたがるなら、即座にそれを決めていい。いま、ここでだ」

「そうだな。遠慮しておくか。うちの大将の虎の子の三万のうちの一万が、いかれちまったんだ。補充の余裕があるなら、そっちにしなよ」

「いいのか、張俊将軍麾下の軍が、また三万になる。張俊軍では、辛晃将軍などの軍の、ひとつ上とされている軍だろう」

「軍に、上も下もないんだよ、許礼殿。命令を出すやつと受けるやつ。それが、きちんとなされる。戦は、そうやってやるもんさ」

「しかし、張俊麾下の三万と、待遇が違いすぎる。むこうは装備はいいし、補給も充分すぎるほどだ。ここでは、兵糧さえも不足気味だろう。しかも、たえず危険な場所に立たされる」

「あんた、うちの大将と俺を、仲違いさせる気か？」

「そんなことは、起きない。張俊将軍は、臨安府にいて、地方軍全体を統率することになる。だから、一万の補充の意味はない。二万を率いて、臨安府郊外に本営を構える」

張俊の、軍内での地位は、劉光世に次ぐものになる。ただ指揮が及ぶのは麾下の二万で、それもかつての劉光世軍のように、腐っていくはずだ。

張俊は、地方軍の将軍や上級将校の任命で、自尊心は相当に満たされるだろう。劉光世が直接、手を突っこむことができないところなので、意識としては、並んだと感じるかもしれない。

劉光世軍も、放っておくと、禁軍とはいえ、軍閥になりかねなかった。

金国と梁山泊が、講和を結んだ。それは、臨安府から見ていれば、国と国との交渉というように思えた。内容は詳しくわからないが、ふた月近くにわたる交渉で、相当綿密なものだと想像できた。

金軍は、梁山泊という脅威が消え、全軍での南進が可能になった。

この状態では、軍閥の力は必要だった。しかし張俊は要らないというのが、秦檜が出した結論だった。自分のための戦しか、しようとしないからだ。

しかし、張俊の領分を、すっぽり空けてしまうわけにはいかなかった。二万の精強な軍を、三カ所に配置し、それを臨安府の統率下に置きたかった。

「五千は、十日後に配属させる。兵を見て気に入らなければ、追い返していい」

「ほう」

「地方軍も、調練を重ねてきた。増強されるのは、地方軍の中で選び抜かれた兵だ」

「あんた、はじめからそれを決めてきたのか。兵站の窓口である役人以上の権限を、持っているとでもいうのか?」

「時には。つまり、宰相の特命を受ける。いまがそれで、辛晃という将軍の力量や質を見きわめた上で、増強という命令を受けたのだ。張俊将軍は、勅命によって臨安府にむかっているころだ」

「うちの大将は、もう駄目だってことか。位は上がるんだろうが、あの劉光世将軍みたいに、でっぷり肥った軍人になっちまうんだろう?」

「遅すぎたのだ、辛晃将軍。金国と梁山泊が、これほど早く講和に入るとは、考えていなかった」

「わかった。うちの大将は、二万を連れて、臨安府へ行っちまったのか。俺らはまた、置き去りか」

「増強に、気を遣う理由はなくなっている、と私は思うが」

「おかしな話になってきた」

辛晃は、顎に手をやり、短く切り揃えた髭を爪の先でつまんでいた。

砦の中は、静かである。兵の動く気配はあるが、余計な音はしていない。軍営全体に、まったく緩みがないことは、きのうからはっきり見えていた。

「もうすぐ、夕めしだ。その前に、砦のまわりでも歩かないか、許礼殿？」

「いいな」

辛晃と並んで外へ出ると、兵たちはもう許礼を見ようともしなかった。

出入口に、兵が十名ほど配置されている。それ以外、特に警戒もしていないように見えるが、砦全体がひとつの陣構えになっているようだ。

「梁山泊軍の反撃は、ここへ来ると予想していたのか、辛晃？」

呼び捨てを続けても、意に介したふうには見えなかった。

「襲う前から、俺は捕捉された。ただ、二十名ほどだろうと思う。そいつらは、帰還するところも、捕捉してきた。なんというのだろうな。影とも違う。もっとはっきりしたものを感じるが、見えない。多分、梁山泊致死軍というのが、あれだ」

「致死軍がいて、好都合だとも思ったのだろう？」

「なぜ、そんなことを言うのだ、許礼殿？」

「おまえは、自分だけで梁山泊とやり合うつもりだった。後方の張俊の眼を、それで醒させようとした。張俊は、臥せていた虎だったが、もう眠った牛のようになっていることが、今度のことではっきりした」

「あれだけ、実戦を避けてたんじゃ、しばらくは眠った牛さ」

「そして、もう眼を醒すこともない。一度、眼を醒させようとした。おまえはそれで、やるべきことをやった、と思え」

「俺は、あの人の従者からはじめたんだぜ。情ない賊徒だった俺がよ」

「おまえがやったことの責めを、梁山泊は張俊に負わせた。そしてあの犠牲だ。もう、張俊との間柄が、前と同じというわけにはいかない」

「うまく、致死軍を引きつけた、と思ったんだがな。俺が相手をすりゃ、史進に勝てたとは言わんが、深傷を負わせるぐらいはできた。そして、梁山泊が全軍で進攻してくる。金国とは、もう講和を結んでいるからな」

　講和が成立すると見きわめて、梁山泊と対峙しようとしたのだろう。眠った牛を虎に戻すのに、梁山泊軍は恰好の相手だ。

　南宋が苦しくなるなどと、辛晃は考えもしなかっただろう。張俊軍にも岳飛軍にも、南宋に対する忠誠というものは、あまり感じられない。軍閥は、もとを辿れば、自分のために存在しているのだ。

辛晃を、すぐに南宋の正規軍にするのは、難しいだろう。五千の増強で、まずこちらへ引き寄せる。次に、また五千の増強。いずれ二万の軍の指揮をするころ、辛晃は南宋正規軍に近づいているだろう。粗野な中の、人の良さ。思いこみの強さ。そこには、つけこむことができる。

張俊は、領分を主張し、民政まで考えるというところがあった。辛晃は、雄々しい戦をしたがっているだけだ。

「それにしてもな」

辛晃が砦の方を見て、顎を撫でながら言った。

「あんた、兵が飛び出してくる場所が五つあると、よく見きわめたな。俺の陣の組み方に、隙があったのかな」

やはり、陣を組むつもりで、砦を築いたようだ。唯一、淮水の北側にあるこの砦は、戦では最初に攻められる場所だ。

もしかすると、辛晃が自ら望んで淮水の北に出た、ということも考えられた。梁山泊の交易隊の襲撃は、兵站を自らなせるように、という考えもあったのだろう。

「敵は、金軍になるぞ、辛晃」

「わかってるが、そんなことは考えない。現われた敵を討つだけさ」

「増強されてきた部下を、よく見ろ。二戦、三戦すれば、戦友という思いも芽生えはじめる。つまり、軍らしくなるんだよ」

「あんたは、確かに兵站については、実にうまくやっているようだ。しかし、軍ってものを、どこまで理解している？」

「劉光世、韓世忠と、私は武挙（武官登用試験）で同期だった。その気になれば、童貫元帥の麾下に加えられることもできた、と思っている」

　辛晃が、許礼を見つめていた。

「たまげたな」

「おまえとは、戦友になりたいと思っているよ。後方を支えている戦友。悪いものではないぞ、辛晃。優れた軍人は、後方の動きも含めて、戦と考える」

「まったくだよ。前線に必要な物が、俺にはよく見えるが、頼んだ通りに届けられたことなど、一度もない。なんだかんだと、理屈ばかり並べる。軍と兵站が一体になるだけで、これが、戦をやるほんとうの態勢なのだ、と思えるのだろう」

「兵站は、いままでと較べものにならないほど、よくなる。兵たちは、ともに闘うのだという気持を、強くすることができる。おまえの、賊徒まがいの奇襲には、さまざまな目的があったのだろう。しかし兵は、ある部分では惨めだっただろうな」

　兵が惨めという言葉で、辛晃ははっきりと顔を曇らせた。賊徒から這いあがってきただけに、賊徒まがいの奇襲には、逆に大きな抵抗があったに違いない。

「兵站など、考える必要はない。それを考えるのは、私なのだからな。軍営での、兵の暮らしを考えてやれ。なぜ闘わなければならないのか、まず自分自身に問いかけ、兵とも話をしろ。それでようやく、岳飛が出発した地点に立てる」

「考えてみるよ。あんたは、多くのことを言った。五千を食わせていくのは大変だ、と考えてばかりいた俺の情況も、変るのだろうし。俺は、軍人でありたいという思いを、日に日に強くしていた。逃げて勝ったような顔をしているうちの大将にも、眼を醒して貰いたかった」

「あまり、考える時はない。戦は、遠からずはじまるだろう。そして、長く続く」

「だろうな」

「近日中に、五千の増強の兵が加わる。まず、それを見ろ」

辛晃は、呰を見つめたままだ。

南宋が落ち着き、地方軍を整備し、それなりに厳しい調練を経させてきた。いまは、岳飛以外に、これはという軍を作ることだ。

「戦友になりたい、おまえと」

呟(つぶや)くように言い、許礼も呰の方に眼をやった。

三

空が、暗くなった。

秦容は、そのまま作業を続けた。雨の季節になると、一日に四刻ほどは豪雨が来た。いままで経験したことのないような雨で、開墾地は泥濘になる。視界はないが、それでも足もとは見えた。

部下たちも、黙々と土を掘り続けているのが、雨の中でぼんやりと見えた。

いまは、土が戦の相手だった。株を掘り起こすだけでなく、大きな石をどけたりする。

動かないほどの巨大なものは、鉄の鑿を打ちこんで割っていく。

上陸してやったことは、五十里（約二十五キロ）四方の踏査だった。運んできた道具などは、海辺の森の中に、小屋を三つ建ててとりあえず保管した。

秦容が選んだのは、河岸から十里ほどのところにある、広大な森だった。そこは、わずかに高台になっていて、河が溢れても水に浸ることはなさそうだった。

森は、深い。というよりも、濃い。人が通り抜けられないほど、びっしりとさまざまな樹や草が生えた場所もあった。

まず、下草を刈った。それから、樹を倒していった。巨大な幹は、木材にするために、場所を決めて置いた。二十名で運ぶためには、ある程度の長さに切り揃えなければならない。暑い中での作業になり、秦容は部下たちに水を飲ませながらやった。水は、近くの小川のものを、大鍋で煮立てたあと、冷まして飲むのだ。そうしないと、追いつかなかった。

梁山泊のかなりの部分が、洪水で水に浸った。疫病を防ぐために、養生所の文祥が徹底させたのが、飲み水だった。いずれ、井戸を掘ろうと思っているが、それは実現していない。

糞尿を溜めるための穴は、各所に掘った。それはいずれ、肥料になるはずだった。やらなければならないことは、多くある。ひとつずつ、着実に片付けるしかなかった。ふた月をかけても、切り拓いた土地はわずかなものだったが、慌てても仕方がないことだった。

幸い、食いものは、森でも河でも、たやすく手に入れることができる。森にはさまざまな獣や蛇などがいたし、河では網を仕掛けておけば魚がかかった。果実はふんだんにあり、それだけでも命をつなぐことはできただろう。

河岸では、水を飲みにきたり、躰を洗いにきたりする水牛などが、時々手に入った。腰を入れた狩りなどはしなくても、肉を得ることもできる。肉は焼いて食い、余ったものは、塩をして干した。

家は、開墾地の北側の台地に床を高くして建てた。十軒建てた家のまわりには、濠のように深く溝を掘り、石を組んで、土で埋まらないようにした。雨水はそこを流れるので、床の下に置いたものを濡らさずに済むのだ。

土に、鉄の棒を打ちこみ、根を数本、掘り起こす。そうやって少しずつ株を持ちあげていくのだ。ある時、株は大地から剝がれるように土を抱いたまま横たわる。

巨大な株だった。すでに半日、根が細くなったところで切り、鉄の棒を入れ、石を支点にして持ちあげることを、くり返していた。頭の中には、なにもない。ただ、雨に打たれながら作業をしていると、時々涙を流していることに気づいた。

楊令殿。声を出してみる。もっと大きな声を出す。叫ぶ。すべて、雨の音にかき消されている。花飛麟を呼んだ。李英を呼んだ。死んだ部下の、名前を呼んだ。さきのうまでは、王進と父の名を呼んだ。

「母上」

はじめて、母を呼んだ。鉄の棒に、渾身の力を加える。叫ぶ。全身が震える。雨の音を破って、根が切れる音が聞える。

株が持ちあがり、横になった。それは、そのままにしておく。綱をかけ、全員で引っ張って動かすのだ。

株は積みあげ、陽がある時に、燃やした。もう、何度も燃やしている。水気が多くて燃えないのではないかと思ったが、一度燃えはじめると、盛大な炎があがる。

灰は、土に撒(ま)いた。雨の季節になって気づいたことだが、剝(む)き出しの地では、水が激しく流れる。畠(はたけ)を作る時は、水捌(みずは)けを第一に考えるべきだろう。乾いた季節になれば、逆にどこからか水を引くことを考えなければならない。

いまはとにかく、開墾地を拡げることだった。

雨は、不意にあがる。

雲が割れ、そこから棒のような陽が射すと、明るくなり、雲が消えていく。どこかに流れ去るのではなく、消えていくとしか思えなかった。降り注ぐ陽射しで、すぐに暑くなる。水が霧のようになって、たちのぼる。それはほとんど湯気で、一刻ほどで消える。

雨の季節には、こういう天気が、延々とくり返されるらしい。

陽が落ちる前に、炊飯の当番の者が三名、開墾地から家がある高台へ戻る。大釜(おおがま)で飯を炊き、肉か魚を焼く。家のそばで野菜の栽培をはじめたが、育つのは早かった。それも、煮る。

塩は大量にあったが、いずれなくなるだろう。塩を作ることを考えた方がいいのか、交易船に運んで貰った方がいいのか、早く決めておかなければならない。

海辺の森の小屋は、放置していた。中に置いていたものは、すべてこちらの家に運んである。ただ海辺の小屋は、張朔(ちょうさく)の交易船が来た時には、必要になるのだ。

夜は、家の隅で、生の木の葉を燃やしている。それで、蚊を追い払えるのだ。やり方はすべて、梁山泊薬方所の馬雲が教えてくれた。熱病を防ぐには、蚊を寄せつけないことらしい。

家の床は、竹が張ってある。風がある時は隙間から入ってくるので、蒸暑さも凌ぎやすかった。

獣脂を皿に入れ、そこから灯芯を出して、明りをとった。秦容は、夜毎、一日のことを書き留め、考えている畠の図なども作った。まだ、思っている広さには、ほど遠い。

難敵は水だろう、ということは想像できた。なくても困るし、ありすぎても甘蔗は流されてしまう。雨の季節の排水は、相当気を遣わなければならない。溝を掘るだけでは、すぐに泥で埋まってしまうだろう。

そんなことを考えている間に、眠くなり、眼を閉じると、気づけば朝だった。

ひと月ほどの踏査を終え、激しい雨の中を、伍覇と張光が戻ってきた。

伍覇は普通にしていたが、眼だけが飛び出したようになっている張光の表情が、旅の厳しさをもの語っていた。

伍覇が出してきた報告書を、一日の作業を終えてから、秦容は読んだ。

小さな村が、流域沿いにいくつかある。ほとんど言葉は通じないが、時として、漢語を喋る人間もいるらしい。そういう人間は、中華の南から、山越えで流れてきた者たちのようだ。子であったり、孫であったりしている。三代目になると、言葉はかなりあやふやで、半分もわからないという。

「明らかに、肌の色が違う。顔は陽に焼けているが、腕を捲(まく)ったら白かったりする。だからといって、ほかの者たちと違うということはないようだ」

　村の規模は、百人から五百人程度で、さらに北へ行けば、国のようなものもあるという。伍覇が行ったのは、北へ四百里というところだった。

　河は、ほぼ北から南へ流れている。二人は西岸を進んだので、そちら側の道らしいもの、支流などは、かなり詳しく調べていた。支流に沿ったところにも、やはり小さな村はある。

　それでも、きわめて人が少ない、と言うほかはなかった。

「俺たちを見て、警戒はしたが、襲ってくるようなことはなかった。大体が、のんびりしているようだ。雨の中に出て、働いているやつなどいない。家の中で、ぼんやりとしているだけさ」

「田や畠は？」

「少ないな。稲を多少は作っているようだが、甘蔗の畠などなかった。密林は、どこまでも拡がっていて、果てがどこかはわからん。まともな道がないところは、泳いで溯(さかのぼ)ったよ。獣が多い。虎や猪(いのしし)や水牛だけでなく、象ってやつを何度か見かけた。一度は、すぐそばで見た。水牛の何倍もでかいぞ」

「張光は、なにを見てきた？」

「俺は、森は暗いと思いました。陽が照っていても、頭の上に葉が被(かぶ)さっているので、暗いです」

　船に乗っている間も旅の間も、言葉遣いを教えるように伍覇に言っていたので、喋り方が以前といくらか違う。

　丁寧(ていねい)に喋る必要はないが、考えていることをしっかりと伝えるのは大事だった。

「暗いか」

「山がありました。上から見ると、びっしりと樹があったけど、中は歩けました」

　開墾のための伐採をした時、秦容もそれを感じていた。つまり密生しているのは頭上の枝葉で、人や動物が通り抜けられないほど、幹が近接しているわけではないのだ。そういうところの方が、多い。

「鳥とか、蛙(かえる)とか、色がきれいでした」

「大体、ここもそうだな」

「虎を、何度も見ました。それから、でかい猿を」

「中華の山中とは、やはり動物は違うようだな。丸太ほどの蛇もいたぜ。張光は、こわがっていたが、逃げはしなかった。ま、逃げてひとりきりになるより、俺といた方がよかっただろうからな」

「山地は？」

「山ってほどのもんじゃないが、高低はあるな。崖の間を、河が流れているところもあった」

「張光、つらかったか？」

なにも言わず、張光はうつむいた。

「旅もつらかっただろうが、開墾もつらいぞ。おまえは、ただひとりの子供だ。大人が守れるところは、守ってやる。しかし、おまえに付いているわけにはいかん。自分の身の守り方も、覚えるのだ」

かすかに、張光が頷いた。

「それにしても秦容、ずいぶんと切り拓いたものだな。ちょっと驚いた」

「張光が言ったように、幹が近接しているわけではない。それほど苦労せず、畠の土地は拓けるだろう。しかし、土は痩せていると思う。それに、水だ。切り拓いてからの苦労の方が、多いという気がするよ」

「村には、牛や豚はいた。女たちは、着物に飾りをつけている。しかしな、なにが喜ばれるのか、俺にはわからなかった」

なにを交易品にできるか調べるのも、重要なことだった。この土地にいる人間とは、友好的でいたい。それほど警戒心が強いようではないことは、いい情報だった。

「小型船で溯上して、いろいろな物を見せてみる必要があるな。しかし、やつらが売るものは、あまりないと思う」

「船は？」

「筏だ。竹を組んで棹で操っている。まともな船は見なかったよ」

「船は、通れるのか？」

「小型船だな。それもせいぜい二艘で。十艘で行ったりすると、腰を抜かす。攻撃してくるかもしれん」

「雨の季節が終ったら、小型船で行けるところまで行ってくれ」

「中型船が通れるかどうかは、乾季に河底を調べる必要がある」

報告書は、かなりの量になっていて、それは雨に濡れないように、毛皮で包まれていた。

「よし、張光はもういいぞ。自分の寝床などを、きちんと作れ。隣りの家だ」

家はいまのところ十軒あり、その内の六軒で寝泊りしていた。一軒に四人ずつ入ることになっている。伍覇は、秦容と同じ家である。

先がいくらか見えるようになるまで、この地へ来た二十三人は、家族である。そういうつもりだ、と部下たちには言ってあった。もう六、七軒、家は建てる。

「井戸を、掘ろうと思っている」

「河から水を引くだけでなくか？」

「この高台に、下が岩の地域がある。そこを掘れば、水が出るかもしれん」

「おい、岩なんか掘れないぞ。少しずつ穿つというやつだろう」

「鉄の鑿を突き立ててみたが、それほど硬い岩ではなかった」

土や石によって、水は浄化される。

運んできた大樽ひとつには、石と河岸の砂と炭を入れてあった。下に付けた栓を抜くと、そのまま飲み水になるのだ。ただ、量はかぎられる。

梁山泊軍の営舎でもやっていた。

洪水以後、養生所の文祥が最も心を砕いたのは、飲み水の確保だった、と聞いた。疫病は、飲み水によって発生し、拡がることが多いのだとも、出発する時に文祥に言われた。雨水を溜めるが、樽で濾したものしか飲み水には遣わなかった。

「飲み水か。俺らは、いやというほど河や湖の水を飲むと思うだろうが、最初にやるのは、水を飲まないで潜水する技を、身につけることさ」

伍覇が、虫刺されの痕がいくつもある臑を出して、掻いた。蚊には、気をつけていたはずだ。しかし森の中には、蛭もいれば、ほかの毒虫もいる。

「大体、村はこういう高台のところにあった。この場所は、間違っていなかったと思うぜ、秦容」

「それがわかっただけでも、大きな収穫だ」

「なら、よかったよ。いまのところ、調べたのは河沿いと、西岸の奥を少しだけだ。むこう岸のことは、なにもわからん」

「それでも、よく調べてくれたよ、伍覇」

秦容は、伍覇の報告書にちょっと手をやった。

「張光は、きちんと耐えたのか?」

「少し酷だったかもしれんが、俺が死んでも生き延びろとは、言い続けてきた」

張光を同道させると言ったのは、伍覇だった。十歳という年齢を考えると、迷わざるを得なかったが、最後は秦容が決めた。

自分が誰か忘れるほどの厳しさの中を、一度通り過ぎる必要がある、と思えたのだ。

部下たちは、開墾の作業に、きちんと耐えていた。たとえば、脚に傷を負って、癒えても速く駆けられず、戦場に出なくなった兵とか、みんな秦容軍の苛酷な調練には耐え抜いてきた者たちなのだ。

「しかし、雨季ってのはすごいもんだな、秦容。乾季の暑さと、どちらを選ぶって言われりゃ、俺は雨季だな」

「俺は、両方受け入れる」

「まあ、おまえなら、そう言うだろうさ」

すべてのことが、はじまったばかりだった。

樽ひとつの甘蔗糖を作るのに、どれぐらいの畠が必要なのかも、わからない。食糧をどうやって手に入れるか、まだ手探りの状態だし、病への対処なども、わからないことが多い。

伍覇の報告書によると、外敵への警戒は、それほどしなくてもよさそうだ。やはり、最大の敵は病なのか。

雨の季節に入ってひと月半ほど経ったころ、水軍の兵が二人、船隊が着いたと知らせに来た。

秦容は、放置してあった、海辺の小屋に出かけていった。

張朔ではなく、卜統が指揮の船隊で、大型船一艘を、十艘の中型船が護衛していた。

「秦容殿、結局、また会ったな」

声をかけてきたのは、黄鉞だった。

「呼延凌殿に、退役を言い渡された。董進と一緒だった。董進は、調練の担当で軍に残った。戦に出られないなら、俺は軍はいい。鄧広みたいに、耕地を貰って、ひっそりと暮らす柄でもねえ。で、南へ来たわけさ」

「そういうことか。ちょっと驚いたな。しかし歓迎だよ、黄鉞殿。南の気候は厳しいが」

「どうってことねえ、と甘く考えちゃいない。俺は俺で、覚悟してきたさ。退役したやつらが、十四名。十名は陶宗旺（とうそうおう）の下にいた工兵で、四名は重装備部隊だった。ほかに四名。俺を入れて、十九名だ。呼延凌殿は、古い兵を次々と退役させている」

　呼延凌が、軍を若返らせたいと考えるのは、当然だろうと秦容は思った。董進は五十歳に達したはずだ。秦容の下で、騎馬隊を指揮していたが、やはり実戦になると苦しそうだった。

「他の四名というのは？」

「洞宮山（どうきゅうざん）さ。方臘軍の生き残りを、楊令殿が洞宮山に連れていった。薬草の栽培に打ちこんでいたらしい。俺は詳しくは知らねえが、南で甘蔗の栽培に挑んでみたいそうだ。同じ船で暮らしてみたが、いやなやつらじゃねえ。ただ、畠のことしか知らねえな」

「それは、助かる。栽培について、俺にはなんの知識もない」

「ほかにも、来るぜ。ひとりで勝手に愉（たの）しむな、というのが呼延凌殿からの伝言だ」

　秦容は、苦笑した。相当の人数を、呼延凌は押しつけてくる気かもしれない。

「蘇良（そりょう）が、来るぜ、多分。勝手に弟子をとったんで、文祥と揉（も）めていた。自分の弟子しか、文祥は認めようとしない。腕はいいが、頭が硬いからな、あいつ。呼延凌殿が、気を遣うと思う」

　そういう配慮までしなければならない呼延凌の立場に、束の間、秦容は同情した。軍の総帥というだけでは、済まなくなっているのだろう。

「話はゆっくりするとして、荷を降ろさなければならん。開墾に必要だろうと思えるものを、かなり持ってきたが、それとは別に、なにか欲しいものはあるか？」

「小型船が、二艘」

「大型船に、二艘載っているが、俺がどうにかできることじゃねえ。卜統に訊いてみてくれねえか」

「そうしよう」

大型船が着けられないので、中型船に荷が移されはじめていた。

張朔は北へ行き、昆布の輸送を大掛りにやっているらしい。

ここにはまだ、張朔が欲しがっている甘蔗糖はない、と秦容は思った。

四

軍営の中が、慌しくなっていた。

王貴は、どこかへ行くのを止められているわけではないが、支えられてようやく歩けるというところだから、邪魔になる場所に姿を出すわけにはいかなかった。

腕の副木も、腿の副木も、まだ取れていない。もうそろそろはずしてもいいころだ、と毛定は言ったが、はずせば普通に歩けるというものでもないらしい。

ひどいのは矢疵のひとつで、脇腹のあたりに突き立っていたものだ。切り開いて、慎重に鏃を取り除いたというが、咳をするたびに、しばらくは血を喀き続けた。その血がほとんど出なくなったのは、十四、五日経ってからだ。矢が、肺腑に達していた、と毛定は言った。

軍営が騒々しいのは、兵が全員戻ってきているからだと、養生所に入っている者の口から聞いた。

養生所に並べられた寝台には、十名ほどの怪我人が寝ている。

養生所はそばにもうひとつあり、そちらは病人が入っているのだという。紀了という老医師が、助手をひとり連れて、時々、こちらにも見回りに来る。

王貴にはちょっと眼をくれるだけで、話しかけてきたことはない。

養生所は、風通しのいい場所にあった。

河水と漢水を結ぶ輸送路は、再び使いはじめられていた。范政が二度現われ、かなり詳しくその情況を語っていった。

西域から漢陽までの交易路全体は、韓成が差配していた。護衛の態勢も、以前と変りないらしい。襲ってきたのは、張俊軍の一部だという。その報復も、徹底的になされたようだ。

「骨は、そろそろくっついたと思う。副木をはずしたら、営舎の方に移って貰いますからね。戦がはじまると、ここは怪我人でいっぱいになるから」

崔蘭が、三日に一度、副木の点検に来る。副木を巻いた布を、増し締めに来るのだ。はじめのころと較べると、ずいぶんと脚も腕も細くなっているような気がした。それに、布の中が痒い。

「戦が、はじまるのか？」

梁山泊は、金国と講和していた。

それにより、金軍の南下が可能になったのだと、一度現われた羅辰が言った。

「多分、戦ははじまると思う。父は、漢土が金国に占拠されているのを、許さないと思っているし。いまは、物資が北へ運ばれているわ」

「長い戦になるのかな」

ここで寝ていると、不思議に現実感はなかった。梁山泊の戦ではないからなのか、という気もしたが、梁山泊軍が張俊軍に痛撃を与えたと聞いた時も、遠い出来事のような気がしたのだ。

死ぬはずだったのに、死ななかった。

見えるものが、なにか違ってきているような感じがする。寝ていて考えるのは、生きるということはなにか、ということばかりだった。

「躰を、動かせるのは、いつだろう？」

「副木をはずしたら、すぐよ。はじめは、立っていることもできないかもしれない。少しずつ動かすしかないわね」

「そうなのだろうな」

崔蘭に会うのが、待ち遠しいような気分になっている。そういう自分に気づいたのは、十日ほど前のことだ。だからといって、どうということはない。怪我の話をしたり、薬草のことを訊いたりするだけだ。

毛定がやってきたのは、翌日だった。

いつになく丁寧に診て、毛定は副木をはずした。

「立たせろ」

そばにいる助手に、毛定は言った。二人の助手が、両脇に手を入れて躰を持ちあげた。床に、足をついた。折れた方の脚は、棒のように細くなっていた。もう一方も、情ないほど細い。

「歩かなくていい。自分の脚だけで立ってみろ」

両脇を支えていた手が、放された。なんとか立っていることはできた。歩かなくてもいいと言われても、とても踏み出すことはできなかった。しゃがみこんだ毛定が、棒のような王貴の腿に触れてきた。

「繋がった骨は、時が経てば太くなり、以前より丈夫になるはずだ。しかし、急いではいかん。杖を遣って、養生所の外をゆっくり歩くことからはじめるんじゃ」

「はい」

「筋が強張ってしまっておる。多少つらくても、全身をのばせ。腕の方は、問題はあるまい」

　矢疵や斬り疵は、完全に塞がり、癒えていると、自分でも思うことができた。

「元の躰に戻るかどうかは、もう医者の仕事ではない。おまえ次第だ」

　それだけ言い、毛定は出ていった。

「垢が溜ってすごいね、王貴さん。拭いた方がいいよ」

　崔蘭が言った。それから、器に水を運んできた。

「いい。自分でやるよ」

　王貴は言ったが、崔蘭は立ち去らない。

　仕方なく、王貴は眼の前で拭きはじめた。片手は、思う通りに動かないし、力も入らない。それでも、細い脚からは、これでもかというほど垢が出てきた。ほとんど皮を剝いでいるような気分に、王貴はなった。

「うん、きれいになってきたわ。毎日、億劫がらずに拭くのよ。お水は運んできてあげるから」

「俺は、水が出るところまで歩き、そこで躰を洗ったら、戻ってくる。それを、毎日、くり返すことにする」

「王貴さんは、あたしに面倒をかけたくないのね。どんなふうに、元に戻るのか、あたしは見ていたいのに」

「そういうことじゃ」

「いいの。そのうち、馬にも乗れるようになるわよ」

杖を渡し、崔蘭は出ていった。

「なんだ、おまえ。俺だったら、躰全部を拭いて貰うな。あの崔蘭が、自分から言ってるのに断るなんて、馬鹿なやつだ」

隣りの寝台の男が、そう言って笑った。

「自分でできることは、自分で」

王貴はそう言い、杖をついて立ちあがった。腰を降ろしては立ちあがることを、数度くり返しただけで、息があがってきた。

息を整えてから、王貴は養生所の外に出た。階段を降りるのがひと苦労で、一番下で、腰を降ろしてしばらく休んだ。

立ちあがった。杖に頼れば、なんとか進むことができた。しかし、養生所からいくらか離れたところで、全身が強張り、王貴は横に転がった。折った方の腕は、自然に庇(かば)っていた。

「慌てちゃいけないって、毛定先生に言われたこと、聞いてなかったの」

そばに来たのは、崔蘭だった。上体が、持ちあげられた。

崔蘭の躰と触れ合っている。そう思っただけで、王貴の躰は熱くなった。

立ちあがったのは、杖に頼ってなのか、崔蘭に支えられたからなのか。全身が、上気したままだった。

「おい」

いきなり、大きな影が前に立ち塞がった。顔をあげると、岳飛が睨みつけていた。

「おまえ、なにをやっている」

「父上、邪魔だから、どいてください」

「邪魔だと。その小僧は、なんで自分の脚で歩かないんだ?」

「なにを言ってるんです。王貴さんは、さっき寝台を降りたばかりなのですよ。ひとりで歩こうというのが、無理なのです」

「王貴か。生きているかぎり、男は自分の脚で歩くものだ。でなければ、死ね」

王貴は、崔蘭の手をふり払った。ひとりで歩きはじめる。

「ひどい、父上」

「なにが、ひどい。これから、戦だ。長い戦になり、ここには数えきれないほどの兵が運ばれてくる。中には死ぬやつがいて、脚を切り落とさなければならないやつもいる。

王貴ひとりに、かまけるな」

「怪我人が運ばれてくるのは、もっと先の話ではありませんか」

「崔蘭殿、いいのだ。私には、幸い、脚も手もついている。元に戻ると、毛定先生にも言っていただいた」

王貴は、ひとりで歩きはじめた。さっきより、しっかり歩いている、という気がした。

「おい、王貴」

「はい、岳飛殿」

「河水と漢水を繋ぐ道は、いま使われているのだな？」

「俺が、この眼で見たわけではありませんが」

「おまえ、そこに戻るのだろう？」

「そのつもりです」

「漢陽に、兵糧を集めてくれ。それは、梁興が買い取る。利は薄いかもしれんが」

「そんなことは、構わないのですが」

兵糧が足りなくなることが、岳飛の危惧なのだろうか。

麦や米を、漢陽に集めるのは、難しいことではなかった。西域からの荷は、長江沿いではいくらでも麦や米に換えられる。

「ここは、岳飛殿の領分なのではありませんか？」

「戦は、どこではじまり、どこで終るのかわからんのだ、王貴」

「一応、梁山泊聚義庁の許可を取ります」

「まあ、頼むよ。しかし、ここにいると、おまえが梁山泊の人間であることは、忘れるな。怪我したうちの兵ってとこだ」

「ここで、助けていただいたことは」

「よせよ。梁山泊の近所でうちの兵が死にかかっていたら、やはり助けてくれただろうと思う」

「そうですか」

「闘ったことはあって、これからも闘うことがあるかもしれんが、俺には、梁山泊に対する敵意は、かけらもない」

「梁山泊でも、岳飛殿については、そんな感じですよ」

兵の一団が駈けていた。殺気立っているというより、忙しがっているように見える。

「戦について、細かいことは訊けませんが、兵糧を調達するとなれば、ある程度のことは、知らなければなりません」

「なんでも訊け。というより、戦がどうなるかなど、語れるわけもない。ただ、俺は淮水の北で、闘うつもりだ」

「わかりました」

「それまでに、おまえの脚は、治っているのかな」

大丈夫だと言おうとしたが、岳飛は速足で去っていった。

ようやく、養生所に戻ってきて、寝台に横たわった。全身に、汗をかいている。息も、しばらくは収まらなかった。

眼を閉じる。河水と漢水を繋ぐ輸送路について、考えた。必要があるかないかというより、新しい道を作った。作ったものは、今後は必要になっていくだろう。物資の動きが大きくなるということだから、助かる人間も多くいる。

ただ、あれを作りあげた時の興奮と感動が、王貴の中で曖昧なものになっていた。

意図的に軍が襲おうとしないかぎりは、安全な道でもある。あそこに荷を通すのは、難しいことではなく、誰にでもできることになった。

なんとなく、王貴はそんなことを考えた。そして、崔蘭が来ないか、とも思った。

それから三日後、毛定の助手が来て、縮まった筋をのばす治療をはじめた。痛みがあるが、それが快かった。

五

陳麗華と、供が二人。その三人に、つかず離れず、褚律は旅をした。時々、部下が現われる。現在までの情況は、書簡にして部下に託し、聚義庁に届けた。聚義庁から、命令らしい命令は届かないが、やっていることをやめろとも言われないので、褚律は岳州まで行くことにしたのだ。

途中で、修繕の商いをし、遅れると速足で追いつく、という具合だった。

部下には、賊徒の動向を調べさせている。

江南に賊徒の姿はなく、淮水の北に多いようだ。いろいろな情勢を考えると、淮水の北がどこの支配下でもなく、自然に賊徒が集まる、ということはわかる。金国は、南京応天府から南の支配に関しては、まだ手探りの状態だった。

そして、梁山泊との戦になった。梁山泊軍が、金軍を撃破したところで、講和となった。このあたりのいきさつは、よくわからないが、梁山泊が新しい領土を必要としているのではなく、いまある領土の安全を必要としていることは、褚律にもわかった。

国と国の関係がどうなっているのかとか、全体の情勢がどうなのかとか、そういうことを見る眼を、褚律は養ってこなかった。

体術に打ちこみ、そしてそばにいる人間を守るというのが、すべてだった。師の婁敏中は、はじめ趙仁という覆面をした男を守ることを命じた。自らは、方臘を守っていた。方臘を守ろうとする師の意思に、信仰が混じりこんでいたとは、どうしても思えない。自分にも、宗教について言われたことはなにもなかった。

師は、方臘という人間そのものが、好きだったのかもしれない。それは、趙仁を守っていて、わかったことでもある。好きにならなければ、その人間を真剣に守り通すことなどできないのだ。

好きになることと信仰とは、多分、別のことだ。常にそばにいた趙仁も、信仰とは無縁の人間というふうに、褚律には見えた。

「あら、いつの間にか、先回りしていたの？」

小さな村で金物の修繕をしていると、陳麗華が通りかかって言った。

「すぐに終る。そしてまた、追いつくよ」

陳麗華の供は、老人と言ってもいい二人だった。若い者のように歩くわけにはいかず、陳麗華は老人たちに合わせているようだった。それに苛立った様子がないのは、根にやさしいものを持っているからなのかもしれない。

「もう、うちの村まで十里もないのよ。そしてうちの村に来れば、仕事があるのに」

「ここにも、あるさ。俺は銭のためだけに、仕事をしているんじゃない。まあ、銭を貰わなければ、仕事はしないが、困っている人を助けているという気分も、どこかにあるんだよ」

「そこが、褚律さんのいいところね。うちの村にも、困っている人がいるはずよ」

それだけ言い、陳麗華は老人二人に挟まれて歩いていった。

「おい、どうだ？」

鍋の穴を塞ぎながら、褚律は言った。

「やはり、戦か？」

喋っている相手は、羅辰だった。南の情勢については、羅辰が率いる致死軍が調べている。ここに店を出したのは、羅辰と落ち合う約束があったからだ。それぞれの部下を通して、連絡はかなりの頻度でとっている。

これが北へ行くと、侯真との連絡になるのだ。

「よく見えてるんだな、まったく」

ものかげから、羅辰が姿を現わした。

「伝えることは、なにもない。戦は金軍と南宋軍で、梁山泊軍は関係ない」

「戦になって、梁山泊のなにかは変るのかな。たとえば、聚義庁とか」

「これまでも、変ってきていただろうと思う。そういうかたちで、変ることはあり得る。当たり前の話だが、いまは軍が呼延凌殿、そのほかのことが、宣凱だ」

そんなことは、わかっていた。南を歩き回っても、羅辰には語ることがないのだろう。

「南宋の、地方軍が気になるのだ。少しずつ充実しはじめている、と感じて、かなりの時が経っている」

岳飛軍はともかく、張俊軍が、がらりと変った。王貴の交易隊を襲った辛晃が、罰を受けるどころか、増強を受けていた。それもいま一万五千に達し、張俊は二万を率いて臨安府にいる。南宋軍の中で、どういうことが起きているのか、はっきり読めていない。

張俊は、虎の子の麾下三万のうち、一万を史進に討たれている。

「金軍については、侯真が調べているのだが、なんと三十万という見込みを出してきた」

「三十万なら、会寧府(かいねいふ)の守備軍まで動員しているな」

「北は、耶律越里(やりつえつり)に任せっきりらしい」

「おまえ、侯真との間は、どうなった?」

「同じさ。考え方の違いはあるが、仲は悪くないんだ。長いこと、生死をともにしてきた。いまみたいに、梁山泊に緊張がない時は、北と南に分かれていようというのが、俺たちの出した、まあ知恵のようなものだ」

いまのような情況では、致死軍の働きどころはあまりない。それは、褚律も同じだった。

「さっきの女が、やはり欧元の妹か?」

「そういうことだな」

「殺(や)るのか?」

「意味はないよ、羅辰。俺は、なにか拾えるかもしれんと思って、ついてきただけさ」

「梁山泊が戦をやめたとなると、お互いにできることは限られてしまうよな」

羅辰の言葉が、褚律には愚痴のように聞えた。

侯真と羅辰を較べると、やはり侯真の方が腕が立つ。立合って勝てるという自信が、褚律にはなかった。羅辰なら、倒すことができるだろう。ただ、羅辰には、鉄球という技がある。

致死軍は、必ずしも必要ではなくなっている、と褚律は考えていた。それは、自分と、自分の部下も同じだ。

欧元の身許を調べるということにも、それほど大きな意味はなくなっていた。青蓮寺の李富の意思で、欧元が動いたことは、ほぼ間違いがない。関係している人間が、全員死んでいる以上、楊令暗殺の、絶対の真相など摑みようもないのだ。

それでも、褚律は、まだ動くつもりでいた。暗殺の真相を探れというのは、数少ない命令のひとつだった。

「またな」

それだけ言い、羅辰は姿を消した。

褚律は、鍋の修繕を終え、刃物を二本研いで、路傍に出した店を仕舞った。

二刻もかからずに、三人に追いついた。

「一緒に、村に行けるね、褚律さん」

陳麗華が、嬉しそうに言った。

殺るのか、と言った羅辰の言葉を、褚律は思い出していた。そんなことは、考えたこともなかったのだ。ただ、真相をまだいくらか探れるかもしれない、と思っていただけだった。

村の入口が見えてくると、陳麗華が立ち止まった。

「なんです、あの男たちは？」

入口に、七、八人の男がたむろしている。村の規模は、千人というところだろうか。供の老人が駈けて行き、すぐに二人で駈け戻ってきた。

「賊徒を近づかせないために、雇った人たちでございます、お嬢様」

中年の男が、陳家の執事ということなのか。陳麗華は、男の顔を見て、いくらか険しい表情を作った。

「お嬢様が留守の間に、賊徒に村を荒らされたら、私の立場がございません。それにあの護衛の者たちがいることで、確かに賊徒は近づいてきません」

「賊徒の話など、聞きませんでした。聞かないということは、いないからでしょう」

「それが、五日前に、何人もが見ているのでございます」

「襲ってきたのですか？」

「いえ。しかし、あれは賊徒です。馬に乗った者も、いました」

陳麗華が歩きはじめた。

入口にたむろした男たちは、こちらを見ていた。ひとりが進み出てきて、軽く頭を下げた。

「これは、保正殿でありましたか。私は柴健という旅の者で、見かねて、この村の護衛をやらせていただいている」

「柴健殿ですか。賊徒は、どこにいるのですか？」

「ここの南、三十里ほどの森の中に」

「それは、潭州になるのではありませんか？」

「そうですよ。同じ州内で動き回る賊徒などいませんからね。よそで暴れ、州境を越えて逃げる賊徒が、ほとんどなのです」

「このところ、賊徒は出ていません」

「なにを言っているのです。金軍が数十万で進攻してくる話を、御存知ないのですか。この近辺では、黄陂の岳飛将軍が主力で迎え撃つのでしょうが、各州の軍も大々的に動員されていますよ。人を、州庁へやって調べてみればわかります。戦は江北（長江の北）、もしくは淮北ということになり、岳州などは兵站路でしょう。州軍がいない時、賊徒は蛆虫のように湧いて出て、軍が戻ると消えるのです。今回の戦は、かなり長期にわたるので、賊徒の規模は大きくなっていくだろう、ということは予想できます」

　男は、滔々と喋った。喋っていることも、大筋では間違いではない。しかし、拭いようのない胡散臭さがあった。

執事は、そこを見分けることができなかったのだろう。そして陳麗華も、男の話を半分は信じかけている。

「柴健殿は、どういうお方なのです。お役人とも思えないし」

「私が旅をしているのは、今度の戦には関係がないからです。この間までは、激戦の中にいたのですよ」

「激戦？」

「もっと北で闘われた戦です。梁山泊軍と金軍の戦を、聞き及んでおられるでしょう」

「梁山泊の人、なのですか？」

「理由があって、身許は明かせません」

陳麗華は、梁山泊という言葉に、強い関心があることを、隠そうとしなかった。

「梁山泊について、訊きたいことがあるのです、柴健殿」

「語れません。私は、たまたま時が空いているので、この村の守りをかって出たのですが、任務の途中ではあるのです。私が梁山泊の人間であるかどうかも含めて、なにも語れませんよ」

「そうなのですか」

「護衛が不要だと言われるなら、立ち去りますが、賊徒の動きを見ていると、この村は最も狙(ねら)いやすいところのひとつなのです」

「そうですか。もう少し、お話ししましょう。屋敷へお入りください。褚律さんも」

褚律の方をふりむき、陳麗華は言った。

柴健という男は、大した腕ではない。ほかの者たちもだ。そして、相手にわかるような言い方で、梁山泊を騙(かた)っている。

屋敷は、ごく普通の保正のものという感じだが、村は豊かそうだった。近辺に湖水や川があるので、水の恵みもあるのかもしれない。子供の姿も、少なくなかった。

来客用に使われているらしい部屋に通され、褚律は柴健と並んで腰を降ろした。

旅装を改めて出てきた陳麗華は、かえって男っぽい身なりになっていた。柴健は、ちょっと意外そうな表情をしている。

「柴健殿、詳しい話を伺いたいのですが」

「詳しいと言っても、来ると言って賊徒は現われるわけではありません。ある日気づくと、村の中に入っている。そんなものなのです。われわれが賊徒であっても、不思議はないと言えます」

「州軍が、何カ所かに集結しているというのは、ほんとうなのですね。いま、執事が申しておりました。しかし、賊徒に襲われた村は、まだないようです」

「戦は、はじまっていませんからね。進軍してくる金軍に対して、各地で迎撃態勢を整えはじめたというところでしょう」

「それで柴健殿は、どういうことをお望みなのでしょうか？」

「自警団を作られることです。二百名いればいい。その二百名は、たえず警戒に当たるというわけではなく、十名が見張りをすればいい。あとは、いざという時に、武器を執ることを教えるべきです。それから、隊長を選ぶべきですね。そこまでできあがると、あとは防御を強化すればいい。われわれは必要なくなりますよ」

「隊長は、私自身がやりますわ。ただ、村人に一日二刻ずつ、武器を遣うことを教えたいのです。それは、できれば柴健殿にお願いできませんか。応分のお礼は、差しあげます」

話は進んでいったが、それは柴健が武術に長けているという前提でだった。

もしかすると、陳麗華は柴健が梁山泊の人間であるということに、こだわり続けているのかもしれない。兄のことで、なにかを探りたいという気持が、どこかにあるはずだ。いつ終るかわからない村人の調練というのは、寄宿する柴健の一党にとっては、願ってもないことだろう。

酒が出てくると、柴健の弁舌は冴えた。

褚律は、遠慮しながら飲んだ。

「村で持っている家が、一軒あります。柴健殿とそのお仲間は、そこにお泊りください。

それから」

陳麗華は、褚律の方へ眼をむけた。

「武器になりそうなものを、集めます。それを、きちんと修繕して貰えますか、褚律さん。この村には、鍛冶屋はいないのです」

「そりゃ、俺は仕事があるっていうから、ここへ来た」

話は、それでほぼ決まった。

柴健の一党は村の家に、褚律は屋敷の使用人がいる棟の一室に、寝泊りすることになった。

なんでもない、平和な村の景色に、武術の調練が加わった。

三日、褚律は鉄を打ち続けた。黙々と仕事をしている褚律に、柴健の一党はなんの関心も払おうとはしなかった。むしろ陳麗華が、武器の具合などを試したりしている。

四日目、褚律は柴健に声をかけた。

「女だと？」

柴健の一党は、食事とわずかな酒を得ると、次に求めているのは女だ、という気配を漂わせはじめていた。

「鉄を手に入れるために、隣村へ行ったのですよ。十里ほど先の。わずかな銭で身を売る娘が、五人います。それが、湖のそばの小屋に、明日の夜、来るそうです。俺も、行ってみるつもりなのですが」

「銭か」

「むこうの村の保正とは、話をつけてあります。なにかあった時は、柴健様が守るという条件で、ただです。柴健様とそのお仲間が九人。そこに、俺も入れていただきたいのですが」

柴健の顔が、露骨に緩んだ。

「しかし、この村をひと晩出るのか？」

「そこは俺が、湖の近くに二十名ほどの賊徒らしいのが集まっていると、柴健様に報告したということで。村へ近寄らないように、遠くへ打ち払ってくる、と陳麗華様に耳打ちでもなされればいいんです。適当に、うまくやってください。村が襲われているわけではないんですから。俺は明日、城郭(まち)の方まで、鉄を手に入れるために、荷車を曳(ひ)いていくことにしますので」

「わかった。湖のそばの小屋だな」

「暗くなってからですよ。女たちは、焚火(たきび)をしているので、すぐわかるはずです」

柴健が、にやりと笑った。

翌日の夜、褚律は湖のそばで、火を燃やして待った。

なんの警戒もなく、柴健一党は闇の中を近づいてきた。

月明りがある。

褚律は、ゆっくりと立ちあがった。よう、という男の声が聞えた。

「女は、そこの小屋か？」

柴健が言った。

「女はいない。おまえたちは、馬鹿か。賊徒の影もない地域で、村の護衛とは」

「なんだと？」

「どこへ行っても、同じように生きるのだろうな。無駄だ。ここで死ね」

「騙したのか」

全員が、剣を抜き放った。跳躍した褚律は、ひとりを蹴り倒し、その時は剣を奪っていた。二人、三人と斬り倒し、突く。傷は二つか三つ与え、止めと同時に、水に突き落とした。八人が、水に浮いた。

柴健が、腰を抜かしている。失禁しているようだ。

「ひとつ、訊く。なぜ、梁山泊を騙った？」

「それは」

「答は、待たないぞ」

「一番、恰好がつくから」

「それだけか？」

「俺は、賊徒ではないのだ」

「言い方を変えろ。賊徒にもなれなかった」

「賊徒にも、なれなかった」

「梁山泊を、どこまで知っている?」

「なにも、知らない」

風はなく、湖面は静かに月の光を照り返しているが、水に浮いた屍体(したい)はゆっくりと動いていた。流れのある湖なのだ。この流れは、やがて長江に注ぐ。

「殺すのか?」

「仲間が全員死んだのに、おまえだけが生き残るのか?」

一歩近づくと、柴健はかすれた悲鳴をあげた。

「おまえは、生きる。生きたまま、死ぬ。おまえのもとに、時々人がやってくる。村になにか変化があったら、その男に報告しろ」

「なにを?」

「なんでもいい。とにかく変ったことがあったら、報告するのだ」

「わかった」

「わかっていないな。おまえはいま、助かって逃げられる、と考えただろう」

「そんな。死ねば、報告は」

「生きながら、死ぬ。そう言ったはずだ」

「報告は、必ずする」

褚律は、剣を振るった。着物が、何カ所も破れ、血が噴き出してきた。いずれも、浅い傷だったが、柴健は白眼を剝いていた。

着物を裂いて肩のところを縛り、右の二の腕を斬った。落ちるほどではない。落ちるのは、村へ戻ってからだ。あらかじめ血止めはしてあるので、それほどの出血はない。

二度、活を入れると、息を吹き返した。

「いいか、おまえは、腕が落ちても死なん。脚も片方が不自由になるが、歩けないほどではない。あの村で、捨扶持ぐらいはくれるはずだ。ひどい傷を負い、それが任務によるものではなかったので、梁山泊へ帰ることができん。養って貰え」

脇腹を、褚律は三本の指で突いた。指は半分ほど、柴健の躰に入った。しばらくして、それを抜いた。柴健は、大きく口を開けたままだが、気を失ってはいない。

「いまの技がなにかわかるまいが、三年放っておけば、おまえは腹の中が腐って死ぬ。はらわたに血を通せるのは、俺だけだ。三年の間に、様子を見に村へ行くつもりだが、もし俺が来ない場合は、のたうち回って死んでいけ」

柴健は、口を動かしたが、まだ言葉は出せないようだった。

「さてと、出来あがったぞ。賊徒と闘って、九死に一生を得た男だ」

褚律は、柴健の躰を荷車に乗せた。

「村の居心地は、多分、悪くないと思う」

荷車を曳き、褚律は村へむかった。

村へ着いたころには、明るくなっていた。荷車の荷を見て、野良に出ようとしていた農夫たちが、大騒ぎをはじめた。

「俺は、見ているしかなかった」

褚律は、陳麗華に言った。

「はじめ二十人ぐらいだったのに、さらに二十人ぐらい賊徒が現われた。それを、この人と仲間が、三十人は倒したかな。五人ぐらいが逃げたが、それまで、この人は立っていたんだよ」

「賊徒が」

「このあたりには影もないと思っていたが、いたんだね。多分、この村を狙ったと思う。ほかと較べると、豊かそうだからね」

「襲ってきていたら？」

「面倒なことになったさ。村人が、もしかするとあんたが、人質にとられるというようなことが起きただろう。死人の数は、増えただろうね。申し訳ないが、俺は見ていただけだよ」

「賊徒は、もういないのですね？」

「五人ぐらい、生き残ったが、みんなひどい傷を負っている。なにしろ、この人を倒すことができなかったんだから」

柴健の右腕が落とされ、傷口が赤い炭火で焼かれた。気を失ったので、熱くもなかっただろう。傷の手当てをしたのは執事で、以前は方臘と闘った地方軍で、養生所の仕事をしていたのだ、と言った。

「どうすればいいのかね、この人は。どこかに捨ててしまうかい？」

「そんなことはできません。村にとっては、恩人なのですから」

「申し訳ないが、俺は関係ないよ。行商人は、山中で賊徒に身ぐるみ剝がされたりする。しかし、こんなのは、はじめてだ。俺はもう、ここを出て、よそへ行くよ。しばらくは、月の光の中での殺し合いが、眼をつぶると浮かんでしまうだろうな。この人は、すごい腕だったが、相手の人数が多すぎた」

「でも、生きておられます」

「だから、勝ったのさ」

銀の小粒を二つ、褚律は渡された。頭を下げ、黙って受け取った。

村を出た。

師の褄敏中ならどうしただろう、と歩きながら考えた。

なにも、関ろうとしなかった。そういうことだろう。守るべき相手がいる時は、その相手と周辺だけに眼をむける。そうでない時は、ごく普通の人間でいること。相手と同等の気以上のものは、決して放たないこと。

教えられたそれを、緒律は守り続けてきたつもりだった。それが、呉用の護衛をはずれ、燕青の後任ということにされると、なにひとつ守れなくなった。

死に方も、そうだった。師は、死ぬつもりで武松(ぶしょう)と立合い、死んだ。死ぬつもりであることを見抜いたのは、方臘だけだった。方臘を守るつもりで闘ったのなら、勝敗の行方はわからなかった。

燕青の後任になってからは、人とよく語った。各地に張りめぐらせた眼のような存在だが、部下も持った。

そして、こんなこともするようになった。

青蓮寺と陳麗華には、まだわずかだが繋がりがあるかもしれない。いずれどこかで、青蓮寺の動きと重なるかもしれない。

青蓮寺は、力を弱め、ほとんど存在がなくなっている、と考えられていた。しかしあいうものは、どこかでかたちを変えて、生き残る。燕青も、そう言った。

たったひとりの暗殺者を送り出すのに、村ごと報酬として渡すほど、青蓮寺は遣っている人間たちのことを考えてきたのか。あらゆるものを連環させ、陳家村(ちんかそん)もいずれはなにかに遣われたはずだった。

婁敏中には、なれない。守るべき人間が必ず死ぬと思った時、先に死のうとすることなど、自分にはできない。

陳家村を出てから、褚律は北寄りの道を行った。途中で、長江を渡った。長江を渡ると、岳飛の領分になる。雰囲気が一変した。

不穏というのではないが、のどかなものはなく、厳しい空気だった。物資の輸送隊が、頻繁に北にむかっている。

金軍を正面から受けるのは、岳飛なのか。東の張俊は、王貴の交易隊を襲い、史進の報復攻撃で、中枢の一万を失った。しかし、実際に王貴を襲った辛晃の軍は、一万五千まで増強されている。

両軍の真中あたりが、戦況を見るのに一番いい場所か、と褚律は思った。

御竜の風

一

造船所の警備が、にわかに厳しくなった。

韓世忠麾下の水軍の兵が、一万入ってきたのだという。その兵は、水際に中型船を並べ、誰も上陸させない、という構えをとっている。造船所の中には、かなり大きな川が流れ、長江に注いでいるが、そこにも点々と中型船が繋がれ、兵が幕舎を張っていた。

無為軍（郡）は、岳飛と張俊の領分の間にある。そこに、韓世忠水軍が入ってきた、というように見えた。

王清の日々は、変らない。

昼間は、船板のための板を丸太から切り出し、夕刻、笛を吹く。梁紅玉のために、笛を吹く。それ以外のことは、なにも考えなかった。

本営となる営舎に韓世忠はおらず、梁紅玉や葉春や陳武という、造船方に属する人間がいるだけだ。

軍と造船というのが、しっかりと分けられたという感じがする。

韓世忠は時々、本営に現われることがあるが、軍の方へは、陳武でさえ許可を取らなければ行けない。

「おまえ、戦のことはわかるか?」

笛を吹き終った時、葉春がそばにいることに気づいた。酒瓶を抱えた手に、椀もひとつ持っている。

葉春は、王清のそばに腰を降ろした。

「金国が相手の戦であろう。韓世忠は、手柄を立てたければ、船から馬に乗り換えればよい」

「そんな。手柄など、考えておられるわけではなく、船を守りたいのだと思います。というより、守りたいのは、この造船所かな」

「金軍の騎馬隊が、ここへ攻めてくるのかのう」

「わかりません」

「金国に、水軍などないのだ。造船所を攻めるより、城郭であろうとわしは思うが」

葉春は、しばしば言葉をもつれさせる。そうでない時も、語尾は聞きとりにくい。王清がはっきり聞きとれるようになったのは、最近のことだ。

「梁紅玉が、苛立っておる。造船所と軍が、厳しく分けられてしまったからのう」

「水軍が、金軍の脅威になることは、俺はあると思いますよ。船で海を北上して、手薄な金国領のどこかに、軍を上陸させることもできるのですから」

「なるほど。そんな作戦も、考えられるのか。それで、韓世忠は神経を尖らせておるのか」

「韓世忠殿の心の中まで、俺にはわかりませんが」

葉春が椀を差し出してきたので、王清は酒瓶を持って注いだ。椀は、差し出されたままだった。

「おまえに、飲めと言っているのだ」

「そうだったのですか」

王清は椀を受け取り、ひと息で飲んだ。

「根気があるのう、おまえは。梁紅玉は、笛など聴いておらぬ時もあるぞ」

「思いは、籠めています。それは、いつか伝わります。俺は自分の思いを言葉で表わすより、笛で表わそうと思っているのです」

「だから、根気があると言っておる。わしが、あれにきちんと訊いてやろうか」

「梁紅玉殿との間に、どんなものも入れたくないのです。心に届かない笛の音なら、俺の技が未熟ということでしょう」

酒を注げ、と葉春が顎を動かすことで伝えてきた。注いだ酒は、やはり自分では飲まず、王清に飲めと言った。

酒を、好きだと思ったことはない。嫌いでもない。あってもなくてもいいもので、自分から購おうとしたことはなかった。

「おまえは、なにか大らかな愛情の中で育ったのであろうな。自分に、率直になれる。これは、めずらしいことだ」

「葉春殿、俺はまだ、自分がどう生きればいいのかさえ、わからないのです。だから、笛しかないのですよ。もっと、言葉を出せる自分であればいいのですが」

葉春が顎をしゃくったので、王清はもう一杯飲んだ。

「わしは、あれについては、いつも困っておってな。かわいいが、自慢できるものは、なにもない。まだ子供だとも言えるが、いつまで子供なのだ、とも思う」

「満ち足りた暮らしを感じます、俺は」

「幼いころに、父親を失った。妹は病弱で、一応わしが父親のようなものだった。父親は財を残したので、それがかえってよくなかったのかもしれん」

「俺にはよくわかりませんが、貧しさが人の心を豊かにすることはない、という気もします。銭があるかないか、俺はあまり気にしないのですが、それは俺の欠けたところかもしれないのです」

「おまえは、笛を吹くだけでなく、作ることもするそうだな。見事な笛だ。作れば、いくらでも売れるであろう」

「かもしれません。しかし、売ることにあまり関心はなくなりました。作ることも、いまはやめています」

「なぜなんじゃ？」

「作ることの先に、自分が求めているものがある、と思えなくなっているのです。俺には、違う人生がある。そんな気もしています」

「しかし、笛しか吹けぬ」

「まったくです。人の心のほんとうのありようが、よくわかっていないのだと思います」

「わかっておるよ、おまえは。わかりながら、しかし笛でしか語れぬ。わしの姪は、そういう笛の音の、喜びや哀しみさえわからぬのだ。おまえにひとつだけ言っておくが、笛ですべてが伝わるとは思うな。おまえが、どれほどの技を持っていようとだ」

「いつかは伝わる、と信じます」

「わしが、あれの父親でなければならぬのだろうが、そばにいるようになったのは、こういう躰になってからだ。大事なことを、教えてやることはできなかった」

営舎から、陳武が出てきた。こちらに眼をくれ、無表情に近づいてくる。王清を挟むようにして、陳武も腰を降ろした。

造船は、十艘が並行して進んでいる。もうしばらくで、四十艘ほどが次々に完成するのだ。韓世忠が神経を尖らせているのも、新型の中型船が完成目前に達しているからで、陳武も同じ緊張の中にいるのだろう、と王清は思っていた。

「おまえの作った板は、削る必要がない。すべてが、均等にできている。二十年、板を作り続けた職人の技を見るようだ」

陳武が、椀をとり、酒を注いで飲んだ。

板を切り出す時は、板のことしか考えていなかった。これまで、一度も心を乱してはいない。心が乱れた時、板も歪むのだ、と思っていた。

それは、梁紅玉に対する思いとは、まったく別のところにある。

「笛を作る時の、心のありようが役立っているのだろうな」

「ただ板を作っているだけです、陳武殿」

「殿はいらん。呼び捨てにしろ。俺は、そんな言葉遣いは、好かん」

「わかった」

「いつもとは違う笛の音を、聴いたことがある。あれは、なんだ？」

「鉄笛だ。鉄で作られた笛。作ったのは俺ではないが、さまざまな人の心が籠っていて、いま俺が持つめぐり合わせになっている」

「それだろう？」

王清が帯に差した鉄笛を指さし、陳武が言った。

「聴けるか、王清。ごく普通にだ。竹の笛の音には、俺にとってはいらない思いが乗っている」

陳武がなにを言っているかは、わかった。陳武のために、吹いているのではない。

「これは、誰のために吹くわけでもない。心が澄んだ時、俺のために吹いているのだろうと思う」

「そうか、じゃ、待つしかないのか」

陳武が、また椀に酒を注いだ。

「陳武。俺の気持はいま、澄んでいるような気がする。鉄笛を吹きたいし、鉄笛も吹かれたいと言っている」

陳武はなにも言わず、ちびちびと酒を飲んでいた。

王清は鉄笛を袋から出した。

自然に、音が出てきた。感情と呼ばれるものは、多分、なにもない。いま、自分がいる。鉄笛がある。そして音が揺れ動く。抑えていたものが、次第に滲（にじ）み出してくる。

それだけのことだった。

吹き終え、鉄笛を袋に収って、腰に差した。自分の心の揺れ、抑えているものは、すべてこの鉄笛が吐き出させてくれているのかもしれない。束の間、王清はそういうことを考えた。

陳武の手が、軽く王清の肩を叩いた。それから陳武は腰をあげ、ふりむかずに闇の中に消えていった。

方々に篝があり、警備の兵も立っている。

闇を選ぶようにして、陳武は去っていった、と王清は感じた。肩に、かすかに手の感触が残っている。

異変が起きたのは、それから四日後だった。

建造中の船が四艘、火をあげ、十数人の男たちが狩り出された。男たちは長江の方へ逃げることができず、資材が置かれた場所に駈けこんできた。そこは、王清の仕事場でもある。

数十名の兵が男たちを追い回し、資材置場全体を取り囲むように、兵が並んだ。

不意に、白馬を先頭にした一団が、躍りこんできた。白馬の上で、剣を抜き放っている梁紅玉の姿が見えた。

四人の男。王清の方へ駈けてくる。それを、梁紅玉が追ってきた。男のひとりが跳躍し、梁紅玉を馬から蹴落とした。見事な動きで、男は白馬に跨っていた。

王清は、跳躍して、積みあげられた木材の上に立った。起きあがった梁紅玉が、落ちた剣を拾い、白馬にむかった。馬の蹄にかけられる。そう見た時、王清は木材の上から跳んだ。馬上の男と絡み、地に落ち、むき合った。

気がぶつかり合う暇もなく、躰と躰が交錯した。投げ飛ばされながら、王清は男の襟を摑んだ。地に足が着いた時、男の躰を巻きこんだ。

「殺すな、捕えろ」

韓世忠の声だった。急所に打ちこもうとした拳を、ほんのわずかだけ、王清はずらした。男は気を絶って、全身を痙攣させた。

ほかの三人は、斬り倒されているようだ。

「よし、縄を打て」

「なぜ」

梁紅玉が叫ぶのが聞えた。

「なぜ、邪魔をした。その男は、私の獲物だったのです。それを横奪りして」

自分が言われていることだ、と王清は気づいた。梁紅玉の方に眼をやると、咎めるような視線が突き刺さってきた。

「梁紅玉」

「韓世忠殿。この男は、私が」

「邪魔だ、消えろ」

「なんと言われました。私が、邪魔ですと？」

「王清が倒さなかったら、おまえはその男に殺されていたぞ。礼でも言うのだな」

「納得できません」

「じゃ、やってみろ。ほれ、剣を構えろ。縄を打つのはあとにして、その男の息を吹き返させるぞ」

　韓世忠が、歩み寄ってきて、棒で男の腹を突いた。それが活になり、男は跳ね起きた。梁紅玉が、斬りかかる。剣を潜るようにして、男は梁紅玉の首筋に肘を入れた。すべて、とっさの動きだろう。頽れた梁紅玉への、次の蹴りが危険だった。王清が前へ出ようとした時、韓世忠が男の脇を駈け抜けていた。棒が、男の脇腹を打つのが、王清にははっきり見えた。

「縄を打て。それから、梁紅玉には、水でもぶっかけてやれ」

　水をかけられた梁紅玉が、跳ね起き、剣を拾いあげると、構えた。

「おまえは、殺されたぞ。王清がその男の気を一度絶っていたので、ぶざまに倒れるだけで済んだのだ」

「私は」

「具足などを着けた梁紅玉は、ここで二度、死んだ。もっと女らしい恰好をしていろ。

そして、騒動に首を突っこんでくるな。いつでも助けてやれるとはかぎらんからな」

それだけ言うと、韓世忠はもう梁紅玉の方を見ようとしなかった。

「よく、あの一撃をずらしてくれた、王清。なかなかできることではない」

韓世忠が、王清を見てにやりと笑った。

「もうひとり、生きたまま捕えました」

兵が、報告に来た。あとは、死んだのだろう。男が、また息を吹き返した。動こうとしたが、縛りあげられている自分に気づいて、うつむいた。

「船が、四艘燃えた。捕えたやつがいるらしいが、俺に殺させてくれませんか」

陳武が、駈けてきてそう言った。

「気持はわかる、陳武。止めは刺させてやってもいいが、訊き出さなければならんことがある。できるなら、忘れろ。忘れられないなら、五日後に止めだ」

「わかりました」

陳武は、王清に一度眼をくれ、船の方へ踵を返していった。

「待ってください。その男を罰しないのですか？」

梁紅玉が声をあげた。

「殺す。ただ、生き延びて捕えられたことを、後悔しながら、死ぬことになる」

拷問の果ての死だが、梁紅玉にはその意味がよくわからないようだった。

　韓世忠が男を連行して去っていくと、梁紅玉は白馬に乗った。梁紅玉を蹄にかけようとした白馬だが、そんなことは気にならないらしい。

「私の失敗を繕（つくろ）って貰（もら）ったようだけど、やっぱり余計な真似（まね）だったと思います、王清殿。私は、闘いで死ぬのをいとう気持はないのです。だから、礼を申しあげることもありません」

　馬上から見降ろして、梁紅玉はそう言った。その姿が、王清にとっては、この世のものとも思えない、無上に美しい女に思えた。

　駈け去っていく梁紅玉を、王清はしばらく見送っていた。

　いつもと同じように、夕刻になると、王清は思いを籠めて、営舎の前で笛を吹いた。

　王清の心に、乱れはなにもなかった。

　昨夜より、篝が増やされていた。警戒は厳重になったのだ。造船所の方にいる、兵の姿も増えた。

　本営に、陳武は来ていない。というよりほかの営舎にも人は少なく、造船所の警戒についている者が多いようだ。

　本営にいるのは、梁紅玉と葉春だけだった。なにか話でもしているのか、その気配は感じられる。

　笛を吹き終えると、王清は自分の営舎に戻らず、資材置場の方へ行った。そこにも、昼間より人はいた。ただ、仕事をしているのではなく、なんとなくいるだけだ。

王清は、積みあげた材木の上に登り、仰むけに寝そべった。星が、いくつか見えた。まだ、月は出ていない。空には、かすかな明るさが残っているようだ。

しばらくすると、星の数が増えてきた。

王清は、星が流れるのを見つけようとした。子午山の空でも、よく星が流れた。それを見るたびに、なにか不思議な思いに襲われたものだった。次にはあの星が流れる、とじっと見続けていたこともあるが、そういう時は決して流れたりはしない。

「おまえの腕、相当なものらしいな、王清」

陳武が、材木を登ってきて言った。

「体術は、身を守るために覚えたつもりだった。剣も、そこそこには稽古を積んだ」

「そこらの腕自慢の兵より、一段も二段も高いところにいる、と韓世忠殿は言ったぞ」

「あまり人と較べる機会はなかった。教えてくれた方が、すぐれていたというほかはないな」

「その人は？」

「亡くなられた」

陳武が、王清と並んで寝そべった。

「俺はよ、船を造ることしか知らない。だけど、幼い時から、まわりの大人は見てきたような気がする。女に惚れたと言っても、裸に剝いて抱きたがる、というのばかりだった。心を開き、その心だけでもいい、と本気で思っているやつなんか、ひとりも見たことはないいな」

「男と女は心だ、というのを近くで見てきた。それが貴重なのだと」

「おまえは、滅多に見られないものを、見たのさ。それはある意味、幸福なんだろうと思う。おまえ、女は知っているんだろう？」

「妓楼で、銭を払って、女体というものは体験している。それは、心ではない」

「なんと言っていいか、わからねえ、俺には」

陳武の声が、いくらか大きくなった。

「やめろ、王清」

王清は、首だけ動かして陳武の方を見た。

「おまえは、無駄なことをしている、と思う。これ以上なにも進みはしねえところに、おまえはいるんだ」

「進めるか進めないか、見きわめるのは、俺だよ。人に言われたくない」

梁紅玉のことを言われているのは、当然わかっていた。梁紅玉について、正面からはっきり言われるのは、はじめてだという気がする。

陳武は、空を見あげたままだった。

「だいぶ前の話だが、俺は女の奪い合いをしたことがある。歳上の女で、俺に惚れてくれていた。長い間、留守をしていた亭主が帰ってきた。叩き出してくれと言われる、と思ったが、女は亭主に、お帰りと言ったんだ。亭主は、俺を見、それから女を張り倒した。そして、庖丁で俺に斬りかかってきた。腕で受け、庖丁を奪って刺した。浅かったが、男は転げ回り、悲鳴をあげた。そして女は、亭主を傷つけた俺を、すごい眼で睨み、罵ったんだよ」

「よせよ、陳武」

「そうだな。人に話すことじゃない。しかし、俺はそれで醒めた。醒めてふり返ると、大したことじゃなくなっていた」

「俺は、笛を吹き続けるよ」

「勝手にしろ。一度、言っておきたかっただけだ」

梁紅玉に、なにか言われたわけではない。自分の笛と梁紅玉の間に、まだなにもないのだ。

「つまらん話だったか?」

「いや。しかし俺は、やろうと思ったことをやり続けるよ」

星が、ひとつ流れた。

はっきり見えたが、陳武は気づかなかったようだった。

二

総勢が、四十名を超えた。

退役する者で、南を志願する兵も少なくないらしい。

秦容（しんよう）は、家のある台地をさらに切り拓（ひら）き、長屋ふうの棟を五つ作った。小さな部屋だが間仕切りをし、ひとりひとつずつ部屋を持てるようにした。台地は広く、木材はいくらでもあるので、大きな集落のように拡（ひろ）げることもできる。畠（はたけ）ではないから、切り株を掘り起こす作業も必要ではないのだ。

海沿いの小屋にも、二人が交替で常駐し、魚などをあげてくる。海沿いと言っても、海と河の境目のところで、網をかけておくと、魚はいくらでも獲（と）れた。

魚は腹を開いて内臓を捨て、塩をして陽（ひ）に当てる。それで、かなりの日数、腐らずに保（も）つのだ。それが、海沿いの小屋にいる者の仕事のひとつだった。ひとりひとりが、命を繋ぐ方法を、身につけるべきだった。

森には、ところどころに、極端に高い木があった。それ以外は枝を拡げた同じ高さの木で、枝と葉が、地表を覆う笠（かさ）のようになっていた。そして、果実をつける木が、いくつもある。その場所も、秦容は書きとめていた。

畠の開墾（かいこん）は、さらに拡げた。少なくとも、大型船一艘分の、甘蔗糖（かんしょとう）を作る畠が必要なのである。

洞宮山（どうきゅうざん）から来た四人は、野にある甘蔗を採ってきては、さまざまな試みをはじめていた。工兵隊にいた者は、畠の水捌（みずは）けと水引きの方法を、泥にまみれて試していた。

午後になると、必ず三刻（一時間半）から四刻、豪雨が降った。その中でも、作業は続けた。

水捌けの調べ方など、水が流れている時が一番いいらしい。

「上流に岩山がいくつかある。それを調べてみたいんだが」

必要なもののひとつに、塩があった。海辺で塩田を作れるが、必要な塩を手に入れるためには、相当なものが必要だった。

岩山へ行きたいという伍覇（ごは）は、岩塩の匂（にお）いを嗅（か）ぎつけているのだろう。見つかるかどうかより、捜してみるべきだった。

「村の人間は、塩を土から採るんだよ。容器に土を入れ、水も入れる。上澄みを陽に干して、わずかな塩を得る。つまり、塩の混じった土が、ところどころにあるということだろう」

そのことは、秦容も考えていた。岩塩の鉱脈を見つけることができれば、相当、楽になる。いまのところ、運んできた塩があるだけなのだ。

「若いやつを、三人連れていけ」

　小型船は、二艘あった。必要だろうという配慮で、旧型のものが運ばれてきたのだ。小型船は四挺櫓で、十名が乗れる。つまり、かなりの荷も積めるということだ。

「行ってくる。必ず、見つけ出す。湧水を舐めてりゃ、そのうち塩の味がすると思う」

「張光は、はずせよ」

「わかってる。岩山だ。子供の出番じゃねえ。縄は、積んでいくぜ」

　伍覇は、三名を指名して、出発していった。

　豪雨が終ると、掘り起こして集めた、木の根を燃やす。翌日の豪雨で流れてしまう灰を、洞宮山の四人は、大きな穴を掘って集めはじめた。刈り取った草なども、そこに放りこまれる。

　糞尿を溜めた穴は、埋めることをせず、いくつかの穴に分けて蓄え、毎日掻き回していた。一度、雨の時にその穴が溢れ、下にいた者が、とんでもない目に遭った。

　怒った者が穴を埋めてしまったので、いまでは木の葉を竹で編んだ網に組みこみ、それで蓋をしていた。周囲に深く溝を掘ったので、水が流れこむことはない。

　四人は、なにか大切なものでも扱うように、糞尿を扱っていた。

　それから、巨大な穴を掘って、森の枯葉も蓄えはじめた。雨があがると、その穴からはいつまでも湯気があがっていた。

やっていることが気味が悪い、と言う者もいたが、肥料を作る方法としては、すべて正しいのだろう、と秦容は思った。

「甘蔗が、群生しているわけでないのは、養分を必要としているからです。畠は水平に均し、畝を作らなければなりません」

四人が喋ることはあまりなかったが、ひとりがそう言ってきた。もともと方臘の残党で、楊令が洞宮山に連れていって、畠を作ることをはじめさせたのだ。

「畠を水平に均すなどということは、俺たちにはできん。工兵隊にいた者に、相談してみるよ」

「それから、高台にも畠を作りたいのです。そこでは、ここで食べる野菜を栽培します」

「それはいいな。いまは果物ばかりだ。しかし、人は割けないのだ」

「夜に、われわれがやりますが」

「しかしな」

「夜が、ちょっと長すぎるのです。ほんの四刻ぐらいの作業になります」

「わかった。手伝える時は、俺も手伝おう」

四人とも、もう髪が白くなりかかっていた。特に鍛えあげた躰をしている、というわけでもない。いわば、普通の農夫にしか見えないのだ。

「やつら、蚯蚓を大量に集めてきているぜ。知ってたか?」

黄鉞が、本営と呼ばれるようになった、秦容の家へ来て言った。

「まさか、あれを食うんじゃあるまいな」

「ほかの連中と、とけこまないのか？」

「微妙だな。話はする。しかし誰も、蚯蚓のことは、気味悪がって訊けねえんだよ」

「あんたもか、黄鉞殿？」

「俺もだよ。方臘の戦を、どうしても思い出しちまう。韓成と宋万が率いていたが、そりゃ不気味なもんだった」

「糞尿が流れてきた時は、怒り狂って穴を埋めたではないか」

「それはな。頭がかっとすりゃ、それぐらいはやる。だけど、かっとしたのは、あの時だけだ。あいつら、糞尿を大事にするのに、穴を埋めても怒らなかった。それが、また方臘軍を思い出させてよ」

「いい。俺が話しに行ってみる。あの人たちが熱心にやっているのは、多分、甘蔗の栽培には必要なことだろうし、これから力を発揮して貰わなければならないしな」

「頼むよ」

　全員で作業をしなければならないことが、しばしばある。四人を孤立させるのはいいことではない、と秦容も感じはじめていた。

　黄鉞が、椰子の実に穴を穿ち、中の液を飲みはじめた。椰子は、屋根だけある小屋に何百と集めてあり、水代りにそれを飲む者も多い。

「うまいうまくないではなく、これは水より躰にいいのではないかな。俺は、はじめてこれを飲んだ時、暑くて参っていた躰が、力を取り戻したような気分になった」

「みんな、そう言う。一日にひとつぐらい、飲んだ方がいいのかもしれないな」

飲み終えると、実を二つに割る。内側に白い層があって、それは試してみると食えた。

「いろんなものが、森で採れる。罠を仕掛けりゃ、猪だって獲れる。つまり、豊かなんだよ、ここは」

「だから、あまり働かないそうだ。伍覇が見てきた村がそうだったし、途中の阮一族だって、まとまってはいるが、ものぐさな連中が多いらしい。阮黎は、それが歯痒いと言っていたが、やつはめずらしい人間だな」

「ここにいるのは、全員が働き者だ。軍の調練と較べたら、楽なものなんだからな。時が経つと、やつらも、そして俺たちも、自然にものぐさになっちまうのかな」

「わからんな、それは。少なくとも黄鉞殿と俺は、軍の調練の厳しさは忘れないようにしよう」

「俺は、忘れんよ、秦容殿」

黄鉞が笑い、椰子の実を持ちあげ、口をつけた。

秦容が四人のところへ出かけていったのは、翌日の夕刻だった。開墾の作業は終り、夕食の時まで、いくらか間があるのだ。

床の下に、小さな影がしゃがみこんでいた。張光だった。

ふりむいた張光が、駈け去っていく。

張光が覗いていたのは、樽の中に入った蚯蚓だった。二つあり、確かにとんでもない量だった。

秦容は家の中に声をかけ、階段を昇っていった。竹の床に、四つの寝床が作ってある。個室になる長屋を辞退し、四名で一軒の家に暮らすことを選んだのだ。

「まず、畠を水平に均す方法だが、ある時に水を堰き止めるのだそうだ。土塁を作ってもいいし、石積みでもいい。とにかく、畠に水を溜める。そして、水の底の土を均す。それで、水平な畠ができあがる。開墾地は高低があり、石積みで区分して、二つにするのだそうだ」

「なるほど」

言ったのは徐高という男で、秦容になにか伝えるのもこの男だった。

「畠はそれでいいとして、俺はちょっとばかり、あんた達と話したくてきた」

四人が、緊張した表情をした。秦容は、竹の床に胡座をかいた。四人も、それぞれ座った。

「どうだ、ここには馴れてきたか？」

「馴れてきました。雨季の雨が想像したものと違っていましたが」

「俺も、一日中、しとしとと雨が降り続けるのだ、と思っていたよ。いっそ気持のいい雨だ、と思うようになったが」

「俺たちも、同じです」

「ほかの連中と、うちとけたか？」

「多分。あまり話はしませんが」

「糞尿が流れてしまって、穴を埋められただろう」

「あれは、謝る機会を失ってしまいました。まともに食らった人は、当然怒るだろうし、穴を埋められた時も、謝ろうとしたのですが、機を逸してしまいました」

「まあ、新しい穴は流れないようにしたし、そういう説明というか挨拶(あいさつ)というか、すればよかったと思う」

「なんとなくですが、俺たちはこちらから近づいていくのに、馴れていないんです。洞宮山では、薬草を作っているのは俺たちだけだったし、畠の工夫などもしてきたので、いろいろ教えることができたのですが」

「なぜ、ここへ来た。志願したんだろう？」

「もっと、人間に戻りたかったんです。戻れるような気もしているんです」

徐高以外の三人は、うつむいていた。薬草園で、生涯を終えることもできたはずだ。

この四人は、新しいものを求めた。人間に戻るという言葉はともかく、もっと生きようという意欲は持っているのだ。

　周囲の方から、近づくべきなのかもしれない。話しかければ、こうやって答が返ってくる。それでも、四人だけで集まりすぎてはいないか。

「なにか新しいことをやる時、誰かに訊かれたら、説明してやった方がいいと思う。たとえば、この家の床下には、奇妙なものが置いてあるし」

「蚯蚓については、説明しました」

「誰に？」

「張光にです。蚯蚓を集めるところから、ずいぶん関心を示してきたので」

「そうか」

「気味が悪いと思われるでしょうが、蚯蚓は土の中で、土を食って生きます。そして糞をします。それが土をやわらかく、豊かにするのです。土を食うというのは、変な言い方かもしれませんが、土の中になにかいて、それを食い土の糞を出す、ということではないかと考えています。薬草園を作っていて、気づいたことです」

「なるほど。土を豊かにするのか」

「ここの土地は、必ずしも肥えてはいません。肥料は、いくらでも必要なのです」

　人がやることには、きちんとした理由がある。話してみれば、わかることだった。

「どうやら、俺が心配する必要など、なさそうだな。これからも、誰かがなにかを訊いてきたら、説明してやってくれ」

「できることなら、俺に訊いて貰いたいです。この三人は、ここで喋っていることの半分も、外では喋れないんです」

「わかった。だが三人に言っておく。自分のことは、徐高を通さず、直接、俺に言う努力をしてみてくれ。俺は、たどたどしくても、直接聞きたいし、時がかかろうと、聞くつもりもある」

　三人は、うなだれたままだった。

「開墾が終ると、次には畠ということになる。その時は、全員でかかる。細かいことを訊いてくる者もいるだろう」

「畠のことについてなら、答えられるようにしておきます。ほかのことを訊かれるのがいやだ、という気持は、四人ともあります」

「よくわかったよ。俺は、蚯蚓のことを聞いてよかった、と思っている。それにしても、蚯蚓がなあ」

「張光は、いろいろなことに関心を示し、この三人が教えているのですよ。いまは、苗床（なえどこ）に関心があるようです」

「苗床」

「秦容殿は、どういうふうにして、甘蔗を植えるつもりでした？」

「まず、開墾すること。それが第一に頭にあったので、甘蔗の植え方はよく知らん。いずれ、種などを集めねば、とは思っていたが」

三人のうちのひとりが、うつむいた頭をさらに低くした。よく見ると、笑っているようだった。

「甘蔗は、茎の節（ふし）のところから、芽を出すのです。一本で、七、八個かな、とれるのは」

「おい、それじゃ、畠を全部甘蔗にするには、どれだけ要（い）る？」

「厖大（ぼうだい）なものが、必要になります。あらかじめ、芽を出させ、根も少し出させたものを植えるのが、いい方法だろうと、四人で話し合って、苗床を作りはじめました」

「そうなのか。種を蒔（ま）くように、簡単なことではないのか」

「苗床さえ作っておけば、種を蒔くより簡単かもしれません」

「いま、あるのか？」

「家の裏に」

「見せてくれ」

夕餉（ゆうげ）を告げる鉦（かね）が鳴っていた。四人はいつも、隅でひっそりと食っていた。

「めしの前に、見たい。それから、めしを食いながら、説明してくれ。誰も、種を蒔く以外のことは考えていないし、種はどこからか手に入るだろう、とも思っている」

秦容は、四人と家の裏へ行った。

石の台に置いてあるのは、木を刳り貫いて、いくつもの穴が作ってあるものだった。それが五本あり、中には甘蔗のかけらが放りこんであった。穴には、水が溜っている。

「これは、きのう入れたもの。順に、六日前、九日前、十二日前、十五日前ということになります。それから前のものは」

徐高が、後ろの土を指さした。

「根が少しのびると、植えています。ひと月前のものは、葉がかなり出てきました」

「これが、ほんとに甘蔗なのか？」

「順番に、育ち方を見ることができます。節のところから、芽が出るのですよ。まだ、切ったものはかなりあって、試みを続けようと思います」

「甘蔗の生育に必要なものは、肥料か？」

「いま、肥料の試みもやっていますが、絶対に必要なのは、水と陽光です」

戦ばかりしてきた。子午山では、小さな畠を作っていたが、野菜の種は農家で貰った。耕作のことは、ほとんど知らないと言っていいだろう。

こんな試みをしてみる気など、およそ起きなかった。畠は土、としか考えなかったのだ。こういうやり方に気づくまでに、何年もかかったかもしれない。

「俺は、とんだ間抜けだな」

「秦容殿、そんな」

「いや、間抜けさ。食いものは、なんとなく手に入る。飢える心配がないと、気持はどこか緩むのだな。森が相手だなどと思っていたが、とんでもない見当違いだった」

「土地は、必要です。できるだけいい土を、われわれは作ります」

「なんてやつらだ、おまえら。もっと話を聞かせてくれ。めしを食いながら、聞きたい」

「張光は、毎日、これを見に来ています。この三人も、張光の質問には、よく答えます。われわれは、洞宮山の薬草園で、さまざまなことを学びました」

食堂になっている、屋根だけある小屋へ行った。

秦容が四人と連れ立って入ってきたので、みんな窺うような視線を投げてきた。

「二十名の隊を編制する。集められるだけの、甘蔗を集める。いいか、百本や二百本ではないぞ。二千本。ひとりが、百本ずつ集めるのだ。それが終ったら、次の隊を出す」

「甘蔗は、畠で育てるんじゃないんですか？」

誰かが言った。

秦容は、聞いたばかりの甘蔗の植え方を説明した。方々から、声があがる。

「張光、おまえはよく知っているよな」

視線が、張光に集まった。

「みんなに、詳しく教えてやれ。蚯蚓がなんの役に立つかもだ。いいか、みんな。この四人は、洞宮山で薬草を作り続けてきた。戦ばかりしていた、俺たちとは違う。この四人に学ぶことは、山ほどある」

黄鉞が、感心したように首を振っていた。

「いいか、雨季の間に、甘蔗を植えるぞ。開墾地は、水を張って平らに均す。水捌けの溝も、張りめぐらせる。それを乾季には、水を引く溝にするが、それはこれから考えよう。とにかく、やれることをやる。甘蔗の生育を見たければ、こいつらの家の裏に行け。いいな、徐高？」

「いいですよ。ただ、ほかのやつらは人見知りなんで、質問は俺にして欲しいです」

人見知りという言葉で、いくつか笑い声があがった。悪意のあるものではなさそうだ。

「張光は、この四人に付ける。いいか、張光、おまえはまだ小さいが、学べる頭は持っている。この四人に、いろいろなことを教えて貰え。これは、重要な仕事だ」

「はい」

みんなが驚くほど、大きな返事だった。

干魚（ひざかな）と米の飯が出され、それぞれ口を動かしはじめた。

「黄鉞だ。俺も人見知りでな。一緒の船で来たってのに、ろくな話はしなかった。これから、いろいろ教えて貰うぜ。俺が教えられることなんて、ほとんどないだろうが」

「黄鉞殿、鉄が打てますか？」

徐高が言った。

「その気になりゃな。武器なんかを、自分で作ったり直したりもしたし」

「必要のない鉄具が、かなりあります。それを溶かして、鋤のようなものができるでしょうか？」

「できるさ」

黄鉞は、秦容と並んで腰を降ろし、めしを食いはじめた。ひとりが、懐から紙を出し、黙って差し出した。黄鉞が、覗きこむ。

「わかった。まず、炭から作らなければならんが」

炭をどうやって作るのか、秦容は知らなかった。子午山で、王進が焼物を焼いていたのは薪だった。家の中でも、薪を燃やしていた。その薪を作ることは、ずいぶんやった。

「面白くなってきた」

黄鉞が言った。

「できるできないは別として、欲しいものがあったら、一応、俺に訊いてくれ」

三人が、同時に頷いた。声は発しない。徐高が、ひとりで笑っていた。

蚊を追う煙が、食堂の中に漂っている。

三

史進は、掌を見ていた。

このところ、あまり鉄棒は振っていない。掌が少し小さくなったような気がするのは、そのせいか。それとも、老いて縮んだのか。

いい歳なのですよ。あいつなら、そう言いそうだと、ふと思った。班光である。

なぜ、班光のことを思い出したのか、よくわからなかった。

はじめ、史進の従者だった。羊の料理を、うまく作ったものだ。史進の副官になってからは、口うるさくなった。面倒で蹴り倒しても、大してこたえたようでもなく、やがて御竜子と名乗りはじめた。

九紋竜を御する。誰もが、そう思った。絞めあげても、決してそうだと言わなかった班光の、意外に強情な眼も思い出す。

遊撃隊の副官から、耶律越里が抜けた楊令軍の指揮官のひとりになり、死んだ。

腰の定まらない男だ、と史進はよく罵った。そこそこに、槍を遣ったが、史進の鉄棒の敵ではなかった。騎射などを花飛麟に教えられ、数矢を瞬時に射たが、それも花飛麟には遠く及ばなかった。

史進は、班光を殴り、蹴り、投げ飛ばしたが、決して班光は史進をこわがらなかった。理由があって、痛めつけられている。それがよくわかる男だった。

掌に落としていた視線をあげ、史進は従者を呼んだ。代りに現われたのは、耿魁である。本寨のそばの、遊撃隊の軍営だった。耿魁が現われても不思議はないが、従者はどこへ行ったのだ、と史進は思った。

「消えろ、耿魁。俺は、従者を呼んだ」

「それが、誰もおりません」

「おらぬだと？」

「史進殿が、なにかお命じになったのではありませんか？」

「命じたことを、俺が忘れている、と言っているのか、耿魁？」

「まさか。自分を殺すようなことを、俺が言うわけはないでしょう」

「しかしおまえは、当然という顔をして、ここへ入ってきた」

「呼ばれたら、入ってきます。近くにいたんですから」

立ちあがりざま、史進は耿魁を殴り倒した。

「おい、誰か、と言われて、俺はその誰かに入らないんでしょうか？」

立ちあがりながら言い、耿魁が笑った。

「その、誰かぐらいには、俺は入っていますよね」

従者を呼ぶ時、いつもそう言っていた。耿魁は、まだにやついている。

「また、殴りますか？」

「なんだと」

言いながら、史進は耿魁を蹴りつけた。耿魁が臑を抱え、片脚で二、三度跳ねた。

「下も警戒しろ、耿魁」

「いまの、効いたなあ。それで、御用はなんでしょうか？」

「忘れた」

「勘弁してくださいよ。ほんとうは、忘れてなんかいないでしょう」

班光も、いつもこんな口の利き方をしたものだった。そして、よく気が回った。もしかすると、羊の鍋ぐらい持って現われそうなところがあった。

羊の肉を命じようと思ったのだ。しかしいまの従者が作るのは、ごく普通の羊の鍋だ。

「おまえ、はじめて会った時、俺のことを爺さんと言ったよな」

「あんなこと、まだ憶えているんですか。執念深いよなあ。俺はあの時、本気でぶっ飛ばされたんですよ」

「俺は、絶対に忘れないぞ、耿魁。そしてなにかあるたびに、罰を与える。これは罰だ。よく聞け」

「待ってくださいよ」

「いや、待たん。本寨の食堂に行ってこい。調理場から、うまそうな羊の肉をかっぱらってくるんだ。肋の骨の付いたやつだ」

「そんなの、史進殿が言えば、いくらでもくれますよ」

「かっぱらってきた、と思って食えば、味が違う。そう思わないか？」

「そりゃ」

「じゃ、すぐに行け。俺は出かけるから、肉を持って追いかけてこい」

「どこへ、行くんですか？」

「おまえが、俺を捜せばいい。見つからなかったら、また罰だ」

「そんな」

史進は営舎を出て、乱雲がいる厩へ行った。乱雲は、史進の気配を読む。戦に出る時は、闘気を見せるし、遠乗りの時は、嬉しそうに耳を動かす。

「鞍だ」

直立している馬匹担当の兵に、史進はそれだけ言った。乱雲が、鼻を寄せてくる。甘えていい時だと、はっきりわかっているのだ。

「若い者ばかりになった、軍も」

首を抱き、史進は呟いた。

「そういうものかな。時が流れている、ということかな。これからは、戦も少なくなりそうだ。俺は、理由もなく荒れている爺というだけになっちまう」

　乱雲が、かすかに首を動かす。

　兵を呼び、鞍を載せた。外に曳き出す間も、乱雲は史進に鼻を押しつけて甘えていた。

　本寨から、南へむかう街道を駈けた。通行人は、乱雲の大きな馬体に恐れをなして、避ける。途中で、蘇端の指揮する巡邏隊に出会した。

「史進殿、おひとりですか？」

「悪いか？」

「どこへむかわれるのかと、考えてしまいますよ」

　蘇端が、史進の腰の日本刀に、ちょっと眼をやった。

「大木を一撃で切り倒したというのは、その細い剣ですか？」

「斬れるぞ、これは。鉄の質が、内から外へ、違うものになっているらしい」

「前に、葉敬が持っているのを見ましたよ。史進殿も気に入っておられる、と言っていました」

「梁山泊は、事もなしか、蘇端」

「盗賊など、しばしば外から入ってきます。すぐ捕えますよ。まあ、獄舎が溢れてしまう、というほどではありません」

「俺も、暇だよ」

それだけ言い、史進は片手を挙げた。

梁山泊がいい国なのかどうか、こうして移動して眺めても、史進にはよくわからなかった。平和ではある。金国や南宋ほど、徴発で若い男が持っていかれることもない。だから、畠などを見ると、若い男も多かった。

結局、楊令が作ろうとしたのは、ただのどかに見える国なのか。

誰も、悪いとは言えない。よくここまでになった、というのが普通の感想だろう。

自分に合わなくなっただけだ、と史進は思った。いや、自分が合わせることができなかった。若い者は、潑剌としているのだ。

物も銭も、梁山泊では活発に動いている。洪水で水浸しになったのが嘘のように、畠の緑も豊かだ。戦がないことを嘆くのは、おかしな考えだろう。

戦ではない。死に場所がないのだ、と史進は思った。

死は、雄々しくなければならない。ただ雄々しくなければならない。

自分を呼ぶ声が、背後から聞えた。

耿魁が、袋を担いで追いついてきた。

「かっぱらいましたぜ。小羊の肋のところ、半頭分です」

「おまえ、調理のやつらを脅したろう？」

「いや、俺は解体場に這って入り、這って出ました。それから袋に入れ、一目散に駈けて、馬に跳び乗ったんです。途中で、蘇端殿に会って、ひやりとしましたよ」

「そうか」

「で、どこへ行くんです?」

「黙って、ついてくればいい」

乱雲は、気持よさそうに駈けていた。通行人に危険が及ぶような駈け方でなく、人の姿がないと、少しだけ脚を速めるようだ。

畠の脇に、桑の木が一本見えた。

そこから、横道に入った。

村というのではない。農家が点在している。かなり広い範囲にわたって、そういう景色が続いている。そして、畠にいる農夫は、史進の姿を見て、特に驚く様子はなく、しかし無視もせず、直立したり、一礼したりしていた。

一軒の家の農夫だけが、片手を挙げた。そして、近づいてくる。

「よう、史進」

鄧広(とうこう)だった。

「まだ明るい。農耕の邪魔か?」

「なにを言ってる。家に入ってくれ。いまは、新しい野菜を育てるために、土を耕しているだけだ」

史進は、鄧広のあとに続いて、家に入った。

質素な家である。粗末ではなく、必要なものは揃っているようだ。家の脇には、納屋もあった。

「こいつは、部下で耿魁という。新参だが、顔ぐらいは知っているか。退役の時と、わずかだが重なっている。こいつは、調練を受けることもなかった」

「鉄の棒を振り回していたやつか」

耿魁が、ちょっと頭を下げた。

「おい、肉を焼くぞ、耿魁」

「わかりました。準備します」

耿魁は外に飛び出し、馬で駈け去っていった。

「あいつ、準備と言って、どこまで」

「肉か、史進」

「食ってるのか？」

「五日に一度、というところかな。その気になれば毎日食えるが、食いたくなくなっちまった。退役するというのは、そういうことだな」

「二年半か」

「野菜の作り方など、結構覚えた」

「平和なものだな」

「そうでもない。貰った銀も耕地も、博奕ですっちまったやつもいる。女に逃げられて、すべてを放り出したやつもいる」

「まあ、人生ってやつがあるわけか」

「このところ、ずいぶんと退役させられたのだな」

「呼延凌は、軍を若返らせようとしている。当たり前のことを、やっているだけだ。俺など、ほんとうに邪魔なのだろうな」

「おまえは、必要だ。梁山泊軍に必要な、ただひとりの男と言っていい」

鄧広は、部屋の隅に切った炉に、火を入れた。そこに、鍋をかけた。湯を沸かし、茶でも淹れるつもりらしい。

鄧広と茶というのが、おかしく哀しかった。軍にいた時よりも陽焼けし、皺が増えた鄧広の顔を、史進はしばらく眺めた。

「人間がどうやって生きるかということと、男がどうやって生きるかということは、違うような気がする」

「おい、鄧広」

「ま、ひとりで寝ていると、時々そういうことを考える」

「女は、どうした。惚れた女が、いたじゃないか?」

「俺など、とうにいない人間さ」

「じゃ、若い女を捜せ」

「畠の作物の方が、心配になるようじゃな」

「岑諒など、惚れた女と宿屋をやり、気楽に暮らしているというぞ」

「それでも、軍を忘れちゃいないさ。俺には、よくわかるよ。軍というのは、そういうものだった。男が、肚の底まで見せ合って暮らしているような、気持のいい場所だった」

「昔の、梁山泊軍はよかったさ。いま、小粒になったのかどうかは、よくわからん。なにか抑えつけてくるものがあって、それを撥ねのけて闘おうって時は、いまの若い者も、大きなものを見せるのかもしれん」

「昔話は、やめておけ、史進。退役した俺がやるのならともかく」

湯が沸いたらしく、鄧広は意外にきれいな器に、茶を淹れて出した。

史進は、しばらくその器を眺めていた。それから、茶を口に運んだ。

「うまいな」

「農耕のあと、ちょっとした贅沢で、茶を飲みながら、畠を眺める。これはこれで悪くないと、俺は思うようにしている。枯れたのだな。枯れたところにも、人生はある」

「おまえを見ていると、そう思う」

「死なせた部下を思い出して、気後れのようなものを、感じることもある。当たり前だろう。若いころ捨てた女を思い出しても、気後れなどあるのだろうからな」

「班光のことを、ふと思い出したんだよ。俺にいつも、うまい羊料理を食わせた。かなり痛いことを、平気で言った。そんなやつとして、俺は扱っていた」

「おまえの副官をしていたが、最後は楊令殿の軍か」

「あいつだけは、厳しく鍛えなかったような気がするんだよ。俺を、うまく扱ってくれた。それでいい、と思ってしまったんだ。指揮はうまかったし、槍もそこそこに遣った。騎射などと、花飛麟に教えられた技もやった。つまり、小器用だった。ほんとうなら、それを叩きこわしてやるべきだった。あいつが俺を憎むまで、打ちのめしておけば、命を拾う方法も身につけたと思う」

「岳飛だったな」

「それが、救いさ。岳飛のような武将に討たれた。それだけが、あいつの救いだ」

「もうよせ、史進」

「話すつもりはなかった。おまえの茶を飲んだら、ふと口から出てしまった」

茶を飲み干すと、鄧広は同じ器に、もう一杯淹れた。鄧広は、粗末な碗で飲んでいる。きれいな器は、ひとつしかないものだろう、と史進は思った。

馬蹄が響き、耿魁が駈け戻ってきた気配があった。

耿魁は、酒甕を抱えて入ってくると、それを卓に置いた。

「かっぱらった肉は、外で焼きます、史進殿。香料は揃っていますし、山椒もたっぷりあるので、うまく焼けると思います」

耿魁が、また飛び出していく。

「かっぱらったのか？」

「本寨の食堂の、調理場からな。そんな肉を、おまえと食いたかった」

「俺の作った野菜を、煮ようか」

「おまえが作った野菜？」

「かっぱらった肉に、ぴったりさ」

鄧広が、火にかけた鍋に、野菜を入れた。それははじめ、鍋の上に盛りあがっていたが、すぐに縮んで見えなくなった。

外で、耿魁が声をあげている。しばらく酒を飲んでいると、肉を焼くいい匂いが漂ってきた。

四

躰を動かせるようになると、見る見る肉が戻ってきた。棒に毛を生やしたようだった腕と脚は、左右、どちらも同じようになった。

王貴は、営舎から、養生所や薬方所の方へ、毎日歩いた。剣を振ることは、まだ許されていない。それは、毛定の言葉に従うしかなかった。

軍営の中は、この数日で、かなり静かになった。半数以上の兵が、出動したのだ。南下してくる金軍が、三十万に達しているというのが、養生所に入っている者たちの噂だけなのか、よくわからなかった。よそ者が、口出しできることでもない。

「おまえ、俺のような脚にならなくて、よかったな」

営舎にむかって歩いていると、顔見知りになった孫範に声をかけられた。

「もっとも、腕が岳飛殿で、脚が俺というのも、悪くなかった。毛定先生は、大喜びだっただろうしな」

孫範は左脚が義足だったが、歩いている姿を見ても、ほとんどそれとわからない。岳飛の右腕にいたっては、はじめは本物だと思っていた。

「おまえのいる営舎は、寝台を増やす。毛定先生が喜ぶことが、これから起きる」

戦になり、怪我人が次々に運ばれてくると、孫範は言っているようだった。

「王貴、兵糧はいくらあっても足りん。おまえがなんとかしてくれるかもしれない、と岳飛殿は言っていたが」

「前に言われました。米の移送なら、難しいことはありません。梁山泊聚義庁の、許可は必要ですが」

「許可は、出るのか？」

「どことの交易であろうと、自由にやるということになっていますから。交易の相手は、選別しません。それが交易であるというのが、俺の考えでもあります」

「しかし、金国と講和した」

「戦をしないという取り決めが、講和です。細かいことがいろいろあって、わかりにくいでしょうが、交易は自由にやるというのが、楊令殿がおられたころからの、梁山泊の方針でありました」

「それは、変っていないのか？」

「変りようがありません。それが、国家の背骨なのですから」

「ふむ」

「金国との交易も、当然考えられることです」

「定見がない」

「いや、実現に困難が伴おうと、交易は自由というのが、梁山泊の定見なのです」

「難しいな」

「考えとしては、難しくありません。人がいれば、そこは市場なのです。それが、自然のことでしょう。帝（みかど）がどうの、国の境界がどうの、ということをやるので、難しくなるのです」

「梁山泊は、金国との国境は決めたろう？」

「国境は、あってないもの。交易の自由とは、そういうことですよ」

「若いのに、おまえらはそんなことを考えるのか。講和の交渉をした宣凱という男も、まだ若いという話だが」

「宣凱、張朔、それに俺は、楊令殿が残された交易についての考えを、さらに考え続ける責務を負った、と思っています」

「なんの躊躇もなく、そんなことが考えられたのか？」

「いえ。俺が、河水と漢水の輸送路を拓いたのは、半分以上、功名心だったような気がします。一千の人間を死なせ、自分も死ぬところだった。死なずに済んだ時、俺は考えに考えましたよ」

「それで、輸送路はどうなるのだ？」

「どうにもなりません。交易のために、誰もが遣えばいいだけのことです。梁山泊の輸送路ではないのですよ。梁山泊は、他に交易をなす者がいたら、ただ競うだけですね」

「おまえは、米の移送に、梁山泊聚義庁の許可が必要だ、と言ったぞ」

「孫範殿。交易はすべて自由というのは、楊令殿が最後に行き着かれる場所であったろう、と俺は思うのです。いま、梁山泊は組織として動いている一面があります。それが、交易の秩序を保つ方法だからです。やがて交易には、交易そのものの秩序ができる。俺は寝台で身動きができない時、それを懸命に考えましたよ」

　営舎に、岳飛の姿が見えたので、王貴は口を噤んだ。養生所の若い医師と、岳飛はなにか話していた。難しい顔をしていたが、王貴と孫範の姿に気づくと、子供のように笑って、外に出てきた。

　岳飛の笑顔に、なにか胸を衝くものを感じ、王貴はうつむいた。

「二人で、俺にはわからない、難しい話をしているのだろうな」

　義手の右手を挙げて、岳飛が言った。

「単純な話を、王貴が難しく喋っていただけですよ」

「それはいいな。王貴というのは、なんでも難しくしてしまう男だと、崔蘭が言っていた。もっとも、梁山泊の若い者はみんな、楊令殿になんとか追いつこうとして、難しいことばかり考えるのだろうよ」

「追いつくのですか、楊令殿に？」

「追いつけまい。と言うより、追いついたり追いつけなかったりする性質のものではないな。楊令殿はただ、本来あるべき姿を求めたように、俺には思える。国のあるべき姿、物流のあるべき姿。いや違うな。民のあるべき姿と言おうか」

「難しい話です、やはり」

「俺の頭では、単純さ。人が、人としてあるべき姿と同じだからな」

「混乱してしまいますよ、岳飛殿」

「俺みたいに、頭が悪くなれ、王貴」

岳飛の右手が、王貴の肩を叩いた。驚くほど重たい右手だった。

「ひとつだけ、お訊きしてもよろしいでしょうか、岳飛殿？」

「改まって、なんだ。言ってみろ」

「楊令殿は、岳飛殿にとって、敵だったのですか？」

「敵ではない」

岳飛は、言下に言った。

「しかし、それこそ、なんと言っていいか難しいな。宿縁で、めぐり合った相手。眼の前に、いつも聳(そび)えていた山。影のような、幻のような、それでいていやというほどその姿はある。違うな、全部、違う。しかし、近い。勝てた時、はじめてほんとうの姿がわかっただろう、という気もする。闘って、闘い続けて、そして負け続けた。同じ負けた相手としても、蕭珪材(しょうけいざい)殿は、すっきりとわかりやすかった。俺にとっては、戦も、剣も、俺より一枚上だった、ということだからな」

「よく喋りますね、岳飛殿」

孫範が言った。

「なんだと？」

「王貴とは、米の話をした方がいい、と俺は思いますがね」

「それは、前に頼んだ」

「じゃ、それでいいじゃないですか。柄にもなく、難しい話をしなくても」

「そうだな。確かに、俺の柄じゃない」

孫範は、岳飛に、楊令や蕭珪材のことを語らせたくないのだろう、と王貴は思った。それは、戦の前だからなのか。

岳飛が、空を仰いだ。晴れた日だった。雲が一片、流れているだけだ。

「米については、早急に、聚義庁の許可を取ります。しかし、そんなに兵糧が必要なのですか？」

「当たり前だ。いくらあっても足りん」

「しかし、攻めてくるのは金軍で、兵站の心配をしなければならないのは、金軍の方だという気がするのですが」

「なにを言ってる。金軍が南下しているのは、戦をはじめるという知らせのようなものさ。兀朮も、ぶつかるのが愉しみなぐらい、戦上手になっているのだ。そして、はじめから臨安府を陥とすつもりだろう」

「なら、守るべきでは？」

「俺は、はじめから、開封府を奪るつもりさ。戦というのは、そういうものだ。まずは、開封府を奪る。そして、いずれ燕京まで奪る。一度はじめたら、そこまでやる」

「開封府、燕京」

「な、王貴。俺が、いくらでも米を必要としている理由が、わかるだろう？」

「南宋は」

「成行きで、できた国さ。長城までが、漢土。そしてそこには、漢の民がいる。臨安府は、防衛に心を砕いているが、俺は攻める」

岳飛が、また空を見上げた。

「王貴、俺は四日後に出動する。それまでに、黄陂を出ていけ。おまえを残して出動すると、心配なのだ」

「え、俺のことがですか？」

「おまえの心配など、するものか。俺がいない間に、おまえが崔蘭に手を出すのではないかと考えると、居ても立ってもいられなくなるような気がする」

「崔蘭殿に手を出すとは、どういうことなのですか？」

「その通りのことだ。崔蘭に手を出したら、おまえの首を即座に捻じ切るぞ」

「そういうことですか。まさか」

「そのまさかがあるのが、男と女だ。とにかく、四日のうちに出ていけ」

孫範が、笑い声をあげた。

「親馬鹿がすぎると、崔蘭に嫌われますぜ。崔蘭だって、いずれは誰かの嫁になる。あんたはそれを、泣きながら認めるしかないんだから」

「孫範、憎らしいことを言うではないか。おまえの、その左脚を貰うぞ」

「これは一応、毛定先生のものということになってる。だから、あんたの右腕と交換ということになるな」

「孫範、おまえはほんとにいやなやつだよ。徐史を死なせた。牛坤や姚平を死なせたのも、俺だと思っているな」

「部下の死は、総大将が負う。あんたがいつも言っていることだ」

「おまえに言っているのではない。戦場に出る、部下たちに言っていることだ。死んで、俺に恥をかかせるなとな」

「もういい。とにかく、王貴は四日の間に出ていってくれ。でなければ、岳飛殿は戦場にむかわんかもしれん」

「出ていきます、孫範殿。その前に、米の値をどうするか、決めておきたいのですが。岳飛殿に、こんなことはわからないでしょうから」

　岳飛は、空に眼をやっていた。

「岳家軍六万の兵站は、俺がやらねばならん。頼むぞ、王貴」

　孫範が言った。

開封府、燕京を奪るのが、必ずしも大言壮語ではないのだ、と王貴は思った。戦について、岳飛はゆったりと構えながら、肚は据えていると王貴には思えた。そして、そういう軍が、ほんとうに強いのだろう。

二人と別れて営舎の部屋に入ると、王貴は自分の寝台を眺めた。荷物とて、ほとんどあるわけではない。着けていたずたずたの具足は、いつの間にか補修されていた。あとは、岳家軍のものらしい軍袍が二着、きれいに洗われ畳まれている。紙と筆。襲われた時に持っていた、銀の小粒がいくつか。血のしみのついた靴。そんなもので、すべてだった。

「おまえから来るとは、めずらしいな」

毛定の養生所に行くと、そう言われた。

「俺は、旅ができるほどに、回復しているのでしょうか?」

「普通の人間の旅なら、できる」

「では、俺はここを出ようと思います」

「なぜ?」

「戦の気配が濃厚になっていますし、よそ者が軍営の中にいるのは、遠慮した方がいい、と思うのです」

「まあ、そうか。梁山泊へ戻るのか?」

「はい、一度は」

「そうか。文祥と、結局、わしは相容れなかった。敬意も持っているが、憎悪に近いものもある。最後は、自分の考えに従うしかない。そういうわしが、梁山泊のおまえの治療をしたのも、因縁かな」

「命を救っていただいた。それは、忘れません」

「医者の仕事じゃ。わしの喜びにもなっているのだから、恩に着ることなどないぞ」

「でも、忘れません」

「白日鼠は、生きておるのか？」

「亡くなった、という話は聞いておりません」

「毛定は、怪我の治療の腕はあげたが、病はさっぱりだ、と伝えておいてくれ。白日鼠とは、安道全先生のもとで、ともに学んだという気がある。そして、お互い、どこか好きなところがあった、と思っている」

「会った時に、必ず伝えます」

毛定が、じっと王貴を見つめてきた。

「よく生き延びてくれた。腿や腕の骨は、つらかっただろうが、いざとなれば、切り落としても生きていられる。矢疵が、ひどかった。肺腑に突き刺さっていたやつがな。わしは、駄目だろうと思った。切り開いても、思ったほど血は出なかった。大きな血の管を、かろうじてかわしていたのだな。痰に混じる血が少なくなり、縮んでいた肺腑が元通りに膨らみはじめた時は、奇跡を見る思いであった。わしの力で、おまえは生きているのではない。おまえの運だ」

医師も、運を信じ、祈ったりすることもあるのだろう。

王貴が頭を下げると、毛定はゆっくりと頷いた。

薬方所へ寄った。

岳飛に言われたこともあり、多少ためらう気分もあったが、崔蘭には世話になったのだ。礼は言うべきだった。

「はい、これ」

崔蘭は、王貴の顔を見ると、にこりと笑って、袋をひとつ差し出した。

「お腹の薬、熱の薬、痛みの薬、傷の薬。ひと通り入っています。旅をしても、これで大丈夫よ」

「俺がここを出ることを、知っているのか？」

「孫範さんから、聞いたわ。王貴さんも、大きな仕事を持っているのよね」

薬の袋を、受け取った。黒ずんだ崔蘭の指さきが、王貴の胸を衝いた。それを抑え、王貴は一度、頭を下げた。

「いろいろ、ありがとう」

「元気になれて、よかったね、王貴さん。ほんとによかった」

「薬も、ありがとう」

「また、会えるよね、きっと」

「漢陽に、米を運んでくることになると思うから、会えるような気がする」

「会いたいよね、また」

王貴は頷いた。

薬方所を出て、軍営の出口にむかうと、孫範が馬を曳いて立っていた。

「これは駄馬だが、いないよりはよかろう。おまえ、調理場に銀を置いたそうだな。岳家軍は、銭が欲しくておまえの治療をしたわけではない。まあそういうことだが、路銀は要るぞ。返しておく」

「ありがとうございます」

路銀については、考えないではなかった。だから、銀の小粒をひとつだけ、懐に残した。束の間、王貴はそのことを恥じた。

手綱を受け取り、一度直立すると、王貴は馬を曳いて軍営を出た。

五

すさまじい速さだった。速いだけではなく、全体の動きが統一されていて、切れがある。この騎馬隊は、ひと月と言わず、一日一日力をあげている、と兀朮は思った。

わずか、二百騎である。ただ、兵の選別を兀朮自身がやり、馬も最上のものを選ばせた。兵の年齢は、二十歳前後であり、全員が剣を遣い、騎射をやる。まだ、のびるものを充分に持っている兵たちだった。

その中に、十六歳の胡土児を放りこんだ。胡土児は、さらに躰が大きくなり、力も強くなっていた。二百名の中でも、頭ひとつ抜けていると思え、それはやがて兵たちも認めはじめた。

騎馬隊の指揮は、その時から胡土児にさせた。旗も与えた。白地に、青い横線を一本入れたものである。海東青鶻からとったつもりだったが、白日旗、と兵たちは言いはじめていた。

騎馬隊は、いまはまだ未完の剣である。実戦という砥石で研いで、はじめてほんとうの価値は見えてくる。

「どうだ、沙歇？」

軍師だった休邪に撻懶が預けていた沙歇を、今度の出動で召し出し、副官にしていた。烏里吾と二名の副官である。

すべての点で、沙歇は兀朮の眼にかなっていた。訥吾をはじめ、幕僚の将軍は数名いるが、天賦を持っていると思えるのは、沙歇ひとりだった。

休邪の身のまわりの世話をしながら、戦について学んだ。二十五歳と若いが、ある程度の学識は身につけ、人格も大きなものを感じさせた。

「果敢すぎる、騎馬隊になるかもしれません。遣い方でしょう」

「あの隊は、俺の第二の剣だ、沙歇」

「わかりました。総帥が、懐にもう一本、剣をお持ちであることを、頭に入れておきます」

兀朮の本隊は、まだ開封府郊外の軍営から、進発していない。

十万の軍を、開封府の南二百里（約百キロ）の地点まで進めている。それは、光山の岳飛と正対することになる。

問題は、東に位置する、旧張俊軍だった。張俊自身は、二万の麾下と臨安府に退がっている。中核が退がったというかたちだが、先鋒に位置していた辛晃に、五千ずつ二度にわたって増強がなされていた。

退がって自領に引きこむというのが、張俊の戦だったから、先鋒の辛晃は、必然的に殿軍をつとめることになる。戦では最も困難と言っていい殿軍を常につとめ、潰滅的な敗北は喫していない。それなりに、力量を持った将軍なのだろう。

その辛晃が一万五千を率い、後方に旧張俊軍の七万がいる。辛晃軍への補強は、すべて地方軍からだった。

南宋の地方軍が、徐々に力をつけてきていることは、情報として多く入っていた。賊徒など、南宋からとうに姿を消し、江北（長江の北）の岳飛や張俊の領分以外のところにいる。いや、淮水の北の、金軍の力が届きにくいところに、最も多いと言った方がいいだろう。

賊徒などに、眼をくれる気はなかった。

討ち果すのは、まず岳飛である。そして南宋軍を討ち、南宋全土を版図に加える。岳飛にこだわりすぎる気もなく、隙があれば、江南に少しずつ軍を入れる。江南を制圧すれば、岳飛は孤立するしかないのだ。

「辛晃という男と、一度、ぶつかってみた方がいい、という気がします。撻懶殿の六万のうち、斜哥将軍か乙移将軍に、それをやらせたらいかがです」

「やはり、気になるか」

「地方軍の充実、張俊の後退。よく考えると、南宋の迎撃態勢は、これまでよりしっかり組みあがっている気がします。軍と、軍学がわかる人間が、臨安府にいるのではないでしょうか」

張俊の後退は、辛晃の梁山泊交易隊襲撃への、報復の結果だった。

史進の、遊撃隊が動いている。兀朮は、これまで史進に、相当痛い目に遭わされていたが、張俊軍攻撃は、すべてが終って帰還している時に、その情報が入ってくるほど、迅速なものだった。

しかも、三千で中核の一万を討ち果し、陣営全体を大混乱に陥れていた。奇襲とはこういうものだ、という絵に描いたような攻撃だったが、普通の騎馬隊にできることではなかった。

遅れて入ってきた情報を重ね合わせると、自分はこういう騎馬隊がいる軍と闘っていたのだ、という思いがどうしてもこみあげ、肌が粟立った。

南京応天府に、兵糧は相当集まっていた。それから南は、兵站線を作らなければならない。

開封府の南三百里、陳州商水には、大規模な兵站基地を築いていた。光山の岳飛と開封府との、中間点になる。岳飛を押しこむにしても、それほど長い兵站線は必要なかった。問題は南京応天府の方で、撻懶軍の兵站が切られることは、なんとか避けたい。

「とりあえず、充分な兵糧を確保してある。撻懶軍を、前進させてみるか。辛晃の力を測るというのが、前進の意味だ」

張俊軍の中核三万を襲い、一万を討ったあと、帰還の途中にいる辛晃軍を蹴散らすのは、造作もなかったはずだ。交易隊を襲ったのが辛晃だとわかっていたのだから、蹴散らすぐらいのことをするのは、むしろ当たり前だろう。

史進は、避けるように素速く、辛晃の脇を駈けたとしか思えない。犠牲は数騎だっない。
たというが、辛晃とぶつかれば、それだけでは済まないなにかを、感じたのかもしれない。

「乙移にぶつからせてみてくれ、と撻懶殿には頼んでおこう」

撻懶は、南京応天府の自軍を離れ、開封府の館にいた。傷が完全には癒えず、戦場に出ることを、兀朮は総帥の名で禁じた。軍は、乙移と斜哥が三万ずつ指揮し、撻懶は開封府にいて、後方の諸問題を受け持つことになる。それを、撻懶も肯んじた。

軍の動きが、見えるようになっていた。それまでは、自分の周囲の戦闘しか、見えていなかったということだ。情報として入ってきた動きは、いつも頭にあった。頭にあるだけで、見てはいなかった。

見えるようになったのは、八万を淮北に出動させ、岳飛とやり合ったころからだ。一千の隊を八十。後方にいて、戦況の報告を聞くだけで、動きが見えたような気がした。

梁山泊戦では、史進や蘇琪の軍以外は、はっきりと見えた。なにが邪魔で、なにを利用できるかも見えた。そして見えていても、結局は負けたのだ。

開封府に戻ってきて、痛すぎるほど心に痛いものがあり、兀朮は蕭珪材に詫びた。麻哩泚の死である。老いるまで将軍として軍に留まらせ、最後はあろうことか殿軍である。全滅するしかないとなった時、史進が出てきて、一騎討ちをした。その時、麻哩泚は、蕭珪材軍副官、と名乗ったのだという。

　自分の戦歴は、汚辱にまみれている、と兀朮は思う。麻哩泚を死なせたことは、その中でも最大のもののひとつだ。

「沙歇、今度の戦で、俺は兵糧にこだわっている」

「南宋制圧まで視野に入れておられるのでしたら、こだわらざるを得ないでしょう」

「俺が調べたところでは、岳飛も兵糧にこだわっているそうだ」

「岳飛の掲げる、盡忠報国（じんちゅうほうこく）は、漢土の回復ということです。みんな抗金と考えていますが、もっとはっきりした目標なのです。漢土の回復。漢人は、漢土に住むべし。それを考えれば、岳飛の視界には開封府が、そして燕京までもが、入っていると思います」

　兀朮も、そう思っていた。お互いに、肚の底を叩き出して、戦をやろうとしているのだ。

「歩兵を、進発させろ。五十里おきに、砦（とりで）をひとつずつ築かせ、五千を配置せよ」

「はい」

「理由は、訊かんのか、沙歇」

「退路の確保、だと解しましたが」

「勝てるという自信が、持てぬ。しかし、完全に負けもせぬ」

「恥ずべきだとは、思われないことです」

「負けを恥と思っていれば、いまごろ俺は、恥にまみれてのたうっておろう。負けをも、受け入れて闘うのだ。受け入れられるぐらい、俺は負けた」

調練を終える鐸(たく)が鳴った。

原野に散っていた三万が、何カ所かに集まりはじめた。

しばらくすると、また駈け回りはじめた一団がいた。胡土児の騎馬隊である。地面に板を立て、駈けながら矢を射こんでいく。ひと駈けで、二射、三射とする者がいる。最後にやった胡土児は、六射である。

騎射が、戦にそれほど有効とは思えない。離脱の殿軍が、犠牲を少なく済ませるために、やったりする程度だ。しかし、一騎で三射以上できれば、意表を衝く攻撃になる。

胡土児が、鞍の上に立ちあがり、四射まで射たところで馬から落ちた。笑いに包まれている。ほかの者がやったが、二射もできず、馬から落ちる。

「元気がいいなあ、あの隊は」

沙歇は、単純に面白がっていた。兵士たちと、年齢はあまり変らないのだ。

「歩兵が二百里進んだら、本隊が進発する。その前に、撻懶軍は出る」

「旧張俊軍と岳飛軍の間に、南宋の地方軍が出てくると思うのですが」

「軍学では、そうなる。しかし、旧張俊軍と岳飛軍に、間はないな。ある時、岳飛は淮水を渡る。淮北が、最初の主戦場になるだろう」

沙歇は、黙って立ったままだった。

十日後、兀朮はようやく本隊の進発を命じた。撻懶軍は、すでに辛晃軍と睨み合う位置に達していた。

　麾下の三万の中央に、兀朮は青鶻旗を掲げた。進軍は、速くもなく遅くもない。大軍の進軍には、副官の器量が出る。十万がまとまって動くことはできないし、野営することもできないのだ。

　副官は、進軍路を決め、野営地を決め、進軍中も、各軍の位置を把握して、報告してくる。そういうことに関して、すでに先行している烏里吾は、うまかった。

　沙歇も、はじめてにしては、よくこなしていた。用兵の才は、沙歇がはるかに上を行く。戦の勘所をはずしているように見えるが、それは二手、三手先を読んでいるからだった。そのあたりは、天賦としか言いようがなかった。

「どうだ、一隊を率いている気分は？」

　そばを進んでくる胡土児に、兀朮は声をかけた。

「俺はもっと速く、風のように駈けたいです」

「駈けるだけなら、誰にでもできるぞ」

「はい、父上」

「戦場では、総帥と呼べ」

　胡土児が、兀朮の方へ顔をむけた。

「だいぶ前から、戦ははじまっている。一歩進軍をはじめたところから、戦場だと思え」

「はい」

胡土児が、手綱で馬を御した。

「はい、総帥」

「なんのための戦だ、胡土児」

「南宋制圧のための」

「それでよし。ただし、時はかかる。こんなところから、逸るな」

「はい、総帥」

言って、胡土児はにやりと笑った。

開封府から南下しても、山らしい山はない。ほとんどが、なだらかな丘陵の連なりである。兀朮麾下の三万の進軍路は、大きな丘陵を避けて取られていた。丘陵でも、大軍の埋伏はできる。山よりもましだ、というだけのことだ。

それにしても、中華は南へ下がると、豊かである。地平まで畠が拡がっているように見えるところもあれば、半日、森が続くこともあった。冬でも、景色が大きく変ることはない。

北の女真の地は、冬は白一色である。

野営では、幕舎が用意してある。輜重隊が、先回りしているのだ。

幕舎に入ると、兀朮はさまざまな報告を受ける。岳飛の動向に関する情報も、南宋地方軍の動きについても、そこで聞く。

南宋地方軍が、各州から選抜され、五万の軍として編制され、長江の渡渉をはじめていた。

撻懶軍の乙移の部隊が、二度、辛晃軍とぶつかっていた。半数の辛晃軍は、後方の援護も受けず、五分で乙移と渡り合っていた。どこまでも自領の奥へ引きこもうとする、張俊の戦とはだいぶ違う。

半数で、乙移の攻撃を凌いだのは、相当なものだろう。細かい報告は、いずれ届くことになっている。

岳飛は、光山に半数の三万を出してはいたが、ある時から、所在が摑めなくなった。残りの半数は黄陂にいて、兵糧は集め続けられている。

岳飛が、所在を隠したとは思わなかった。黄陂近辺に放ってあった者たちが、見失っただけのことだろう。領分の中の移動では、供回りがいないことも、しばしばあったのだ。それは、野放図にも、大胆にも思えた。

南宋軍の、総帥というわけではない。前線を受け持たされている、軍閥の頭にすぎない。しかしそれは南宋の中でのことで、外から見れば最強の軍だった。

一万でも五千でも、岳飛は開封府を回復するための戦をするだろう。気持がいいほど、戦の大義は鮮やかである。

「沙歇、俺は胡土児に逸るなと言ったが、岳飛のことを考えると、突っ走りそうだ」

「姿の見えない岳飛にむかって、走るのですか？」

「どうせ、どこかでつまらぬことをやっているのだ、あの男は。賊徒を十人ばかり打ち殺すとか、ひとりで猪を追いかけてみるとか、ただ山に登るとか。それが、あの男の中のなにかを、たえず蘇らせるのだろう」

「わかりました。総帥は、岳飛を羨んでおられる」

「まさしく、そうさ。野山で駈け回るのは、俺の方が上だと思っていたが、やつの方ができるな」

「とんでもないことを、考えているかもしれません、総帥」

兀朮は、沙歇に眼をくれて、頷いた。

岳飛軍は、すべてが大らかというわけではない。たとえば調練の内容を探ろうとすると、なにか強固なものにぶつかり、近づけない。軍営の中でも、鍛冶場と調理場だけは、なぜか近づけない。

それは、岳飛の別の面を、表わしているような気もする。何人も軍営に送りこんだが、死んだ者はおらず、気づくと出ざるを得なくなっているという。そして、探れと命じたものだけが、探れない。

「あの男の気持を推し測ろうと、俺は思わなくなった。そんなことをすると、自分が姑息に感じられてならなくなる」

「だから、逸るのですか?」

「戦場にいるかぎり、俺は対等だと思うことができる」

「対等ですよ。いや、岳飛と対等と口で言える総帥に、俺は敬意を表します」

「進軍を、少しだけ速くしようか、沙歇」

「明日から、そのように」

ひとりにしてくれということを、兀朮は手で伝えた。

六

急な斜面を、馬で駈け登り、駈け降りる。その間に、五騎の相手をさせる。馬を休ませている時は、自分たちの脚でそれをさせた。陽が出てから、隠れるまで、休息をとることもなくだ。

岳飛は、ほとんど言葉を出さなかった。孟遷が気を失っても、ただ斜面を蹴転がすだけだ。下は湿地で、水があった。そこへ蹴転がすと、気を取り戻す。

はじめ、五名は顔を見合わせ、ためらったりしていた。そういう時は、ためらった者を打ち倒し、孟遷と同じ目に遭わせる。

わずかな粥を口にするのは、陽が落ちてからで、はじめ孟遷はそれも吐いていた。

すでに、十五日、続けている。

孫範には、出動すると言ってあった。何日経っても、光山に到着しないので、さすがに気を揉んでいるかもしれない。

十日ほど、五名は孟遷を、死すれすれのところまで、追いつめていた。

しかし、十日を過ぎたころ、五名で打ちかかっても、孟遷を倒せない時が出てきた。特に、馬に乗っている時がそうだ。

いまは、三度に一度は、五名が打ち倒されていた。五名とも、五十騎を率いる、岳家軍兵士の中の猛者だった。ただ、数百騎の指揮はできない。つまり、上に誰かいなければ、せいぜい五十騎の隊長だった。上に将校がいて、それなりの指揮をすれば、想像以上の力を出す。

一匹の鼠を痛めつけるような、こういう調練は五名もはじめてだ。岳飛も、はじめてだった。

孟遷は、九宗山の賊徒だった。もともと大商人の息子で、于才という執事だった男がついていた。

五十名の賊徒は、岳雲、崔史、そして梁興を加えた、四人で討滅した。孟遷は、生き残った者の命を賭け、頭として岳飛に一騎討ちを挑んだのだ。勝負にはならなかったが、おやと思わせる、鋭い剣を遣った。

生き残った賊徒は、全員、黄陂の軍営に連行し、労働をさせた。それも、生半可な労働ではなかった。

船から揚げた石炭を、黄陂の軍営まで運ぶ。それを蒸し焼きにし、骸炭（コークス）を作る。

孟遷は、本来持っている体力を、失っていた。于才が、すべてにおいて、庇ってきたからだ。労働では庇うわけにはいかず、はじめに倒れたのが、于才だった。三日、養生所に入れ、四日目に孫範につけた。

孟遷は倒れず、本来持っている体力を回復してきた。石炭の蒸し焼きは、すさまじい熱の中に立ち続けるので、肌の色は変ってしまっていた。

軍営の鍛冶場には、薬草を採りに行って捕えた、十三名の賊徒もいた。鉄を打ち続けて半死半生になりながら、十二名は兵になる体力を得、ひとりは死んだ。

孟遷は、死にかけた手下を庇うようになった。手下の分の仕事まで、時にはやるようになったのだ。

いつ兵に編入しようか考えていた時、暴れている荷馬車の馬を、鎮めているのを見た。それまでも馬に関しては、しばしばそういうことがあったらしい。

調教に手間取っている悍馬を扱わせてみたら、馬は見事に大人しくなった。

手下たちは兵に編入したが、孟遷だけは馬場の仕事をさせた。調教もできるが、乗るのが眼を瞠るほどだった。ただ、平場の乗馬しか経験がなかった。

出動を孫範に告げ、五名の猛者も連れて、この斜面に来た。馬で登り降りするのには、いくらか無理がある、と思える斜面だった。五名は、ここでの調練の経験があり、うまく乗りこなしたが、三日目、下りで馬がもんどり打った。

脚が二本折れていたので、岳飛は処分を命じた。首を斬る孟遷は、涙を流していた。予備に連れてきた馬で、調練を続け、今日に到ったのだ。

五名も、これまでよりひとつ上の強さを獲得したが、孟遷が摑んだのは、その比ではなかった。

急斜面で、自由に馬を乗りこなす。乗りこなしながら、剣と同じ長さの棒も遣える。

今日は、二度に一度は、五名が打ち倒されていた。岳飛が五名に加わると、孟遷は馬から落ちるだけになり、方々から棒で打たれ、気絶した。そのたびに、岳飛は馬から降りて、蹴転がしたのだ。

隙を見せると、本気で岳飛に打ちかかってくる。つまり、憎まれたのだ。それでよかった。打ちかかってくれば、打ち返した。

陽が落ちて、五名が焚火を作り、粥の用意をした。孟遷が、叫び声をあげ、粥の鍋を蹴った。闇に、火花が舞った。その時、孟遷は、具足と一緒に置いてあった剣を抜き、岳飛に打ちかかってきた。

　岳飛は、それを右腕で受けた。

「なにか、思い出さないか、孟遷」

　岳飛は孟遷の着ているものを、左手で摑んで躰を引き寄せた。

「九宗山だ。おまえはあそこで、はじめて死んだ」

　孟遷が、眼を剝いた。岳飛は、孟遷の躰を放さなかった。

「そしてここで、何度、死んだ。もう、死ななくてもいいだろう。死にたくても、死ねはしないのだからな」

　孟遷が暴れたので、岳飛は右腕を首筋に打ちこんだ。孟遷は膝(ひざ)を折り、倒れた。

「粥を作り直せ。孟遷の分はいい」

　六名で、粥を啜(すす)った。途中で孟遷は気を取り戻したが、くれとは言わなかった。

　朝になった。黎明(れいめい)の中で、六名を並べて、顔を見た。六名とも、死人の顔だ。死人にむかって、岳飛は乗馬を命じた。同じことが繰り返される。

　二度、気絶した孟遷が、跳ねるようにして馬に乗ると、斜面を疾駆しはじめた。多分、岳飛にもできない。やろうとも思わない。

　孟遷は、馬であり人だった。馬もまた同じだ。人馬が、ひとつの生き物になり、荒れ狂って斜面を駈け回っている。

五名が、次々に打ち落とされていった。

岳飛と、ぶつかった。四度、棒で打ち合い、五度目に、孟遷の躰は宙に舞った。

岳飛は、馬から降りて、孟遷のそばに立った。

「立て、孟遷」

蹴られると思ったのだろう。なにを言われたのか、わからないようだった。馬から落とされた五名が、立ちあがっている。

孟遷の顔から、狂気は消えていて、死人の顔があるだけだった。

「調練は、終った。生き返れ」

「俺は」

「立てと言っているだろう」

なにか、わけのわからないことでもやっているように、宙を手で摑みながら、孟遷は立ちあがった。

「そこの川に行くぞ。躰を洗う。そして、全員が、新しい軍袍に着替える。それまでに、全員、生き返れ」

意識したのかしないのか、孟遷は自分が乗っていた馬を曳いた。川で洗ったのは、まず馬体だった。全員が、そうした。

それから裸になって水に浸り、躰を洗った。義手をはずした岳飛の腕を、孟遷はしげしげと見つめた。まだ、生き返っていない。

左手で孟遷の首を摑むと、水の中に顔を突っこんだ。しばらくして、出した。水が飛び散るような、大きな息を孟遷は吐いた。

それで、生き返った。

岳飛は、新しい軍袍を着こみ、具足をつけ、剣も佩いた。

「火を燃やせ。俺は、でかい蛇を四匹捕まえておいた。布の袋に入れてある。それを食う。米も炊け」

五名が動きはじめるのを、孟遷は立ったまま見つめている。蛇を持たせると、大人しく摑んだ。首筋のところを切り、岳飛は蛇の皮を剝いだ。それから、はらわたを出し、いくつかに切って、木の枝に刺し、火に翳した。四匹とも、同じようにした。

「俺は」

「だから、調練は終りだと言ったろう」

「調練だったのですね」

「そうだ。そして終った」

火のそばに腰を降ろし、米が炊きあがるのを待った。

「俺は出動したことになっているが、いつまでも光山の陣営に現われない。怒っているやつもいるだろうな」

「どれぐらいの日数が、経ったのですか？」

「俺もよくわからん。十七、八日というところではないか」

「総大将が、そんなに軍を離れていいのですか？」

「どうせ、つまらぬことをやっている、と思われている。女の寝床に潜りこんでいる、とは決して思われないのは、癪だがな」

「大きな戦が、はじまるのですよ」

「孟遷、おまえさっきまで死んでいたのに、利いたふうなことを言うではないか」

「俺は」

「おまえは、耐えた。だから、俺が獲った蛇を、食わせてやる」

ひとりが、蛇に軽く塩を振った。蛇は焼けはじめていて、肉汁と脂がぽたぽたと火の中に落ち、音をたてた。いい匂いがしてくる。香料をふりかけると、匂いはもっと強くなった。

米が、炊きあがっていた。

「よし、食うぞ、みんな」

岳飛が蛇に手を出すと、全員が同じようにした。

「これは」

孟遷が、叫び声をあげた。

「黙って食ってくださいよ、孟遷殿」

「しかし、うまい」

「そりゃ、粥よりは、うまいですよ」

全員が、口のまわりを脂で光らせている。

食い終ると、水を飲んだ。

「水も、うまい。これまでも飲んでいたのだろうが、憶えていない」

「泥水まで、飲んでましたよ、孟遷殿」

五名とも、孟遷を認めていた。態度に、敬意のようなものさえ見えた。

「さて、言い渡すことがある」

岳飛が立ちあがると、全員が直立した。

「おまえたち五名に訊こう。孟遷を、隊長として見られるか？」

無言で、全員が頷いた。

「孟遷、この五名は、五十騎ずつを率いている。つまり、二百五十騎。おまえはいまこの時から、二百五十騎の隊長となる」

「俺が、ですか？」

「不服か？」

「わかりません。俺は考えてもいませんでしたから」

「それじゃ、いま考えろ」

「自信だけがある隊長など、俺は欲しくない」

「なんか、躰が熱くなっています」

「蛇を食ったからだろう」

「将軍は、いつもそんなふうに、部下の気勢を削(そ)ぐのですか？」

「なんだ、気力が躰の中を走り回ったのか。それは、戦場までとっておけ、孟遷」

「やっぱり、気勢を削ぐのだ、俺たちの総大将は」

五名が、笑い声をあげた。

孟遷用に、馬の背に積んできた具足は、無駄にならなかった。

「どうかしましたか、将軍？」

出発と言いながら、馬に乗ろうとしない岳飛にむかって、孟遷が言った。

「俺はこれから、やつらに罵られなければならん」

「やつらとは？」

「張憲(ちょうけん)の野郎と、呉玠(ごかい)だ。光山の陣で、苛々(いらいら)していると思う。岳雲もいるが、あいつは息子だから、まさか父親を罵ったりはしないだろう」

「将軍、まさか部下がこわいのでは？」

「馬鹿を言うな。ただ、なにが待っているか考えると、もううんざりしている」

「俺を苛め抜いた罰ですね、多分」

「おまえ、蛇を食っただけで、元気の出しすぎだ。もういい、行こう」

岳飛は、馬に乗った。

夜になって野営し、兎を二羽獲っていたので、その肉を焼き、分け合って食った。

朝になった。

晴れている。粥を啜ると、すぐに出発した。四刻駈けただけで、光山の麓に到着した。陣の方へ回った。

どこかに緩みがないか、岳飛は注意深く見ていた。さっきまで、自分がいたような陣だ、と岳飛は思った。

二百五十騎が集まり、孟遷の下についた。

「俺が、おまえたちの隊長だ。つまらん死に方は、禁じる。雄々しい死だけ、認めよう。俺はうちの大将と同じで、恰好はつけるからな」

黙れと言おうとしたが、『飛』の旗が翻っている本営の幕舎から、張憲と呉玠が出てくるのが見えた。岳雲も、馬で駈けてきている。なんと言うべきか、岳飛は束の間、考えた。そして、言葉を捜すことを諦めた。

「兀朮は、慌て者ではない。じっくり腰を据えてくる。そう言われたのですか、将軍？」

張憲が言った。

岳飛は、思わず頷いていた。

笑い声が起きたが、岳飛はただほっとしていた。

（第三巻　嘶鳴の章　了）

解　説

張　競

　北方謙三の大水滸伝を読むと、いつも『ロミオとジュリエット』のことを思い出す。なぜそのような突飛な連想をするか、と訝しむ読者がいるかもしれないが、それには理由がある。

『ロミオとジュリエット』が人口に膾炙するシェークスピアの名作であることは、いまさら言うまでもない。あまり知られていないことだが、この作品には種本があった。イタリアの小説家マッテーオ・バンデルロ（Matteo Bandello）が書いた短編である。バンデルロは風変わりな作家で、自分の作品に題名をつけず、そのかわりに番号だけが打ってあった。九番と記されたこの小説は登場人物の名前も、物語展開もシェークスピアの『ロミオとジュリエット』とそっくりだ。しいて違いを言うならば、クライマックスの結末は種本よりも簡略にしただけである。やや大げさに言えば、バンデルロの小説を戯曲という形式にしたのがシェークスピアの『ロミオとジュリエット』である。

　種本らしきものはバンデルロの小説だけではない。中世イタリアの作家ルイージ・

的な基準を満たしていない。

ダ・ポルタ（Luigi da Porto）も「ジュリエッタとロメオ」と題するものを書いたことがある。ただ、物語の筋書きのようなもので、今日の批評眼でいえば、短編小説の基本的な基準を満たしていない。

二人とも一四八五年の生まれだが、ポルタのほうがさきに書かれたと言われている。ただ、そのポルタも架空の物語を書いたのではなく、中世の末期、北イタリアのヴェローナという古い町で起きた事件をそのまま記録した。ヴェローナ市所蔵の古文書によると、小説の原型となった悲恋は一三〇二年前後に実際に起きたことだという。その後、おそらく民間説話として語り継がれていたのであろう。現地にはかつて「ジュリエッタの家」や「ロメオとジュリエッタの墓」といった遺跡があったが、第二次世界大戦中に「ロメオとジュリエッタの墓」は空爆で焼けた。「ジュリエッタの家」は今日も観光スポットとして残っている。

ポルタの「ジュリエッタとロメオ」は誰も興味を示さなかったが、バンデルロの小説はフランスの文人ベルフォーレによって仏訳され、さらに一五六六年、イギリスのウィリアム・ペインターが仏訳から英語に訳した。シェークスピアがこの英訳をもとに創作したのが、かの不朽の名作『ロミオとジュリエット』である。

比較文学研究者の端くれとして、英伊比較文学者斉藤祐蔵氏の本でその顚末を知ったとき、すぐに連想したのは『水滸伝』のことだ。というのは、『水滸伝』も似たような運命をたどって出来上がったからだ。宋江を首領とする盗賊集団が北宋の凋落の機に乗じて、勢力を拡大したのは史実としてあったが、最初は講談に取り上げられただけだった。その台本が『大宋宣和遺事』という書名で出版されたのは元代である。元末明初の文人施耐庵と羅貫中によって『水滸伝』にまとめられたとき、先行する作品からさまざまな要素が取り入れられた。

日本に伝わってから、『水滸伝』は本家本元の中国よりも多彩な展開を見せ、『日本水滸伝』や『女水滸伝』をはじめ、おびただしい翻案が現れた。そのような厚い蓄積があるだけに、現代小説として新たに展開するのは、ほんらいたいへん難しい。北方謙三はあえてこの難題に立ち向かっただけでなく、独自の構想で名高い古典の再表現に成功した。

筆者は北方の大水滸伝の愛読者で、周辺の若い人たちにもよく北方版の『水滸伝』を勧めている。読後感を聞くと、みな一様に面白いと言う。ついでに原典を勧めると、「つまらない」「難しい」といった予想外の反応が返ってくる。そんなとき、『ロミオとジュリエット』は種本よりもシェークスピアの作品のほうの世評が高いことを思い出し、妙に納得した。

原典の『水滸伝』は豪傑の物語である。豪傑とは武芸に秀でていて、かつ度胸の据わった人のことだ。ただ、それだけでなく、弱きを助け、強きを挫かなければならないし、何よりも信義を重んじ、義理のために潔く命を差し出す人でないといけない。彼らはだいたい力持ちで、大酒飲みが多い。小さなことにこだわらず、日常的な道徳心には必ずしも従わない。

そのような豪傑像はむろん、一夜のうちに生まれたのではない。古くはおそらく上古の時代にさかのぼるが、残念ながら詳しい伝記はほとんど残されていない。漢代になると、史書に記録される人物がようやく現れた。

漢の武帝のとき、郭解という男がいた。体格こそ小柄だが、短気で気性が激しい。気に食わないことがあると、すぐ相手を切りつける。若い頃、血気盛んで、殺した者は数多くいた。知人や友人がいじめられたり、理不尽な扱いを受けたりすると、体を張って復讐する。困っている人に助けの手を差し伸べたり、追われる者がいれば匿ってあげたりもする。ときには人を脅かして金品を強奪し、また、贋金作りや墓あらしのような悪事も働いた。彼は強運の持ち主で、追いつめられたかと思ったら、いつも間一髪で逃げ延び、牢屋に放り込まれても、なぜか恩赦に恵まれることはよくあった。

中年を過ぎてから一念発起し、自らの感情を抑えるように心がけはじめた。恨みには恩を持って返し、人には多くを与えて、人から何かを得ようとはしない。義侠心が強く、人の命を救っても自慢するようなことはしない。

郭解の甥は叔父の威光を笠に着て巷でいばりちらしていた。ある日、人と飲んでいると、相手に一気のみを強要した。もはやそれ以上飲めなくなってからも、強引に酒をその口に注ぎ込もうとした。相手はかっとなって、彼を刺し殺してしまった。

　事件の後、犯人は逃げてしまい、なかなか見つからない。郭解の姉が腹を立て、弟は義俠だと持て囃されているが、甥が殺されても、犯人を捜し出せない、とこぼした。そして、息子を葬らずに通りに放り出し、弟に恥を搔かせようとした。

　郭解は人を使って、とうとう犯人の居場所を突き止めた。追いつめられた犯人は観念し、郭解のところに出頭し、一部始終を打ち明けた。話を聞き終わって、郭解は「君が甥っ子を殺した理由はわかった。甥のほうが悪い」と言って、その男を放免し、そして、甥のために丁重に葬式を営んだ。

　雒陽というところにいた二人の男はお互いを目の敵にし、相手の命を狙おうとしていた。調停しようと試みた顔役は何十人もいたが、二人とも耳を貸そうとしなかった。そこで、仲裁役を頼まれた郭解は深夜に二人の家に出向き、辛抱強く説得した。彼の名声が効いたのか、二人はしぶしぶ調停を受け入れた。

　問題が解決した後、郭解は人に気付かれないように夜のうちにこっそり町を出た。そして、二人に「自分はただのよそ者に過ぎない。縄張りを荒らされたと思われてはいけないから、自分がここを出てから、この地の長老か名士に間に入ってもらい、和解の了承を得たように計らってほしい。けっして自分が仲裁したなどと言ってはならない」と念を押した。

　こうして四方八方の名士たちはみな郭解のことを怖れつつも敬い、誰もが彼のために役に立ちたいと思った。だが、郭解はその後濡れ衣を着せられ、皇帝の直々の命令で逮捕され、のちに処刑されてしまうはめになった。

　興味深いのは郭解という人物像である。かりに若い頃の郭解が武松なら、中年になってからは宋江にそっくりだ。『水滸伝』のなかにそのまま持ち込んでも何ら違和感はない。ただ、裏返せば、郭解はごろつきかやくざの親分、と言えなくもない。

　では、誰がごろつきのことを「英雄」として祭り上げたのか。答えは司馬遷である。中国の最初の史書『史記』のなかで、司馬遷は宰相伝や名将軍伝などとともに、ごろつきのために「游侠列伝」という章を設けた。そして、ほんらい反逆者であるはずの郭解はその列伝のなかで大きく取り上げられている。

　司馬遷は郭解のような人たちを「游侠」と称し、彼らには仁者や義人にも見習うべきものがあると主張した。それはつまり、苦難にある人を救いだし、金品に困る人を助け、信頼を裏切らず、約束をかたく守ることである。彼らの行いは世間で言う「正義」には必ずしも合わないかもしれないが、言ったことは必ず守り、やると決断したことは必ずとことんまでやり遂げる。いったん引き受けたことは必ず実行し、人が困っているときは、身を張って助け、自らの命も惜しまない。そして、自分の能力には驕らず、人のために何かをしてあげても、自分の徳行を自慢しない。

　游俠の条件ともいえるものだが、注目すべき点は二つある。一つはいったん決断したら、とことんまでやり遂げることであり、もう一つは命を惜しまないことである。前者には善悪の判断が入っていないから、「正義」に反する場合は、当然、無法なことをやる、ということになる。それも命を惜しまずにやり遂げるのだから、つまりは無頼の精神である。それが司馬遷の強調したいことであろう。実際、游俠を褒めると同時に、司馬遷は墨家をけなし、とりわけ儒者たちを嘲り、批判している。儒教の教えを否定する文脈において無頼の精神を讃美したのである。

　だが、無頼の精神に向ける称賛は司馬遷を最後に終止符が打たれた。『漢書』にも「游俠伝」があったが、撰者の班固にとって、游俠はただの無法者に過ぎない。儒教を統治の拠りどころとする貴族支配の社会では、法と秩序が国家権力によって定められており、「游俠」には出番がない。宋になると、貴族支配は崩壊し、中国社会は君主独裁の中央集権に移行した。地方統治は科挙制度にもとづく官僚組織によってとり行われ、游俠は社会の秩序を乱すチンピラと見なされた。

　ところが、北宋の中頃から事情が変わり始めた。西夏、ならびに遼との戦争で軍事費が嵩み、財政が圧迫されるようになった。宮廷は赤字を補塡するために、農民に対する課税を強めるしかない。重税にあえぐ一部の農民が本業を放棄し、人里離れた山に逃げ込んで匪賊になった。経済の疲弊により、都市部の手工業などに従事する職人が仕事を失うと、彼らも流民の集団に加わるようになった。

当時、官僚たちは行政権だけでなく、司法権も持っていた。中央から地方にいたるまで官吏たちを監督する権限は監察御史などの役人しか持っておらず、しかも彼も官僚組織の一員であった。肥大化する権力は腐敗し、秩序は官僚たちの私利私欲のために守られていた。権力を一手に握った者たちは不正を働き、庶民の目には、正義は権力の外にあると映ったのも無理はない。こうして、秩序と正義のあいだに乖離が生じ、庶民たちのあいだでは官僚統治に対する無力感と絶望感が広まった。やがて、一般民衆だけでなく、読書人のあいだでも英雄待望論が登場した。それに応えたのが権力の外で活躍するアウトサイダーたちである。流亡する農民や都市部の流民たちが武装化すると、各地で反乱が起こり、王権の正当性が問われることになった。そうした動きは豪傑伝説の下地を作り、無頼の精神への憧憬を刺戟する原因となった。

宋江を首領とする盗賊集団が現れたのは、そのような歴史を背景としており、中国精神史において游侠神話の復活に絶好の見立ての材料を提供した。

中国には「乱世に英雄出づ」ということわざがある。しかし、英雄とはいっても、勝てばの話である。太平の世のなかではただの「賊」でしかない。文芸において官側の英雄を描いても面白くない。なぜなら、勝利した英雄が支配者になり、ただの易姓革命の反復に過ぎないからだ。『水滸伝』は「義」を求めて、「官」に楯突くアウトサイダーの蛮勇を描いたからこそ、庶民から大喝采を浴びた。しかし、アウトサイダーであり、英雄であるとはいっても、もとをたどれば、ただの無頼に過ぎない。そこで、「忠」という大義名分を与えれば、万事隙なし、ということになる。たかだか、百人かそこいらの無頼の話だが、数世紀にわたって、読み継がれたのはそのためである。

北方謙三の大水滸伝は原典の想像力の遥かに及ばないところで、創意に満ちた物語の再構築を成功させた。物語の時空を思いっ切り拡大させるのは優れた着想である。原典の『水滸伝』は北宋末のごく短い期間のあいだに起きた出来事を描いたに過ぎないが、北方の大水滸伝では時間軸が一気に南宋まで広げられ、また、空間的には遠く西域から東の日本、さらには南洋まで及んだ。

ひと際目を引くのは人物造型の多様さである。それを象徴する人物として、楊令と岳飛の二人を挙げることができる。北方謙三の原典に対する批評が示されているのみならず、大水滸伝という神殿の主たる支柱になるための礎石を据えることができた。

とりわけ、岳飛という人物の設定は大きな挑戦である。楊令ならともかく、南宋の忠臣である岳飛を無頼の系譜のなかにおいて描くのはよほど勇気のいることだ。歴史人物として、岳飛は一一〇三年の生まれで、宋江が率いる盗賊集団が活躍した宣和年間（一一一九〜一一二五）はちょうど青年期にあたる。年代的には重なっているが、独立した「岳家軍」の時代を除いて南宋の国軍として金と戦っていたから、その軍人生涯の大半は官軍であった。反権力の梁山泊の対立面に立っており、『水滸伝』との関連で扱うのはほんらい非常に難しい。

岳飛の腕が楊令に斬り落とされるという設定は岳家軍と梁山泊に関係性を持たせただけでなく、一本の腕しかないという身体的な特徴は、無頼の精神への想像力を膨らませる効果をもたらした。身体の一部の欠如、それも暴力によって奪われることは無頼の記号として情緒的な象徴性を持っている。原典の百八人の多くには入れ墨があり、現代のやくざにも指詰めという儀式がある。西洋の海賊にいたっては、片目に眼帯の姿はほとんど法と秩序への敵視の寓意になっている。体を傷つけ、痛めることは忍耐力を誇示するもので、身体毀損は途轍もない暴力性を暗示すると同時に、懲罰や服従、ひいては自省や精神的な償いをも象徴していた。そのことは古今東西の文化を通して変わりはない。一本の腕を失うことによって、岳飛はようやく精神的に無頼の群れに伍することができた。その意味では、さすらいの人生という設定は作中人物にとって宿命づけられたものである。

本巻「地獣の光」に、岳飛が養子の岳雲、崔史、漢陽の商人梁興を連れて、孟遷を首領とする匪賊に斬り込みに行く場面が描かれている。孟遷らは安州の九宗山を拠点とし、悪徳商人のみを狙う強盗集団である。匪賊とはいっても小さな梁山泊のようなものだ。実際、岳飛は彼を殺さずに、岳家軍に編入した。

この出撃は決断が衝動的で、目的はやや不明瞭である。しいて言えば、梁興に手柄を与えるためのものだ。それもやくざ的なやり方で、公明正大とは言い難い。そもそも戦略も戦術もなく、ほとんど無茶な行動である。頼れるのは岳飛の超人的な武芸と無謀な勇気だけだ。その決断と行動力を支えるのは何か。紛れもなく司馬遷がいう無頼の精神であろう。すなわち、思い立ったら、とことんまでやり遂げる不屈さであり、死をも顧みない不逞さである。ここでも正史とはまったく違った、無頼としての岳飛像があった。「忠」をないがしろにし、「義」のみに徹することで、岳飛は小説的人間として再生し、大水滸伝の一貫した美学に一層の輝きをもたらした。

北方謙三の大水滸伝の、もう一つのオリジナリティは、「抗争の精神」である。『岳飛伝』になると、南宋と金と梁山泊と岳家軍の混戦がくり広げられている。この四者は、武装集団として捉えるならば、地盤争いのやくざ抗争と似たような構図になる。ただ、規模が世界史的な拡大をした点だけが違う。とにかく、彼らは絶え間なく戦い合い、終わりのない殺し合いをくり返している。戦いの目的はもはや重要ではない。戦い自体が自己目的化している。それこそ北方謙三の大水滸伝の醍醐味である。

岳飛を梁山泊の系譜に引き入れるのは、奇をてらうためではない。北方謙三においては、原典に対する独自の解釈が込められている。作家は無頼の精神から社会改造と正義の実現の可能性を見いだし、反権力は王朝興亡という反復運動の一変奏ではなく、正義の実現への渇望として描かれている。分散しがちな無謀な力が結集され、組織化された英雄すなわち無頼たちが一つの目的に向かって活躍するようになった。すると、原典とまったく違った水滸伝世界が浮かび上がり、ここに無頼の精神史に向ける想像力の系譜において新たな一章が付け加えられた。

（ちょう・きょう　明治大学教授）

本書は、二〇一二年十一月、集英社より刊行されました。

初出
「小説すばる」二〇一二年六月号〜八月号

集英社文庫　目録（日本文学）

集英社文庫　目録（日本文学）

北方謙三　楊令伝　二　辺烽の章
北方謙三　楊令伝　三　盤紆の章
北方謙三　楊令伝　四　雷霆の章
北方謙三　楊令伝　五　猩紅の章
北方謙三　楊令伝　六　徂征の章
北方謙三　楊令伝　七　驍騰の章
北方謙三　楊令伝　八　箭激の章
北方謙三　楊令伝　九　遥光の章
北方謙三　楊令伝　十　坡陀の章
北方謙三　楊令伝　十一　傾暉の章
北方謙三　楊令伝　十二　九天の章
北方謙三　楊令伝　十三　青冥の章
北方謙三　楊令伝　十四　星歳の章
北方謙三　楊令伝　十五　天穹の章
北方謙三・編著　吹毛剣　楊令伝読本
北方謙三　岳飛伝　一　三霊の章

北方謙三　岳飛伝　二　飛流の章
北方謙三　岳飛伝　三　嘶鳴の章
北上次郎　勝手に！　文庫解説
北川歩実　金のゆりかご
北川歩実　もう一人の私
北川歩実　硝子のドレス
北村薫　元気でいてよ、R2-D2。
北森鴻　メイン・ディッシュ
北森鴻　孔雀狂想曲
城戸真亜子　ほんわか介護
木村元彦　誇り　ドラガン・ストイコビッチの軌跡
木村元彦　悪者見参
木村元彦　オシムの言葉
木村元彦　蹴る群れ
京極夏彦　どすこい。
京極夏彦　南極。

京極夏彦　文庫版　虚言少年
京極夏彦　文庫版　書楼弔堂　破暁
清川妙　人生のお福分け
桐野夏生　リアルワールド
桐野夏生　I'm sorry, mama.
桐野夏生　IN
久坂部羊　嗤う名医
櫛木理宇　赤と白
久住昌之　野武士、西へ　二年間の散歩
工藤直子　象のブランコ　——とうちゃんと
久保寺健彦　ハロワ！
熊谷達也　ウエンカムイの爪
熊谷達也　漂泊の牙
熊谷達也　まほろばの疾風
熊谷達也　山背郷
熊谷達也　相剋の森

集英社文庫　目録（日本文学）

熊谷達也	荒蝦夷（あらえみし）
熊谷達也	モビィ・ドール
熊谷達也	氷結の森
熊谷達也	銀狼王
雲田康夫	豆腐バカ 世界に挑み続けた20年
倉本由布	ゆめ結び むすめ髪結い夢暦
栗田有起	ハミザベス
栗田有起	お縫い子テルミー
栗田有起	オテルモル
栗田有起	マルコの夢
黒岩重吾	黒岩重吾のどかんたれ人生塾
黒川祥子	誕生日を知らない女の子 虐待――その後の子どもたち
黒木瞳	母の言い訳
桑田真澄	挑む力 桑田真澄の生き方
桑原水菜	箱根たんでむ 駕籠かきゼンワビ疾駆帖
見城徹	編集者という病い
小池真理子	恋人と逢わない夜に
小池真理子	いとしき男（ひと）たちよ
小池真理子	あなたから逃れられない
小池真理子	悪女と呼ばれた女たち
小池真理子	双面の天使
小池真理子	無伴奏
小池真理子	妻の女友達
小池真理子	ナルキッソスの鏡
小池真理子	倒錯の庭
小池真理子	危険な食卓
小池真理子	怪しい隣人
小池真理子	律子慕情
小池真理子	会いたかった人 短篇セレクション サイコ・サスペンス篇I
小池真理子	ひぐらし荘の女主人 短篇セレクション 官能篇
小池真理子	泣かない女 短篇セレクション ミステリー篇
小池真理子	夢のかたみ 短篇セレクション ノスタルジー篇
小池真理子	肉体のファンタジア
小池真理子	柩（ひつぎ）の中の猫
小池真理子	夜の寝覚め
小池真理子	瑠璃の海
小池真理子	虹の彼方
小池真理子	午後の音楽
小池真理子	熱い風
小池真理子	律子慕情
小泉喜美子	弁護側の証人
河野美代子	新版 さらば、悲しみの性 高校生の性を考える
河野美代子 永田由紀子	初めてのSEX あなたの愛を伝えるために
古沢良太	小説版 スキャナー 記憶のカケラをよむ男
五條瑛	プラチナ・ビーズ
五條瑛	スリー・アゲーツ
小杉健治	絆
小杉健治	二重裁判

集英社文庫　目録（日本文学）

集英社文庫

岳飛伝(がくひでん)　三　嘶鳴(しめい)の章(しょう)

2017年1月25日　第1刷　　定価はカバーに表示してあります。

著　者　北方謙三(きたかたけんぞう)

発行者　村田登志江

発行所　株式会社　集英社
東京都千代田区一ツ橋2-5-10　〒101-8050
電話　【編集部】03-3230-6095
【読者係】03-3230-6080
【販売部】03-3230-6393（書店専用）

印　刷　凸版印刷株式会社

製　本　凸版印刷株式会社

フォーマットデザイン　アリヤマデザインストア　　マークデザイン　居山浩二

ISBN978-4-08-745530-4 C0193